恋する女帝（みかど）

周防柳
Suo Yanagi

中央公論新社

目次

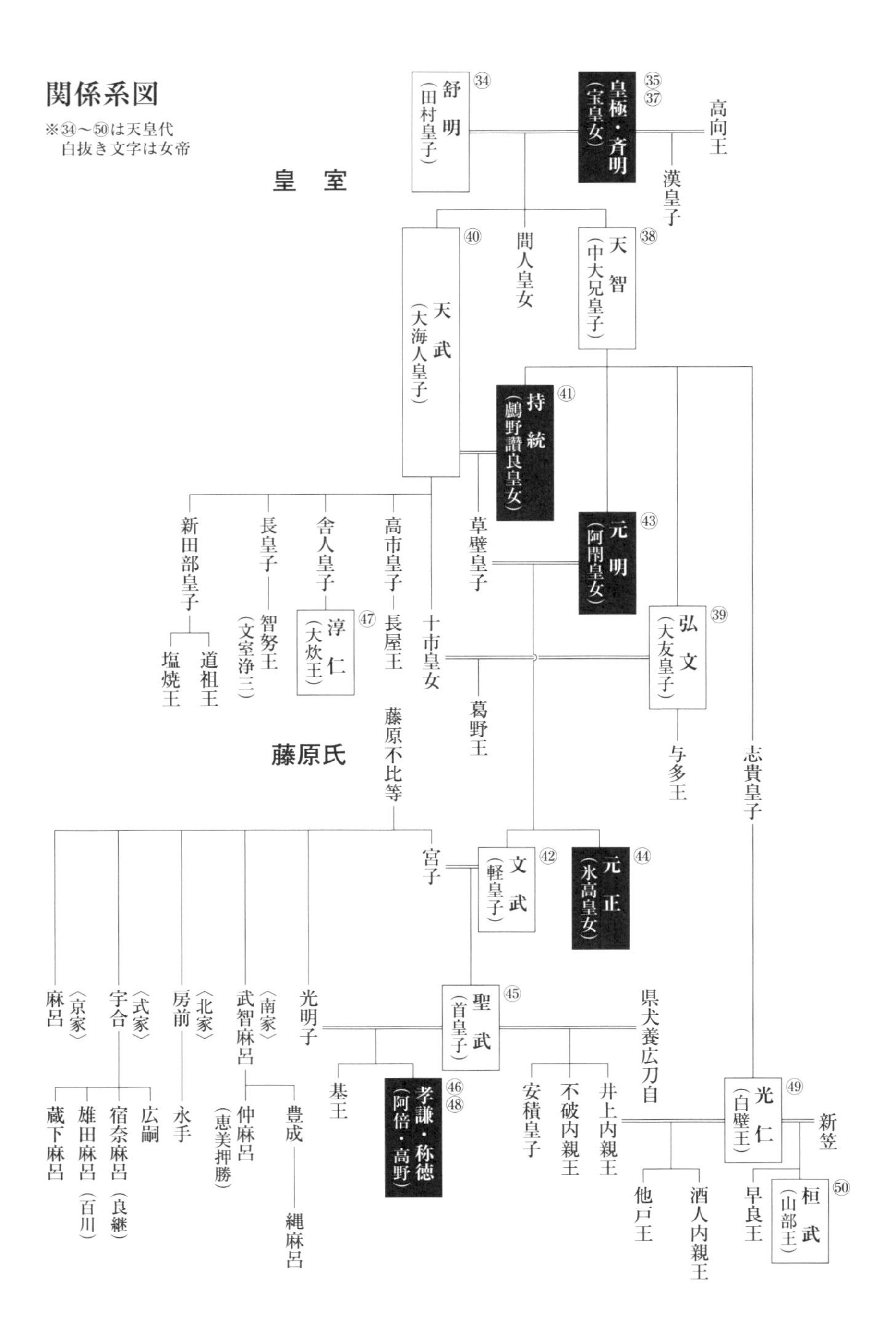
関係系図
※㉞〜㊿は天皇代
白抜き文字は女帝
皇室
舒明（田村皇子）㉞
皇極・斉明（宝皇女）㉟㊲
高向王
漢皇子
天武（大海人皇子）㊵
間人皇女
天智（中大兄皇子）㊳
持統（鸕野讃良皇女）㊶
元明（阿閇皇女）㊸
弘文（大友皇子）㊴
新田部皇子
長皇子
舎人皇子
高市皇子
十市皇女
草壁皇子
塩焼王
道祖王
智努王（文室浄三）
淳仁（大炊王）㊼
長屋王
葛野王
与多王
志貴皇子
藤原氏
藤原不比等
宮子
文武（軽皇子）㊷
元正（氷高皇女）㊹
麻呂〈京家〉
宇合〈式家〉
房前〈北家〉
武智麻呂〈南家〉
光明子
聖武（首皇子）㊺
県犬養広刀自
基王
孝謙・称徳（阿倍・高野）㊻㊽
安積皇子
不破内親王
井上内親王
光仁（白壁王）㊾
新笠
蔵下麻呂
雄田麻呂（百川）
宿奈麻呂（良継）
広嗣
永手
仲麻呂（恵美押勝）
豊成
縄麻呂
他戸王
酒人内親王
早良王
桓武（山部王）㊿

恋する女帝（みかど）

序章　神託

一

馬子たちの調子っぱずれな鼻歌と、あこぎな商人（あきんど）たちの売り声と、かっぱらいの餓鬼（がき）どもの勝鬨（かちどき）と、角をはやしたかみさんの怒鳴り声と……。

汚穢（おわい）と雑言（ぞうごん）と煮売りのにおいに満ちた、平城京（へいじょうきょう）の東市（ひがしのいち）である。

十万の民が碁盤（ごばん）の石よろしくひしめく猥雑（わいざつ）な巷（ちまた）だけれど、頭の上はびっくりするほどの青空で、山の辺の清水みたいに底が抜けている。よく見れば、そこここの築地（ついじ）を這（は）う蔦（つた）の葉も錦に染まり、せわしない者たちに顧みられぬのがもったいないくらいだ。

神護景雲（じんごけいうん）三年（七六九）九月。

かりん、と乾いた秋である。

市のはずれの飯屋に、ぎぎっと軋（きし）みをあげて荷車が停まった。

若い車引きが梶棒（かじぼう）を投げ出し、軒のうちに駆け込むや、大袈裟（おおげさ）に卓子（たくし）を掻（か）き抱いた。つんつるてんの衣から突き出した手足がひょろ長い。

「腹が減って死にそうだよ。親爺（おやじ）さん、なんか食わしておくれ」

かまどの脇から、亭主の無精（ぶしょう）ひげがのぞいた。

「キメ坊か」

「おや、こんにちは一人かい？」

いつもは子分の弟を引き連れているのである。

「うん。腹が痛いってんで、置いてきた」

馬面の内儀（ないぎ）が「銭はあるんだろうね」と、上目に睨（にら）みながら、はや山盛りの稗飯（ひえめし）に箸をぶっ刺してやる。

「おお、うまそうだ」

茶色いまんまに載っかった干し魚は見るからに油焼けしてぎりぎりの感じだが、育ち盛りの胃袋には障（さわ）りにもならぬらしい。

キメと呼ばれた小僧はあっという間に大碗（おおわん）をたいらげ、げっぷを一つ放ってから、

「ないよ」

ぺろっと舌を出した。

笑うとすきっ歯が剝（む）き出し、ひどく幼くなる。が、これでも十七だ。坊というほどでもない。

キメという名は韓土（かんど）の南あたりにある金海（きめ）なる土地にちなむという。父祖がそこに住んでいたらしいのだが、孤児だから詳しいことはわからない。いまかの地は新羅（しらぎ）という国になっている。ならキメは新羅人なのか。いや新羅とのいくさに負けた百済（くだら）人かもしれないし、その前にあった加羅（から）と

いう国の流れかもしれない。

渡来の裔のみなしごは、表の車のほうへ亭主のまなこをいざない、ほぼ平らな荷台を情けない顔で示した。

キメの仕事は屑集めである。古道具、廃材、食いがら、ちり芥までよろず引き受け、お宝があればふたたび市へ、肥やしになるなら田畑へ、木屑や陶片は普請場へと、無駄なくさばいていく。だが、今日はさしたる収穫もなかったらしい。

「ないけど――」

爪の黒いひとさし指が、丸顔の脇にぴんと立った。

「たいへんな話がいっこある」

「お？」

亭主と内儀は、いそいそと向かいの座に陣取った。

垂れたまぶたの奥の目が、四つ揃ってらんらんと光る。

キメが運んでくるのは、いつも出鱈目話ではない。ねっとりとしてほんとらしい、上等の噂と決まっている。

なぜといえば、一見守りの堅いお屋敷でも、キメみたいな者たちはさして怪しまれもせず潜り込めるからだ。

そもそも芥というのは、貧乏所帯からではなく、物持ちの富家からこそたくさん出る。かつまた、捨てたいものとは隠したいものでもあるから、器用な始末屋は思いのほかに重宝がられる。という次第で、キメはお偉い官吏の宅はもとより、天子様のおわす禁中にも、さりげなく入り込んでいるのである。

平城宮の内裏の北側には、宮廷内の調理と配膳を担う内膳司と大膳職が並んでおり、食料の搬入や廃棄には、すぐ裏手の海犬養門が通用門として使われている。宮城の四方を囲繞している十二の門のうちでも質素で、衛士も少なく、池と木立ちに紛れて目立たない。キメの通い路はもっぱらここだ。

残飯や汚穢のたぐいだけでない。裏口であるこの門からは、ときおり奇妙なものが出る。菰に巻かれた木簡とか、赤子くらいの甕だとか、いわくありげな櫃だとか。そういうときは詮索無用と心得て、自分らの里にそっと運び、かまどで一気に灰にする。

そんな仕事の若者だから、夫婦はただ飯を食わしてやったり、ときには寝床を貸してやったりして、目をかけているのだ。

「もったいつけんな、キメ坊」

なかなか口火を切らぬ相手を、亭主が催促する。

「そうだよ、ほれ」

内儀が欠け茶碗に水をついでやる。

「もしかして、不破様が姫天皇を呪ったことかい」

不破様とは今上である高野女帝の腹違いの妹で、先ごろ、姉帝を亡き者にしてわが子を位につけようとしたとの疑いで罰されたのである。あやしげな巫女と結託し、犬猿の仲の異母姉の髪の毛を盗み出し、佐保川で拾った髑髏をもちいて厭魅したという。都じゅうがおどろおどろしい噂でもちきりになった。

　今上高野のことをひめみかどと呼ぶのは、未婚の女人天皇だからである。

　独り身ゆえに、お子様がない。次期の座をめぐって、なにかと揉(も)めごとが起こりがちである。

「ううん、不破様のことじゃなくて、もっと大ごとだよ」

　キメは冷たい液体を一口飲み、小粒の瞳をきりりと据えた。

*

「きのう、大膳様の御用をしたとき、久しぶりにアラにちょいと会ったんだ。そしたら、あいつ、しくしく泣いててさ」

　アラは大膳職につとめるキメの幼馴染(おさななじみ)で、キメがぞっこん惚(ほ)れている娘である。仕事は食膳の検(あらた)め役――、つまり毒見だ。毒見は表向きの定めにはない仕事で、内膳司と大膳職に身分の軽い者ばかり、つねに二十人ほど控えている。

「おや、アラちゃんが」

「どうしたね」

　夫婦が心配顔になる。

　アラという名は、これまた韓土の安羅(あら)なる地名に由来する。宮仕えにあがる前は、二人してこの飯屋へもよくいっしょに来ていた。

「あいつのご主人様は、親爺さんもお内儀(かみ)さんも知ってるよね？　姫天皇のおぼえめでたい法均(ほうきん)の尼――、広虫様さ。吉備真備の右大臣のおん娘由利様と並ぶ、姫天皇の腹心だ。ところが、その広虫様が姫天皇のお怒りをこうむって、どこだかへ流されちゃったっていうんだ」

「ありゃりゃ、たいへんだ」

広虫は備前国藤野郡の豪族の出で、若き日に夫とともに宮仕えを始め、忠義一筋のつとめぶりによって女帝に見出された。当時、女帝は阿倍と称していた。

広虫は阿倍女帝が一時位を退いたときもお傍を離れず、夫に先立たれたのちも後宮に残り、主君が出家すれば相伴して法均と号し、主君が高野と名乗りしてふたたび位に返り咲けば、また随一の側近となって精勤を続けてきた。

がんらい情け深い性だから、親に別れたみなしごの養育にも力を注ぎ、拾っては育て、拾っては育てしているうちに、その邸は一種の悲田院――孤児院――みたいになった。アラも広虫夫婦に拾われ、その膝下で育ったのである。

アラが十四の年から毒見をつとめるようになったのは、女帝に誠を尽くすことが、なによりも広虫をよろこばせると心得たからだ。低い身分でもできる恩返しとして、たれもが嫌がる仕事をみずから買って出たのである。

その広虫が、女帝の機嫌を損なった。

「広虫様だけじゃなくて、弟君の清麻呂様も流罪なんだ。広虫様は備後、清麻呂様は日向だっけか、大隅だっけか、えらく遠いところへ」

はあ……、と夫婦が眉間に皺を寄せる。

「忠臣なのに災難なこった。いったいなにをやらかしたね」

キメは見えぬ平城宮の方角を、ちょいと仰ぐようにした。

「うん。姫天皇のご寵愛の、例の道鏡様のからみなのさ」

ぱちり、と片目をつむった。

「法王様か」

亭主と内儀は、訳知り顔で相槌を打つ。

宮中の内道場の看病禅師であった道鏡が女帝に取り立てられ、いちやく注目を浴びたのは、七年前のことである。女帝はたぐいまれな美貌で知られ、おん年は四十路をいくつか過ぎたくらい。いろいろな意味で生々しいころあいであった。

以降、禅師は少僧都、太政大臣、法王と、めきめき出世を遂げ、あっという間に位人臣を極めた。女帝のひいきが尋常でないため、二人は必ずただならぬ仲だとして、いまも口さがない町の雀の恰好の餌食となっているのである。

亭主夫婦の瞳にも、ありありと野次馬の色が宿っている。

キメはくすっと笑った。

女帝高野にかんしては、一部によくない声もある。好悪の持ち方が極端で、気に入られれば万々歳だが、敵視されると悲惨なことになるなどという。

その最たる例が、母である光明皇太后の宰相だった恵美押勝太師——太政大臣の藤原仲麻呂——だ。飛ぶ鳥落とす権勢であったのに、一転、謀反人として攻撃され、一族全員滅び去った。女帝を嫌う者はそれを女人特有の狭量として、大袈裟にあげつらう。

しかし、キメの印象はちょっと違う。

おのれに和さぬ者を退けるのは王者の常で、女の天皇だからではないだろう。男の天皇だって、じゅうぶん同じことをしてきたはずだ。

それよりも、キメはこの女帝がいろいろと型破りで、従前の君主とはかなり異なるところに興味を惹（ひ）かれている。

なにしろこの日（ひ）の本（もと）の国で初めて、出家の身にして帝位についたというおん方である。それだけにまつりごとにも独特のものがあって、なかには御仏（みほとけ）の教えと現世の施策とをごたまぜにするなと批判する者もいる。が、なんの障りやあらんと、尼姿で剛毅（ごうき）に一蹴している。

この治世になってから、良民に改められた奴（やっこ）も多く、渡来人も厚遇されている模様である。してみれば、このおのれにもよい未来がありそうで明るい気分になる。

ご寵愛の道鏡法王なる人は得体が知れないが、これも身分の分け隔てをせぬという考えにもとづいているのであれば、無道（むどう）だの破倫（はりん）だのと決めつけず、よいほうにとらえてもいいのではないか。

加えて、キメが女帝に好感を持ついちばんの理由は、アラの見る目を信じるからだ。

アラはいつも、女帝は一途（いちず）で、ひたむきで、童（わらべ）のように純粋だと称賛する。ときに暴走ぎみにみえるのも、ただ曲がったことが嫌いなだけだそうだ。

アラは心が正しいから、よこしまな人間には寄り添わない。まずもってアラは女帝の毒見をつとめているのだ。心底敬愛する主君でなければ、そんな危険な仕事は続かないだろう。

かくいうキメ自身、女帝がアラたちの働きに深い感謝を示してくれる場面に出くわしたことがある。畏れ多くも雲の上のおん方が、なんとおやさしいのだろうと感動した。

と――、渦中の人のことをあれこれ考えながら、キメは周囲を顧みた。調子に乗って滅多なことをしゃべり散らしていたら、おのれがお咎(とが)めをこうむらぬとも限らない。

右手のほうで、常連の若い仕丁(しちょう)が二人、色の悪いにぎり飯にかぶりついている。その奥にもう一人、黒いぼろ頭巾(ずきん)をまとった老爺(ろうや)がちんまりと座っているのが見えた。ちびりちびりと酒でも飲んでいるらしく、うつむいた背中が古木のこぶみたいに曲がっている。

様子をうかがっていたら、こちらを振り向き目が合った——、と思ったのは気のせいで、あらぬ方を望んでいる。皺しわの顔でうっすらほほえんでいるようなのは、目も耳もおぼつかないせいとみえる。

ならよかろう、とキメは体(たい)を戻し、話を再開した。

「四月(よつき)くらい前のことらしいんだけどね。豊前(ぶぜん)の国の宇佐(うさ)ってとこに、八幡(はちまん)様がおられるだろう？　あの神様が、道鏡法王を次の天皇の位につけたら、この国はますます栄えるだろうって託宣をお下しになったんだそうさ。そのお告げを、大宰府(だざいふ)のお役人が姫天皇に伝えにおいでなすった」

「へっ！　道鏡法王を？」

「天皇様にかい」

亭主内儀、揃って腰掛けから、がたん、と身を浮かせた。

「駄目駄目、駄目だよ。そんなことは駄目だって私らにもわかるよ」

内儀が目を三角にする。

「もとはどこの馬の骨とも知れぬお人じゃないか」

亭主も口角(こうかく)泡を飛ばす。

二人とも女帝には悪い思いを抱いていないが、道鏡への点数は辛(から)い。

キメは予想どおりの反応にくすっと笑う。

「びっくりしたろ」

「したともさ」

だけど――と、夫婦は天を仰いだ。

「ついに、って感じもしなくもないねえ。いつまでも日嗣の御子様が決まらぬから、こんなことにもなるんだよ」

高野女帝は諸方からの求めにもかかわらず、ずっと皇太子を置かずにきた。阿倍と称していた初度の在位のときには、当然、皇太子は存在したのだが、この皇太子に手ひどく裏切られたため、重祚ののちは軽々に後釜は決めぬ、と決心したのである。

キメが続ける。

「そこで、姫天皇は八幡様のところへ使者を送ることになさった。ご神意を確かめるためにね」

「ふむふむ。それで？」

「その使者に、清麻呂様が選ばれたんだ。最初は広虫様が行かれるはずだったんだけど、真夏だし、長旅だし、女の身にはきつかろうってんで、弟君が代わりに行かれることになったんだって。その清麻呂様がこのほどようやくお戻りになって、先様からうけたまわってきたお答えを姫天皇に申しあげたってわけ」

夫婦がかぶりつく。

「清麻呂様はなんて？」

キメは肩を一つ揺すって、居ずまいを正した。

「この国では天地開闢以来、君臣の秩序がくつがえされたことはない。天つ日嗣には必ず皇緒を立てよ。不届き者は退けるべし」

亭主が、のどの奥で息を呑むような音を立てた。

「お言いなすった」

内儀が「男だねえ」と、目をうるませる。汚れた上前のあたりを両手で握りしめている。

キメは訳知り顔で言葉を継ぐ。

「そしたら、姫天皇がえらくお怒りになった。清麻呂様は嘘つきだ、勝手にご神託をでっちあげたって。そうして、姉君の広虫様ともども流罪に処すと決めちゃったんだ。

お名前も酷いものにお変えなすって、えっと、なんだっけ、そうだ、別部穢麻呂様だ。地べたを這ってる部民の、わけてもけがらわしい野郎、ってところだね。広虫様からは尼様の資格を取りあげて、広虫ならぬ狭虫様とした。——というのが、顚末さ」

キメは長い話をしゃべり終えると、欠け茶碗に残っていた水を一気に飲み干した。

「ほう……、お怒りになった」

「嘘つき、ねえ」

しばしの沈黙が、安飯屋の間抜けな梁間を満たした。

亭主と内儀は初めて食った珍獣の肉でも咀嚼するかのように、こうべをめぐらせ、めぐらせ、思案した。

しかるのち、揃って「わかった！」と、膝を打った。

「そりゃ、道鏡様と宇佐の八幡様の共謀だな」

「あたしもそう思うよ、おまいさん」

だろ、ねえ、と、夫婦で意気投合する。

「なんせい法王様なんてものにまで出立しちゃったんだもん。あと一息で天皇様にもなれるって欲をかいたんだろう。ところが、広虫様や清麻呂様はまじめいっぽうだから、そんなことはあっちゃなんねえってお阻みなすった」

亭主が力説する。

「違いないね」

内儀も鼻息を荒くし、ふと、「じゃあ、姫天皇はどうなんだろ」と、馬面をいっそう長くした。

そうさなあ、と、亭主が無精ひげをこすりまわす。

「案外、姫天皇も一口乗ってたんじゃねえか。だって、清麻呂様が嘘ついてるって一方的に決めつけるのがへんだもん。どのみち他人に位を渡さなくちゃなんねえなら、いっそ好いた相手にって思われた、とかね。いやむしろ、姫天皇が言い出しっぺかもしんねえぞ。高野様ってお人はこうと決めたら意地でも貫きとおす、めっぽう気の強い女の帝だ」

おまいさん、冴えてるよ、と内儀も賛成する。

「不破様の一件も後押しになったのかもしれないね。お跡の座がいつまでも空だから、あんな物騒なことも起こったんだ。同じようなことは、これからもあるかもしれない。だったらもう、えいいやで好きな男に渡しちまおうって。だけど、われから言い出したら反感を買うだろうから、霊験あらたかな八幡様がおっしゃいましたってことにした、とかさ」

おめえも冴えてるぞ、と、亭主が内儀を讃える。

しきりに褒めあっている夫婦をしばらく眺めたのち、キメはこほん、と小さく咳をした。

亭主が気づいて水を向けた。

「キメ坊、どうなんだい、おめえの料簡は」

内儀も催促する。

「なんだかいちもつありげじゃないか。お言いよ」

キメは少時ためをもたせ、家のうちを見まわした。そして、片隅の翁が相変わらずほうけているのを確かめると、卓の上へぐっと乗り出した。

「うまく言えないけど、これ、なんだかとってもおかしな話だね」

亭主夫婦の顔の上を目で往復した。

「そう思うかい？」

夫婦が興味しんしんで見つめ返す。

「うん。だって、まず――」

キメは爪の黒いひとさし指を、また丸顔の脇にピンと立てた。

「こんな大事なお告げを、なんで代理の人が持ってくるんだろう」

「そりゃそうだ」

夫婦は真剣に拝聴する。

「なんとかっていうお役人が姫天皇のところへいらしたそうなんだけど、どうして宇佐のお宮の禰宜さんがじかに申しあげないのかなあ。東大寺の大仏様を造った折なんて、八幡様おんみずからが遠路はるばるここまでおいでになったんだよ。大仏様より帝の位のほうがよっぽど大事じゃないか」

二十年ほど前、先帝の聖武(しょうむ)天皇が東大寺の毘盧遮那仏(びるしゃなぶつ)の完成を宇佐宮に祈願した際には、八幡神は禰宜に依(よ)りついて紫の輿(こし)に乗って上京し、宮中あげてのもてなしを受けたのである。八幡神は、銅(あかがね)の湯を水となし、わが身を草木土(そうもくど)に交(まじ)えて、大仏の完成を援(たす)けようと告(の)りたまい、先帝をいたく感動させた。それに比すれば、いかにも重みがない。

「たしかに」

夫婦がうなずく。

「それに」

キメのひとさし指に中指が加わり、汚れたはさみの形になった。

「お告げの真意を確かめようって、こっちからも代理をお出しになったのも妙だよ。こんどこそ依(より)代(しろ)の禰宜さんをお召しになったらよかったじゃないか。同じことを二度も繰り返すなんてたいがいだ。鞠(まり)の蹴りあいでもしてるみたい」

「だな」

夫婦が、またこくこくする。

「そもそも」

キメの指が、さらにもう一本立った。

「ご神託って、なんべんもやり直すようなもんだろうか。いいことも悪いこともズバッと一言でお告げなさるのが神様だ。おっしゃることが気に入らなかったら問い直してもいいなんて、それ、もう神様じゃねえし。ありがたくもなんともないよ。もっと言や、天つ日嗣のことを神様がお命じになるんだったら、宇佐の八幡様じゃなくて、伊勢の神様がなさらなきゃいけないんじゃないのかなあ。そこも腑に落ちないよ」

夫婦は顔を見合わせた。

キメは立てた三本指を、自分の目の前で表、裏、表、裏と返し、

「とにかく、ものすごく裏がありそうだと思う」

自慢げに鼻の下をこすった。薄黒い口ひげができた。

「なるほど、おめえの言うとおりかもしんねえ」

亭主が太い腕を組み、遠いまなこになった。

「そうだね」

内儀が厨に立ち、二杯目の稗飯を盛ってきた。こんどは小瓜の漬けものが丸ごと載っている。

「たくさんしゃべったから、おなかが減ったろ。おもしろい話だったからご褒美だ」

「ありがとさん」

キメは威勢よく両手を合わせた。

*

飯をほおばりながら、キメはいとしいアラのことを、つらつら考えた。

アラはいまごろどうしているだろう。きっとしょげ返っているだろう。

アラのわが家でもある広虫の悲田院は、数年前の恵美押勝大師とのいくさのときにみなしごをた

くさん助けたので、いまはかなり大所帯となっている。広虫がいなくなったあとの童たちも心配だ。
アラは泣き虫で、泣くと鼻の頭が赤くなる。その顔を思い浮かべたら、キメは胸がしくっとした。
箸の手をしばし休め、かたわらの窓から天を仰いだ。ほんの五、六寸しかない隣の布屋の肆(いちくら)とのあいだに、空がわずかにのぞいている。首を伸ばしたら、庇(ひさし)にたまっていたらしき紅葉が、乾いた音を立てて落ちた。

そういえば、と思った。アラと初めて出会ったのも、こんな季節だった。

——あれは、おいらたちが四つのとき。

ものごころついたころから、キメは一族の長(おさ)が引く荷台に乗っかり、毎日平城京じゅうをめぐっていた。そのうちに、左京五条四坊の広虫の宅にも御用聞きするようになった。いまよりずっと狭く、下級の官吏らしい質素な構えだったけれど、いつもたくさんの幼な子が駆けまわっていて、いかにも楽しそうだった。

ある日、長が仕事をしているあいだに裏庭を覗いたら、しゃがみ込んで落ち葉を集めている女の子がいた。カサッ、とこちらの足音に振り返った姿は、折れるほどに手足が華奢(きゃしゃ)で、顔の半分も占めそうなつぶらな瞳をしていて、生まれたばかりの小鹿のようだった。あまりにかわいいので、頭がくらくらした。

「おいらはキメ。おまえは？」

名を聞いた。

「…………」

答えない。

おびえて固まっているのをなんとか笑わせたくて、やおらあたりを這いまわり、腕いっぱいに落ち葉を拾った。そうして、思いきり空に放った。

カサカサ、カサカサ……、カサササササ……。

青い空にひととき、まっ赤な吹雪が舞った。とたん、丸いほっぺにさくらんぼみたいなえくぼができて、鈴を振ったような笑い声があがった。キメはきゅん、と胸を射抜かれた。

——私の名前はアラよ。

——アラよ、キメ……。

——キメ……。

「キメ」

ハッとわれに返った。

「どうしたの、ぼんやりして」

内儀が怪訝な顔をしている。

「どうもしないよ。なんだい」

さりげなく照れを隠して、向き直った。

「さっきの話なんだけどさ——」

夫婦してまだああだこうだを続けていたらしい。

「結局のところ、道鏡様は次の御位におつきになるんだろうかね」

亭主も言う。

「それこそが肝じゃねえか」

「そっか」

たしかに、そうである。

女帝は清麻呂の奏上をでっちあげと断じた。ということは、道鏡法王を天皇にせよという神託は、とにもかくにも生きていることになる。広虫と清麻呂姉弟だけが罰され、宇佐宮のほうは毫も揺るぎがないのだ。

「さあ」

キメは団栗みたいなつむりを振った。

「それはないんじゃないかなあ」

どうして、と亭主がこだわる。

「すぱっと決まらなかったのがばつが悪いから、取り消しにするってことかい」

「ううん、そうじゃなくて――」

と、言いながら、キメは飯碗を手に取った。

「姫天皇も、道鏡法王も、初手から御位のことなんか考えてなかった気がする」

「ええ？」

夫婦は揃って拍子抜けの顔をした。

振り出しに戻ったじゃないか。

でも、そうに違いないとキメは思う。女帝も法王もそういうお人ではないと、おのれのカンが告げている。

「そんなら、ほかに黒幕がいるってことかい」

そうさなあ……、とキメは残りの飯を搔っ込んだ。

「おいらにゃわかんない。あほうだから。でもそうかもね。姫天皇も悪だくみの者がいるってしきりにおっしゃってたらしいし」

さんざんうんちくを傾けた末に、都合よくあほうになって立ちあがった。

そして、ごちそうさま、と店の奥を見やり、あれ、と首をひねった。

さっきの老人がいない。

いつの間に消えた？

酒の代（しろ）を払ったようにも見えなかった。

「親爺さん、あのじいさん、ちゃっかり飲み逃げしちまったんじゃない？」

「え、たれだって？」

亭主が合点のいかぬ顔をした。

「ほら、あそこにいたよぼよぼのじいさんさ。ぼろ頭巾をかぶって、じいっと座ってたじゃないか」

翁がいた卓子を指さした。

「じいさんなんて、いやしねえ」

内儀も口を揃える。

「いないよ」

「ほんとに？」

「ほんとさ」

キメは狐(きつね)につままれたようだ。

「夢でも見たんだな」

「たしかに、あほうだね、おまえは」

夫婦して、げらげらと腹を抱える。

キメはむっとした。

夢でも見たかは、こっちのせりふだ。

だって、おいらは話をよそに聞かれてないか、何度もまわりを確かめたもの。

あんたらのほうがよっぽどあほうだと、心の中で決めつけた。そんなボンヤリじゃ、そのうち盗(ぬす)っ人(と)にごっそりやられるぜ。

それでもうわべには自分が間違ったような顔をして、殊勝に頭を掻きかき、あばら屋をあとにした。

二

ほんの少しのガラクタしかない荷をいちおう荒縄で結び直し、莚(むしろ)をかぶせて梶棒をつかんだら、つるべ落としの秋の日はすでに傾き、空は春日(かすが)のお山のほうから濁りを含んだ薄藍ににじみはじめている。

市の人々はみなしまい支度に忙しく、行き交いの客にはもうひとすじの興味も示さない。昼間の名残(なごり)の温気(うんき)が行き場を失い、急速に地べたへ吸い取られていく心地がする。

ずいぶん油を売っちまった、とキメはひとりごち、茜色（あかねいろ）に染まった生駒（いこま）の夕焼けを慕いながら、一族の里のある矢田（やた）の丘のほうへがらがらと戻りはじめた。

そのとき、わが身のまわりが急に陰になった。

おぼえず足を止めた。

――あっ……。

ぼろぼろの頭巾の老爺が、目の前に茫（ぼう）、と立っていた。

ほらね、やっぱり夢じゃなかった。

と、思ったとたん、無性に肌がざわめき立った。

夕日を背に負って、相手の全身が塗りつぶしたように黒い。

なんでだろう。目がおかしい。暗いだけでなく、揺れる油の薄膜でも見ているような。

むやみにごしごし目をこすった。

「見えるのだな、キメ」

どこにあるのかわからない口から、低い声が洩（も）れた。同時に、頭巾がふわっとすべって落ちた。

――なっ……。

仰天して、腰が抜けそうになった。

老人じゃなかった。たくましい、壮年の男。

つむりの剃（そ）りあがった浅黒い肌に、規矩（きく）の正しい桝（ます）みたいな顎。一文字に整ったまみえの下に、蒼（あお）みを帯びた二つの眸子（ひとみ）が強く光っている。

木こぶのごとく折れ曲がっていた背はいつの間にかまっすぐに伸び、胸板厚く、見上げるほどに丈高い。襤褸の頭巾は、深く艶やかな苔色の袈裟に転じた。

あまりに美丈夫なので、キメはぽかんと口をあけて見惚れた。

往来を阻む巌のようなのに、道行く人はなぜかたれも気にしない。むしろ、その身をするり、するりとすり抜けていく。

どういうこと？

呆然としていたら、

「見どころがあるぞ、あほう」

肉感的な唇の端が、にゅっと弓の形に上がった。

数珠の左手がすう、と動き、その示す先に吹きだまっていた落ち葉がつられて舞いあがった。翼のような袖でくるくると円を描けば、落葉も渦巻きとなり、暮れかけの空が真っ赤に染まった。

カサカサ、カサカサ……、カサササササ……。

ああ、おいらがアラに恋した日のような——、と、次にわれに返ったときには、墨染の男はもう、どこにもいなかった。

一章　うるわしの姫天皇

一

時は十三年さかのぼり――。

阿倍(あべ)は大極殿(だいごくでん)の高御座(たかみくら)から、眼下に広がる景を眺め下ろしていた。

かん、こん、しゃらん……。

きらきら、しゃらん……。

朝庭(ちょうてい)を埋め尽くす百官の敬礼にほほえみ返すたび、冕冠(べんかん)の旒(りゅう)が耳元でかすかな音を立て、目の中に無数の虹が散る。

柳の糸に雨のしずくが宿ったようなこの冠は、海彼(かいひ)の大国、唐(とう)の皇帝にならった正装だ。

玻璃(はり)のすだれを透かして、居並ぶ者たちの礼服の色が浮き立って見える。甍(いらか)を撫でてはためく幢(どう)も、おのれの御代(みよ)をことほいでくれているような。

開け放たれた宮門の向こうには、平城京(へいじょうきょう)の碁盤(ごばん)の目が、木々の緑をにじませ遥かにかすんでいる。

ああ、なんと美しい。

——青丹(あおに)よし……。

——奈良の都は咲く花のにおうがごとく……。

感嘆すると、また旒が乱れ、光が弾(はじ)けた。

ふいに、

「阿倍」

と、耳元で呼ばれた。

「ひめみこよ」

——ひめみこ？

声のほうを見やると、懐かしい父の顔がすぐそこにある。冕冠が頭上に輝いている。

父上？　なぜ？　朕が帝のはずなのに……。

と、いぶかる間もなくわが身はちいさな童(わらべ)となって、その懐に抱かれている。白銀の大袖に頬を寄せると、嗅ぎ慣れた沈香(じんこう)のにおいがする。

そうか、朕はまだ天皇ではなかったのか。皇女(ひめみこ)だったのか。父の秘蔵っ子のやんちゃ姫か。にわかに肩の力が抜け、心も甘々といとけなくなる。

きらきらの宝玉から覗く父のかおばせが、阿倍は大好きである。青白く透けるような肌。黒瞳(くろめ)がちな大きな目。唇は紅をさしたよう。まみえもほんのりと弧(こ)を描いて、美男というより美女のようだ。その父にそっくりとみなに言われるのが、阿倍はまたうれしい。

指を伸ばし、旒をつついてみる。一筋の揺れが隣に伝わり、また隣の筋へ伝わり、無数の虹が生まれてゆく。七色の光がなめらかな肌に映る。

「かぶってみたいか、ひめみこよ」

父が訊く。

「うん」

やさしい唇が笑みの形になる。が、左右にかぶりを振る。

「だめだ。そなたには、かぶらせぬ」

「なぜに？」

「じき、弟が生まれるからさ」

ああ、そうかと、阿倍は思い出す。母の光明子はいま産み月に近く、満月よろしき腹になっている。別の夫人である広刀自も、懐妊していると聞いている。ともに男子であれば、どちらかがこの冠をかぶることになるのだろう。

「それにな――」

頬をすう、すう、と撫でられた。父がなにかを諭そうとするときの癖である。

「そなたに位はやりとうない。そなたをいとしゅう思うゆえだ」

「なぜに？」

さらにたたみかけたら、父の眉間にくっきりと深い皺が二本、刻まれた。

「位とは、つらいものだからだ。苦しいものだからだ。そして――」

一刹那、言葉が途切れた。

「呪いであるからだ」

鋭い矢に、ぐさっ、と胸を射抜かれた。

――呪い。

その瞬間、うららかだった天が掻(か)き曇り、不穏な黒雲が広がった。

「だからというて、手放してはならぬ。ゆめ、手放してはならぬ。それが玉座(ぎょくざ)というものじゃ」

父の顔も暗くぼやけ、遠ざかっていく。

刺さった矢を両手で握りしめ、阿倍は必死にもがく。抜こう、抜こうとするほどに血糊ですべり、かえって食い込んでいく。退(ひ)くもならず、進むもならず、叫ぶもならぬ。

しだいに目がかすみ、冷たいところへ落ちていく。高御座が消え、朝廷が消え、幢が消え、百官が消え……。

がば、と起き直った。

傾きかけの日が、ほのかに差し込んでいる。午睡の臥処(ふしど)のうちだった。

全身しとどに濡れている。

またか……と、顔を覆う。

かたわらに置かれた冠架(かんむりかけ)に、玻璃玉の冕冠が据えてある。やわらかな光を五月雨(さみだれ)のように集め、そこだけ彼岸(ひがん)よろしく静まり返っている。

父である聖武(しょうむ)天皇が大切にしていた冠である。その死からこちら、ずっと枕辺に置いているのだ。

天平勝宝(てんぴょうしょうほう)八年（七五六）七月。

崩御(ほうぎょ)からふた月あまり。

阿倍は夢で見たように手を伸ばし、しゃらん、と光る旒を一筋鳴らした。

もうおられぬのか。しみじみと悲しい。

――父上。

＊

幾重にも重なる帳(とばり)の向こうに、阿倍は声をかけた。

「頼む」

「はい」

温厚なしもぶくれの顔が、即座に覗いた。側近の広虫(ひろむし)だ。

「お目覚めでござりまするか、姫天皇(ひめみかど)」

もともと下がり気味のまなじりが一段と下がる。

「ずいぶんまどろんでしもうた」

忠実なしもべは案じ顔をして、

「まだお色がよろしゅうないような。もすこし御寝(ぎょしん)なされては」

と、勧める。

疲れがたまっているのだろうか。からだが重い。

「いや、よい」

阿倍はあえて手荒く夜具をのけた。

侍女たちがてきぱきと働き、内衣（ないえ）、上衣（うわぎ）、裙（くん）、紕帯（そえおび）、背子（からぎぬ）……と、乱れた姿を整えていく。最後に手を取られて鏡の前へ導かれたら、先ほどの痛みをうっすらと残したかおばせがそこにあった。阿倍は化粧（けわい）の匣（はこ）を開いて待ちもうけている女官を広虫と代わらせた。広虫は手先が器用で、おつくりもうまいのだ。

さっそく椿の油をたらして仕事を始めた忠臣に向かって、阿倍は独り言みたいにつぶやいた。

「夢を見た」

梳（くしけず）る手が止まった。

「いかような」

「父じゃ。また父上が出てきた」

広虫はうなずき、ふたたびゆっくりと梳（す）きはじめる。

「姫天皇をあれほどおいつくしみなされた先帝であられます。姫天皇があれほどお慕いなされたおん父君でございます。しばしばおん枕辺にお訪（と）いあっても、少しも不思議ではございませぬ。御（み）仏（ほとけ）のお国に行かれても、えにしは結ばれたままでございますから」

「そうかの」

こうべを軽く引いては撫でおろし、引いては撫でおろしする櫛（くし）の歯が心地よい。

「朕はちいさなひめみこに戻って、父上に抱かれて高御座に座しておった」

「まあ」

「ところが、父上は朕に、おまえには位はやらぬ、つらいものだからやらぬと言うのじゃ。朕がいとしいゆえにやらぬと言う。そうして……」

その先を言いかけて、阿倍は不穏な言葉を呑み込んだ。袖のうちでそっとこぶしを握る。

梳き終えた髪を髻にまとめながら、広虫がかぶりを振る。

「気弱なことを仰せられますな。先帝にとっては姫天皇こそがすべてのよすがであられました。姫天皇こそ正統です。いまこそお心をお強う持たれねば、ますますあちらの……」

と、これまた先の言葉を呑み込んだ。

鏡の中のまなこが、ある方角へ流れる。

言わずもがな。

あちらとは、母の光明子の皇太后宮である法華寺だ。母は亡き祖父不比等の屋敷を受け継ぎ、寺となし、もろもろの活動の拠点としている。いまは紫微中台と称する役所も置かれている。この平城宮のすぐ東隣である。

紫微中台とは、阿倍が位に就いたとき、か弱い未婚の女帝を支えるという名目で、母の皇后宮職の権限を大幅に拡大してもうけられた。令外官ながら、二十数名の定員の過半を五位以上が占める高級官司だ。

その名は中国唐朝の女傑、則天武后の役所である「中台」と、六代玄宗皇帝の役所である「紫微省」になぞらえられており、それだけでも陰の主役の気配が漂うのだが、案の定、またたく間に当初の大義を超えて肥大化していった。

長官である紫微令は、母の甥にあたる藤原南家の仲麻呂である。仲麻呂はやり手のひしめく藤原四家――南家、北家、式家、京家――の面々のうちでも抜きんでた存在で、容姿も端麗なら頭脳も明晰で、若いころから母の懐刀となってきた。

正規の台閣たる太政官は、もちろん存在している。しかし、仲麻呂自身が大納言と中衛大将と紫微令を兼帯しているのをはじめとして、多くの職員が台閣の役職と紫微中台の役職を兼任しているので、いつしか紫微中台のほうが主たる廟堂のようになってしまった。

本来天皇が行使すべき鈴と印、すなわち、命令の伝達や兵の動員に必要な駅鈴と、公文書に捺印する御璽も、後見の名のもとに母らが押さえている。ていのよい乗っ取りである。

それればかりか、母と仲麻呂は叔母甥の一線を越えた、濃厚な男女の仲にある。

阿倍にとっては、あれもこれも腹に据えかねる。けれども、多勢に無勢で手も足も出ない。藤原一族の総力を身にまとっている母からすれば、小娘の抗いなど蟷螂の斧だ。

形のうえでは阿倍は天皇として敬われ、朝議にも臨み、謁見も賜う。各種の報告も受ける。しかし、それらの多くは決定済みのことで、阿倍は追認しているだけだ。自分の希望が通るのは、彼らの利害に反さぬことに限られる。

父は譲位ののち仏道三昧に入ったが、それでも生あるうちは陰に陽に楯となってくれた。その父ももういない。阿倍はますます頼りない。

しかし、だからこそ、広虫がしきりにがんばれと叱咤激励するのだ。

「さようじゃな。いまこそ朕が奮い立たねば、父上に申し訳が立たぬよな」

*

徐々に結いあげられていく黒髪を眺めながら、それにしても——と、阿倍は思う。

朕も因果な星のもとに生まれたものじゃ。

おのれは望まれた帝ではない。祝福されてもいない。玉座に据えられたのは、ほかに手がなかったからだ。やむをえずの天皇だ。とりあえずの天皇だ。なんと冴（さ）えない理由だろう。

夢の中の父の言葉がよみがえる。

――そなたには、冠はかぶらせぬ。

――じき、弟が生まれるからさ。

そのとおり、阿倍が十（とお）のとき、立て続けに皇子が誕生した。母光明子の生んだ基（もとい）と、県犬養広刀自（あがたいぬかいのひろとじ）が生んだ安積（あさか）と。平城京じゅうが沸き立った。ところが、基は生後一年になるやならずやで夭逝（ようせつ）し、安積も十七で世を去った。父に男子はほかにいない。かくして、阿倍が史上初めての女人皇太子となった。二十一歳だった。

厳密に言えば、阿倍が皇太子となったのは安積が存命のうちである。他氏所生の安積の即位を阻むため、藤原一族によって無理やり擁立されたのだ。ただし、その裏では相変わらず父聖武に次なる皇子の誕生が求められつづけていた。だから、仮置きと言ってもいい。

後宮には次々と藤原の娘が送り込まれ、子宝授かりの秘薬だの、陰陽和合の秘儀だの、夜ごと物狂おしいまでのおせっかいがたてまつられた。虚弱な父にとってそれは苦痛でしかなく、約十年の忍耐の末に、ついに位を投げ棄て、法（のり）の世界へ逃げ込んだ。これが阿倍の即位のゆくたてだ。

飛鳥（あすか）の御代の推古（すいこ）天皇を嚆矢（こうし）として、この国には女人の天皇があまた現れた。皇極（こうぎょく）、斉明（さいめい）、持統（じとう）、元明（げんめい）、元正（げんしょう）。しかし、そのほとんどは夫帝の跡を受けた皇后であり、必ず次代を頼むべきわが子を擁していた。言い方を換えれば、位につくべき皇子がいまだ未熟なため、時が満ちるまで母たちが中継ぎをつとめたのだ。阿倍のような未婚の処女が位を襲うなどは、異例中の異例であった。

当然、反対の声も強かった。父の伯母で父のよき理解者であった元正太上天皇までが、肯んじがたしと叫びつづけた。在位のころ氷高と呼ばれたこの女帝も未婚の処女であったが、甥である父が、あくまでもわが子に擬制されていた。

阿倍自身、まさかおのれが本当に天子になろうとは、思ってもみなかった。賛同を得られずともしかたがない。

即位して七年、皇太子の時代を含めれば十八年にもなるが、いまだに無言の圧力をそこかしこに感じる。早う去ね、早う席を譲れ。命も狙われている。うかつにものも食われぬ。もういくとせも、温かい供御を口にした覚えがない。

正直、玉座など居心地が悪いだけだ。みずから望んだわけではない。臣たちのまなざしが痛い。しんどいばかりで少しの安らぎもない。ときおり叫びたくなる。これはなんの報いじゃ。朕がなにをした。

しかし、どんなにつらくとも、どんなに針の莚でも、投げ出すわけにはいかぬのだ。なぜなら、この玉座は愛する父に託されたものだから。

父は迷い、悩み、ぎりぎりまで逡巡した。その果てに娘に冠をかぶらせた。その苦衷を汲まぬわけにはいかない。たとい吹けば飛ぶような身であっても。

いよいよの別れのとき、父は言った。

「阿倍よ、許せ」

病みやつれ、もともと華奢なからだがさらに半分ほどにも縮んでいた。けれどもおもざしはあまり変わらず、白蠟(はくろう)めいた肌と赤い唇が美しかった。

「朕が不肖ゆえ、そなたには重荷を背負わせた。しかし、われらの輝ける御祖(みおや)、浄御原(きよみはら)の帝と鸕野(うの)の帝のお二人によって創り出された高御座の業(わざ)を、少しでも永く保ちたかった。ひたぶるにその思いじゃ」

浄御原の帝とは天武(てんむ)天皇、鸕野の帝とは持統(じとう)天皇のことである。

「ほかにすべを知らなんだ。許せ」

涙を流してもう一度謝った。

そして、娘の跡を受ける皇太子として、道祖王(ふなどおう)の名をあげた。天武天皇の皇子の一人、新田部親王(にいたべしんのう)の息(そく)である。

新田部の母は藤原氏の始祖、大織冠鎌足(たいしょっかんかまたり)の娘の五百重娘(いおえのいらつめ)だから、藤原一族にとってはさほど悪くはない人選であった。しかし、八十有余年続いてきた天武持統の正統が尽きることには変わりはない。

阿倍がわれ知らず口もとを引き結ぶと、震える手で頬をすう、すう、と撫でられた。

父がものごとを諭すときの癖だ。

「よいか」

紅をさしたような唇が開いた。

「朕はずっと迷うてきたが、いまはこうも思うておる。もっとも大切なことは、究極のところ、おのれがおのれの跡をたれに望むかという、その確固たる意志である。朕はいま道祖に期待する。けれども、最後に決するのはそなたじゃ。そなたがしかと見極め、天子にふさわしければ許せ。器にあらずと思えば除け」

熱に浮かされた瞳が、ひととき暁の星のようにまたたいた。

「王を奴とするとも、奴を王と呼ぶとも、そなたの意のままじゃ」

阿倍は胸がどきん、と鳴った。

——王を奴とするとも、奴を王と呼ぶとも？

——このわたくしの意のまま？

見交わす時が止まり、永遠に続くかのように思えた。

*

「姫天皇？」

阿倍はわれに返った。

広虫が案じ顔して見つめている。

「なんでもない。夢の続きを見ておった、かな」

鏡ごしにほほえみあった。

いつの間にか、広虫らしい、頭頂をふっくらとさせた宝髻が鏡の中にできあがっている。

「いかがでございましょう」

と、言い終わらぬうちに、あ、と間際まで近寄った。しばし、そのまま——と、筆を構える。穂先がちょんちょん、と眉間に、頰に、こそばゆい。

できました、と、にっこりする。

「ほんにうるわしい。姫天皇」

もう一度鏡を見る。

ほろりとこぼれた涙のしずくのようなお貌（かお）の容（かたち）、と広虫はよく言う。褒めているのだろうが、自分ではときにさみしすぎると思うことがある。その細おもてに、ささやかな花鈿（かでん）が加わり、にわかに華やかになった。纐纈染（こうけちぞ）めの領巾（ひれ）と同じ、濃い紅花（べにばな）の色である。

ありがとう、と応じながら阿倍は思った。

――ひめみかど……、か。

いままでなんとも感じなかった呼び名が、急に引っかかった。ひめみかど。これも父に死なれたせいか。

「広虫」

「はい」

「朕は姫か」

えっ、と、もともと下ぶくれの頬がいっそうふくらんだ。

「もちろんでございます。なにゆえそのような――」

意に染まぬことに出会うと、広虫はこんな表情をする。

「そなたはいくつじゃ」

「二十七にあいなりましてございます」

「ほう、知らぬあいだにりっぱになったの」

初めて側仕（そばづか）えを命じたときは、たしか二十歳（はたち）になったばかりだった。紫微中台の下っ端の役人の、ういういしい若妻だった。藤家（とうけ）の女に日々の起き臥しを見張られるのは嫌だから、人間の善良さだけで、名もない女孺（にょじゅ）を選んだのだ。

「姫女官、と呼ばれたら、そなたはどうか」

「いえいえ、わたくしなどは、古狸（ふるだぬき）でございます」

広虫は言下に否み、あっと目を丸くした。

「それみよ」

おっちょこちょいだが、こういうふうに、いちいち裏を読まぬところがよい。

「朕はそなたより十も上である。そなたが古狸なら朕はなんぞ」

「めっそうもございませぬ」

両手をばたつかせて釈明する。鼻の下に汗をかいている。

「わたくしのような端者（はしたもの）といっしょになされては困ります。姫天皇は日々生まれたばかりの白珠（しらたま）のようにきよらかで、少しのお穢（けが）れもなく、初めてお目もじ叶（かの）うた日からまるでお変わりになりませぬ。姫天皇は雲の上のおん方で、雲の上には時はありませんので、きっとお年もないのであろうと推察いたしております」

にじり退（さ）がって平伏（ひれふ）した。

あながち世辞でもないのだろう。広虫は正直な女だ。だからずっと使っている。

「もうよい」

ちろりと横目で見やった。恐れ入った亀になっている。おかしくなって吹き出した。笑い出したらもっとおかしくなって、身を折って笑った。

「そういうことにしておこう。ただし、朕が姫でなくなったときにはちゃんと言え。正直者であることがそなたの身上じゃ」

　忠臣の亀も顔を上げ、もっと無体な命令に吹き出した。

二

　じっとりと湿りを含んだ薄闇に薬種のにおいが入り混じり、目をつぶっていると、どこかの山の中の洞窟にうずくまっているような心地になる。

　阿倍は顔を上げ、壇の上の仏を見つめた。本尊は掌に薬壺を載せた薬師如来だが、まなこを向けているのはその隣の小ぶりな厨子のほうだ。

　ほんの一尺ほどの木像が、ちろちろとまたたく燈明に照らされている。敬愛してやまぬ持統女帝が、夫である天武天皇の健勝を祈って造らせたと伝わっている。もともと素朴な手彫りであるうえ、年月による劣化が加わり、もはや顔かたちも、左右の腕の所在も定かではない。

　ときおりこれも薬師如来だといわれることがあるが、阿倍は違うと感じている。あの意志の塊のような女帝の念持仏なのだ。ましてや、たくましき夫君を想って彫らせたのだ。持国天とか、増長天とか、執金剛神とか、ぜひともそんな力強い御像でなければならぬと思う。

　小暗い森を逍遥するように、ときおり背後を僧が行き過ぎる。合掌している耳元に、おくれ毛を揺らすほどの微風が立つ。看病禅師たちだ。

宮中に設けられたこの場所は内道場（ないどうじょう）といい、もとは天子のためのごく私的な仏間だったのだが、父聖武のときに、天子の看護にたずさわる禅師たちの詰所となった。苦悩からの救いをもたらすという意味において、両者はほとんど同義であるからだ。

外の世界の僧侶たちは、僧尼令（そうにりょう）および僧綱（そうごう）という階層秩序によって律されているけれど、ここにはまつりごとの手は及ばない。この場の設置を主君に進言し、一種の隠れ家をこしらえたのは、二十年の入唐（にっとう）によって仏教の興隆に大きく貢献した、いまは亡き玄昉僧正（げんぼうそうじょう）だ。

阿倍も父にならって、心がざわつくたびにここを訪れる。手負いの鳥が巣に逃げ込むように羽を休めていると、おのずと傷がふさがり、涸（か）れていた力が戻ってくる。大仰に人数（にんず）を仕立てていずこかへ行幸（みゆき）などせずとも、このささやかな場所だけで日々の癒（いや）しはこと足りる。

禅師のまとう袈裟（けさ）は深い緑色と決まっており、それゆえますます秘密の洞窟めく。苔（こけ）の色した僧の姿は、夕暮れの木の間を渡る蝙蝠（こうもり）に似ている。

阿倍があたりに目を泳がせたとき、奥の扉が開き、痩せじしの禅師が現れた――と、思う間もなく、すでにかたわらへぴたり、と蹲（つくば）っている。

内道場の長たる道場監の法泉（ほうせん）だ。

阿倍は肉の薄い背に呼びかけた。

「おもてを上げよ、法泉」

「畏れ入りましてございます」

枯れ木めいた翁（おきな）のような、しかし、見ようによっては若くもあるような、つかみどころのない風貌がこちらを向いた。

「法栄はいかがしおる」

法栄とはこの僧の兄弟子で、父聖武の信頼篤く、臨終まで看護を尽くした禅師である。主君の逝去とともに道場監を退き、法泉に跡を譲った。

「姫天皇より格別の褒賞を賜りましたおかげで、息災でございます。いまはまた諸国のお山をめぐりつつ、姫天皇のお役に立てますような才ある者を探しおります。なかなかの目利きでござりますゆえ」

「さようか」

ここに籍を置いている者のほとんどは、いわゆる普通の僧ではない。普通の医師でもない。深山に分け入り、断食、捨身、不眠などの苦行を行ったり、特殊の呪法を学んだりして、常人とは異なる能力を獲得した聖たちだ。薬種や薬膳に長けた者、経絡や推拿に抜きんでた者、鎮痛、催眠をもっぱらとする者、祈禱をよくする者……。それぞれに得意の妙技を持っている。禅師とは、霊山での心頭滅却の禅行により治病の力をつけた者、というほどの意味である。

その人選は、僧綱の高位者による推挙を除けば道場監にゆだねられていて、折々に入れ替わる。父のやまいがもっとも重かったときには百人以上もの禅師が集められた。

阿倍は、「法栄もそなたもよう励め」と解放しかけ、待ちゃ、と少時とどめた。

「たれでもよい、法華経なりなんなり誦してたもれ。こんにちはこのあたりが落ちつかぬで困る」

みぞおちの上をさすってみせた。

禅師は叩頭し、音もなく退いていく。

ほどなく流れはじめた低く謳うような読経を聞いていたら、阿倍はようよう心の波立ちがおさまってきた。

法泉が按配(あんばい)したのであろう、いつしか沈香の香りが強くなっている。父の袖に染みついていたにおいだ。

――父上……。

万感胸に迫る。しみじみと悲しい。

円柱に沿うてぽつり、ぽつり、ともっている灯(あか)りにいざなわれるように、阿倍は自分と父、そして母との三十九年の思い出に浸った。

＊

ものごころついたころから、阿倍は父が好きだった。対して母の光明子にはさほどの愛も感じたことがない。

父はいつも、娘よ、阿倍よ、ひめみこよと、目に入れても痛くないほどいとおしんでくれた。比して母は冷たく、笑顔すら滅多にくれなかった。たぶん男子ばかりを望んでいたため、娘などは失望のしるしでしかなかったのだろう。懐に抱かれた記憶もない。心を開いて言葉を交わしたことも、幾度あるだろう。

母は帝聖武の妻である前に、藤原一族の女王だった。いつも実家である法華寺に腰を据え、四家を開いた異母兄たち――南家の武智麻呂(むちまろ)、北家の房前(ふささき)、式家の宇合(うまかい)、京家の麻呂(まろ)――や、さらにどんどん増えていくその子たち――豊成(とよなり)とか、仲麻呂とか、広嗣(ひろつぐ)とか――に、みっしりと取り囲まれていた。

広い邸内には、自分ら一族の名をあげるための施薬院や悲田院も設けられており、その采配にも忙しかった。

みずからを藤三娘(とうさんじょう)――藤原不比等(ふひと)の三番目の娘――と名乗るほど、一族意識の強い母である。その露骨な結束ぶりには藤の花のようなどぎついにおいがして、若い阿倍は無性に反感を覚えた。居心地がよくないから乳母(めのと)の阿倍氏のところへ入りびたったり、内裏(だいり)の父のもとへ逃げ込んだりした。

父もまた、この巨大な外戚を快く思っていなかった。いや憎んでいたと言ったほうがよいかもしれない。

とはいえ、その父と母も、あるときまでは睦まじかったのである。

父は幼名を首(おびと)といい、先帝の文武(もんむ)と、祖父不比等の娘の宮子(みやこ)の一粒種として生まれた。母光明子は不比等と橘三千代(たちばなのみちよ)の娘で、二人は奇しくも同じ年に生まれた。三千代は父の乳母でもあったから、不比等はその立場をおおいに利用した。自邸を東宮御所のごとくしつらえ、二人を一つの寝床であやすようにして育てた。二人は双子の姉弟よろしく成長し、やがて男と女として目覚めると、当たり前に夫婦になった。

父が十八のとき、おのれ阿倍が生まれた。二十四のとき伯母の元正女帝から譲りを受け、父は即位した。三年後に皇子が誕生し、基と名づけられた。基は即座に皇太子となり、藤原一族は歓喜に沸いた。翌年には、県犬養広刀自の腹から第二皇子の安積も生まれた。

このときが父の幸福の絶頂で、そこからは一転、下り坂となった。

最初の凶事は、希望の星の基が夭逝したことだった。これによって皇位の行方があやしくなると、ゆゆしき事件が相次いだ。基は呪詛によって殺されたという噂がまことしやかに流れ、藤原一族と対立する左大臣、長屋王が犯人と目された。父は藤原側の言い分を信じ、長屋王を妻子もろとも誅滅した。表向きには一家がみずから縊れたと発表されたが、内実は大量虐殺だった。

大事な基を失った藤原一族は、わが母光明子を夫人から皇后に格上げした。非皇族は皇后にはなれぬと律令で決まっているのに、強引に捻じ曲げた。すくすくと育っている安積の母の広刀自との差をつけるための、武智麻呂や房前の策略であった。

しかし、神様はお見通しというべきか、その後、疱瘡の嵐が都に吹き荒れ、藤原四家の当主はみな死んだ。世の人々は天罰が当たったと震えあがった。

このなりゆきを目にして、父の心も激しく揺れた。おのれの外戚に対して、初めて疑念を持った。生まれたときから、そのゆりかごの中で風もあたらぬようにかしずかれ、真のわが家と思ってきた。それがすべてまやかしだったように思えた。

不信の決め手となったのは、生母宮子との対面であった。

宮子は不比等の娘の一人で、たぐいまれなる美貌をもって、十五のとき、父の父である文武の室となった。ところが、子を授かったのち重く心を病み、床に臥したきりになった。後宮の奥深くに隔離されたため、父は生まれてこのかた生みの母の顔を見たことがなかったのである。

その宮子のやまいが、どんな秘術によったのか、異国帰りの玄昉によってみごとに治った。そして、正気を取り戻したその口から、父は驚愕の事実を知らされた。

宮子は不比等のほんとの子ではなかった。うら若き文武に娶せるため、その好みにあわせて用意された娘だった。宮子は素性を隠したまま未熟な天皇を虜(とりこ)にし、男子をなすことを厳命されたのである。

その責務をまっとうし、宮子は父を生んだ。ところが、過酷な重圧に負けて憂悶(ゆうもん)の淵(ふち)に沈んだ。あるいは、やまいの殻(から)の中に隠れることによって、三十有余年、自分の身を護りつづけたと言ったほうが正しいかもしれなかった。

父の衝撃はひととおりでなかった。それはやがて、恋しい生母を苦しめつづけた藤原一族への憎しみに変わった。

生母が不比等の子でないなら、自分もまた不比等の孫ではない。自分には藤原の血は一滴も流れていない。にもかかわらず、彼らが権勢を握るための食い物にされた。わが子基もそのために亡くなった。挙げ句に、むごい皇族一家殺しにまで加担させられて——。

父の中のなにかが、音を立てて崩れた。

双子のかたわれのように思っていた妻も、一転、忌まわしい存在になった。もはや敵方の女王であった。

父は平城京を脱出した。

そもそも平城京は輝ける祖、天武持統両聖帝が築いた飛鳥の新益京(しんえききょう)を不比等がわずか十六年で廃し、無理やり遷都した藤原氏の都である。

新しく宰相に任じた橘諸兄(たちばなのもろえ)とともに、父は桃源郷(とうげんきょう)を求めて恭仁京(くにきょう)、難波京(なにわきょう)、紫香楽宮(しがらきのみや)……と、住処(すみか)を転々とした。

世の人は父の真意をはかりかね、母堂のやまいが癒えたら、こんどは今上(きんじょう)がおかしゅうなられたと首をかしげた。だが、そうではない。父はまったく正気であった。父は藤家の桎梏を離れ、自分の足で歩きたかったのだ。

父は肉体こそ虚弱だが、心は弱くない。むしろ容易にへこたれぬ鋼のような強さを持っている。いま思えば、父の生涯の中であの彷徨の一時期ほどいきいきしていたときはなかったと阿倍は思う。目の色が違っていた。

そんな父の活力の源となったのが、仏教だった。

父は一国の天子にして、みずからを「三宝の奴」とまで言い切った人である。

*

暗い床へ流れている裳裾が、ふわり、と柔らかな風に煽られた。振り返ると、若い僧が一人、燃え尽きそうな燈明を換えている。こちらの視線に気づくと、灯りを懐に守ったまま恭しく片膝をついた。深い明暗に削られた顔貌が、異界からの使者のように見える。

阿倍は思いつき、

「禅師よ、そなたはなぜこの道へ入った」

と、尋ねた。

「はい。救われぬわが身を救いたいゆえでございます。そうして、救われぬ方々を少しでも救いたいゆえでございます」

火影に溶け入るように、いらえが返る。

「よい答えだ」

静かに去っていく苔色の後ろ姿を、しばらく見送った。

父も同じようなことを言っていた。人を救うために必要なのは、神よりも仏の力なのだと。そして多くの人々が結びあうために、仏の力を借りたいのだ、と。

神とはそもそも氏族の祖神（おやがみ）であり、人々をあまねく団結させるものではない。むしろばらばらに隔てさえする。これに比して、仏はすべての人々をひとしなみに結びつける。氏族だけでない。一つの国のみでもない。仏の教えを介せば海の向こうの人々ともつながれる。

神は必ずしも民を救わず、ときにわりなき災厄すらもたらす。一方、仏は理不尽な怒りを撒（ま）き散らしたりはしない。正しい行いにいそしんでおれば、たれでも終（つい）には仏になれる。仏の教えをもってすれば、いままでにないまつりごとが実現するに違いない。父はそう夢想した。

あるとき父は河内（かわち）の国で、みごとな仏像に遭遇した。巨大なその像は尋常ならぬ質感と霊妙な輝きを放っており、聞けば、あまたある仏の中でももっとも枢要（すうよう）で、宇宙の森羅万象（しんらばんしょう）のすべてをつかさどる毘盧遮那仏（びるしゃなぶつ）という如来（にょらい）であるそうだった。しかもそれは、特定の富者の財ではなく、法（のり）を求める人々の寄進によってできた知識仏（ちしきぶつ）であるそうだった。父は詠嘆した。

――人々の善の心と祈りが集まった御像！

父はすっかり魅せられ、自分もそのような尊像を顕（あらわ）したいと熱望した。こころざしの強さを知らしめるため、かつてない大きさで実現したいと思った。その座すべき清浄な仏都として、近江（おうみ）山中の紫香楽を構想した。

大願の成就のため、在野（ざいや）の法師として絶大な人気を博していた行基（ぎょうき）を登用した。行基はかねて病人や貧民を助け、集った人々とともに治水、開墾、架橋などにたずさわっていた。これほど勧進の役目にふさわしい人物はなかった。行基のあり方は公の支配から逸脱しているため、秩序を乱す妖僧として、貴族からは忌み嫌われていたが、父は師と仰いで手厚く遇した。

父の情熱はそれだけにとどまらず、さらに一歩踏み込んで、神と仏を融合させることに夢中になった。

なぜならば、この国の天皇は天つ神の末裔だからである。現人神である天皇が、なぜ異国から来た仏を崇めねばならぬのか、といぶかしむ者は、けっして少なくなかった。皇祖神アマテラスを祀る伊勢の社もよい顔をせず、毘盧遮那仏の造営にも力を貸してくれなかった。父は孤軍奮闘して、矛盾の解消に奔走した。

そんな父に救いの手を伸べてくれる者は、意外なことに近くにいた。ほかならぬ、この苔色の禅師たちだった。なかでもお気に入りの法栄が、父の夢を大きく花開かせた。

法栄は、豊国法師と呼ばれる豊前出身の山岳修行者である。看護僧集団としての豊国法師の名は何百年も前から知られており、数々の禅師が大和に招かれ、大王や王子の治療に当たってきた。とりわけ法泉、法栄の師である法蓮は難病をみごとに治す奇特の僧として、元明女帝や元正女帝から惜しみない賛辞を受けた。

彼らの故郷の豊前では、韓半島からの影響で、神と仏の習合が逸早く進んでいた。法蓮ひきいる禅師たちも、鎮西随一の大神である宇佐の八幡神と一体化し、特徴ある祈りの形を生み出していた。法蓮は八幡宮のかたわらに弥勒禅院なる寺を建て、西国における禅師たちの活動の拠点となした。

神の子ながら仏道に励まんとしていた父は、法栄の話に目を輝かせた。

――宇佐の神様は仏をことほぐ護法善神！

これこそ、探し求めていたものだった。

しこうして、紫香楽での毘盧遮那仏の造立を決意したとき、父は宇佐神にねんごろに奉幣し、三位の位と封戸四百を寄進した。のちには皇族の最高位たる一品と封戸千四百まで授ける。父の願いに対して、八幡神も惜しみない祝福で応えた。宇佐の社はいちやく皇室の尊崇きわまりない存在となった。

父は阿倍にもしばしば力説した。

「神と仏の二つは、けっして相反するものではない。釈迦牟尼のお生まれになった天竺では、神は法を護り、仏は神を救い、互いに互いを高めあっている。おおもとの国においてそうなのだから、われらにおいても同断じゃ」

つねは青白い父の皮膚が、興奮してほの赤く染まっていた。

しかし、そんな父の疾走は五年で挫折した。

大願を込めた事業は、繰り返される放火や狼藉によって続行不能に陥った。旧都を慕う者たちによる妨害だった。主君の腰が定まらぬため、下々の心も不安定になり、世の中は乱れに乱れた。

しだいに沈んでいく父の心にとどめを刺したのは、第二皇子の安積の死だった。朝元気だったものが夕方逝くという、不自然極まりない死に方だった。非藤原の都で非藤原のわが子に位を渡したいとひそかに望んでいた父の夢は、もろくも崩れ去った。

そして、都は平城京に還った。

失意の父に残された仕事は、新たな男子をもうけることだけだった。南家の娘の南殿、北家の娘の北殿、その他にも若い藤原の娘が次々に閨にやってきた。

いまさら女など見たくもない、というのが父の本心であった。だが、えいえいと受け継がれてきた正統の血をつなぐため、耐えざるをえなかった。奮わぬものを奮い立たされ、出ぬものを絞り出させられ、しかし実は結ばなかった。屈辱以外のなにものでもない。

そんな父とはうらはらに、母のほうは切れ者の愛人の仲麻呂と組み、どんどん意気軒昂になっていった。

紫香楽の毘盧遮那仏は、その後平城京に所を移して造立が再開された。多くの人は父の不屈の精神とみて感嘆したが、それはあまり正しくない。

金光明寺の僧良弁の協力を得て、京域東の三笠山の裾に巨大な鋳造仏の櫓が組みあがったとき、阿倍は母たちの高らかな凱歌を聞いた。

――よいとも、大仏でもなんでも造ってやろう。

――ただし、藤原の都でな！

大仏は還都から四年後にできあがり、金光明四天王護国之寺、通称東大寺として新生した。万に及ぶ僧侶が集まり、この世の浄土よろしき開眼供養がもよおされた。しかし、この日を待たず、父は玉座を降りていた。華々しい式典にも出席しなかった。祝いの場に置かれていた父の鳳輦は、じつは空輿であった。

藤原の者たちは、みなよく似ている。一族の繁栄のためなら、すべてをなげうち団結する。愛だの夢だの情けだのは、まるで埒の外なのだ。

――かわいそうな父上！

*

相変わらず、低い読経が耳の底を撫でている。

阿倍はいざなわれるように目を泳がせ、ふたたび厨子のうちの小像に眺め入った。

ちろちろとまたたく火影に照らされ、在りし日の姿が少しずつよみがえる。彫り深く、丈高く、筋肉隆々とした軍神。天武天皇そのものだ。持統女帝が心から愛した夫君。

この聖帝夫婦のことを考えると、阿倍はふつふつと血のたぎるような興奮を覚える。目を閉じると、父からおとぎ話のように聞かされてきた話を思い出す。それは、おのれらの血統の源となった、伝説の恋人たちの物語。

「よいか阿倍よ、ひめみこよ」

一巻の巻子（かんす）が目の前にするすると延べられる。父の座右（ざゆう）の書（しょ）ともいうべき天皇系図だ。阿倍は父の膝の上で、現在から過去へとさかのぼる、長い長い樹木の根を見つめる。樟脳（しょうのう）の清々（すがすが）しいにおいがぷん、と立つ。

「この日（ひ）の本（もと）の天子は、創始の大王カムヤマトイワレヒコ様から四十余代の長きにわたって続いてきた。その中でも、朕やそなたにとってもっとも大事な分かれ目となったのが、かの壬申（じんしん）の年に起こった大乱だ。われらが父祖たる浄御原（きよみはら）の帝と、兄君たる淡海（おうみ）の帝との不和に端を発しておる」

大海人皇子（おおあまのみこ）と中大兄皇子（なかのおおえのみこ）、すなわち天武天皇と天智天皇という、因縁の兄弟の相克（そうこく）である。浄御原、淡海という通称は、それぞれの宮がいとなまれた飛鳥（あすか）と近江にちなんでいる。

父は筆を手にして、ときおり木簡に特徴のある細かい字で名など記しながら、ゆっくりと語った。
「淡海の帝は長いこと、まつりごとの相棒であった弟君の大海人様にお跡を頼んでおられたのだが、しだいに冷とうなられて、愛するお子の大友皇子に位を譲ることにされてしもうた。大海人様は兄君の手のひら返しが不服でのう。うわべには異論なしとて、妻の鸕野様と一粒種の草壁君を伴うて吉野のお山へ退かれたが、心中は承知でなかった。ゆえに、兄君が逝去なさると兵を挙げ、近江の大津宮の大友様に真っ向勝負を挑まれた。

時は夏じゃ。じりじりと身を炙る太陽のもと、国じゅうが真っ二つに割れた。大きな淡海が血で真っ赤に染まった。それはそれは凄惨な、骨肉の争いであったのぞ。しかし、玉座は一つしかないのだからしかたがない。とにもかくにも雌雄を決するしかなかったのじゃ。

どちらが正しかったのか、どちらが間違いだったのか、そんなことはわからぬ。しかし、けっして忘れてはならぬのは、それほどにも過酷ないくさをくぐり抜けることによって、われらのこの血統が唯一無二の正統としてつかみ取られたという、その事実じゃ。われらは心してこの栄光を守り繋いでいかねばならぬ。わかるか」

灼熱の日の光の下で、大きな湖が血に染まる。耳の中で悍馬がいななき、怒号と喊声が轟く。想像するだに恐ろしかった。けれども、それよりも気になったのは、父親と夫の板挟みとなった若き妻の心中だった。

「鸕野様は、淡海の帝のおん娘であられるのよね。父君のほうに与するか、夫君の味方をするかで迷われたりはしなかったの」

こともなげに父はいらえた。

「迷いなどあるものか。鸕野様はひたぶるに夫君に従われた。鎧をまとうて、ともに戦いすらなさった。じつのところ、兄君に裏切られて傷心となっていた夫君を鼓舞し、あっぱれ勝利を呼び込んだのは、ほかならぬ鸕野様であろうと朕は思うている」

阿倍は驚愕した。

「なんと勇敢な。女子の身にしてそこまで？」

父は深くうなずいた。

「それくらい夫君に惚れておられたということだ。鸕野様は火の山がたぎるほど愛情豊かなおん方じゃ」

なるほど、まことの愛とはそういうものか。なんと情熱的なのだろう。

阿倍の胸に、言いようのない憧れが起こった。一度でいいから、自分もそんな命懸けの恋をしてみたい。

さらに父は続けた。

「だからこそ、かの女帝は夫君とのあいだの一粒種である草壁皇子の血が末代まで受け継がれんことを望まれた」

天武天皇は生涯に多くの妻を持ち、たくさんの皇子に恵まれた。しかし、われこそは唯一無二の伴侶であると自負する持統女帝は、愛児草壁以外の皇子に位が渡ることを許さなかった。

夫に先立たれるとみずから跡を襲い、未熟な草壁の成長を見守りつつ、その脅威となりそうな敵を入念に排除した。ところが、そうまでして守った草壁は、玉座につく前に先立ってしまった。

女帝の失望は大きかった。だが、くじけることなく、草壁の妻である妹の阿閇と協力し、孫の軽に位を受け渡した。文武天皇である。

「浄御原の帝の皇子たちは、なぜ自分らをさしおいて一代飛ばしに皇位が流れるのか、大いに不満であった。けれども鸕野様はいっかな動じなかった」

その気持ちは、阿倍にはよくわかる。この女帝は他の妻たちとは違うのだ。夫と手に手をたずさえ、風雪に耐え、阿鼻叫喚の戦場でともに生き血を浴びた。御簾の奥でただ夫の訪れを待っていた女たちといっしょにされたくないだろう。おのれと夫の愛のあかしを永劫、皇統樹の主幹に刻みたいだろう。

「そんな女帝に脇から力を貸したのが、不比等の祖父であった。祖父は律令の制定を取りしきり、直系を旨とする継嗣の決まりを作った。これにより女帝の望みは正しきこころざしとされ、ご夫婦の血脈は脇へ逸れることなく、親から子へ、子から孫へと真一文字に繋がれていくことになったのだ。そして――、わが父文武とわが母宮子が結びあい、朕が生まれた」

話がそこに至ると、父は筆を持ち直し、系図の最後の文字の「首」の上の宙で、ぐるぐると渦を描くようにした。

のち、まっすぐにこちらを見た。

「かくして、われらの正統は創られた。御祖たちの熱情の結晶だ。ゆえにこそ、手放してはならぬのだ。ゆめ、手放してはならぬ」

大きな黒瞳に力がこもる。眉間に深い縦の皺が刻まれていく。

「いや、ならぬというよりできぬのだ。この栄光は、呪いでもあるのだから」

――え……。

――呪い、とは？

「姫天皇」

どきり、とした。

いつの間にか広虫が背後にひざまずいていた。

「お帰りが遅いので、なにごとかあらんと案じました。先ほどもご心痛のご様子でしたし」

「そうか」

よほど心配したのだろう。肌が青ざめている。

「気に病んでも詮なしじゃな。戻ろう」

暗がりに紛れていた苔色の蝙蝠たちがいっせいに平伏した。

＊

道場を出ると、まといついていたにおいと湿気が一気に払われ、衣を一枚脱いだように清々(すがすが)とする。胸を開いて乾いた空気を吸い込む。

「広虫」

回廊の途上で、阿倍は呼びかけた。

「はい」

「教えよ」

「なんでございましょう」

「夫婦とはよいものか」

広虫の足がぴた、と止まった。

「なにをおっしゃいます」

「そなたらは世に聞こえたおしどり夫婦ではないか」

広虫の夫は葛木戸主（かずらきのへぬし）といい、下級の役人ながら誠実な働きぶりの評判がよい。

「そんなことはございません」

と、言いながら、青ざめていた頰にもう血の色がさしている。やっぱりいとしき背（せ）の君（きみ）なのだ。ほほえましくなった。

阿倍は明かり格子の際にゆっくりと寄った。

「先ほど鸕野の帝の念持仏を見ながら、ずっと考えておった。朕はみなと違うて伴侶を持つことが叶わぬ身だが、もし愛する人とともに生きるような人生であったら、どんなであったろうかと」

淡い光が筋を描いて、蘇芳色（すおういろ）の大袖に落ちる。

広虫が相手だと、阿倍は素直になる。飾らない本心がするすると出る。

広虫の下がり気味のまなじりが、じわっとあたたかみを帯びた。

「いえいえ、わたくしどもなど、取るにも足りませぬ。たしかによき夫でございますが、わたくしのほうがふつつか者ゆえ、もろもろつとめが果たせておりませぬ。残念ながら、子にも恵まれませぬ。姫天皇にお教えできることなどありましょうや。かの鸕野の聖帝の引きあいに出していただくのももったいのうございます。けれども、姫天皇のご英慮をもちまして、養い子はたんとございます。これだけは、まことによいものでございます」

にこっとした。

「おお、そうであった。子らはみな息災か」

広虫夫婦は天災や貧苦で親を失ったみなしごを拾っては集め、拾っては集めして、育てているのである。そのあり方は、血はつながっていなくても親子になれるという、新しい事実を阿倍に教えてくれる。

阿倍は広虫夫婦に特別に禄を支給し、子らの衣食の援助をしてやっている。夫婦の心がけをあっぱれだと思うし、自身も幼い者が好きなのだ。ことに策謀のうずまくまつりごとの世界に生きていると、童たちの裏のない純真さがまことに尊く思える。よそながらでも、子育ての一端にかかわっていたい。

孤児の救済は、母の光明子ら藤原一族も行っている。だが、母らの活動には功利のにおいが強く、阿倍は虚心に見ることができない。できることなら、広虫たちのような行いを、慈悲の心をもって大きくしたい。

父の影響を強く受けて育った阿倍は、やはり仏の道に心酔している。御仏に救いを求める気持ちは、むしろ父より切実なのではないかとすら思っている。なぜならば、父は多少病弱ではあったけれど、すべてを備えていた。帝王としては完璧で、なんらの瑕瑾もなかった。一方、おのれは出だしからこの国の歴史と伝統をはみ出し、欠けたるもののあまりに多い天皇である。そのぶん、おのれの心を保ち、誇りを保つことが難しい。

だからこそ、これから先、もしおのれでまつりごとを取りしきることのできるような日が来たら、仏の教えをもっと生かした取り組みをしてみたいと思っている。果たしてそんな日が来るのか心もとないけれど、とにかくいまはくじけずに持ちこたえていきたい。

理想を言うならば、めざすのは、かつて推古女帝の時代に仏教の普及に大きく貢献した聖徳太子、すなわち厩戸皇子である。

そういえば——、と、広虫がうれしげな瞳を向けた。

「なんぞ」

「いま夫とともに、とりわけいつくしんでおる子がございます。アラと申すのですが、長じましたら、ぜひ姫天皇のお役に立てたいと思います。たいへん性うるわしゅうて、いままでに出会うたこともないほどかわゆいのですよ」

腰のあたりで、くりくりとつむりを撫でるふうをした。

「そうか。楽しみにしておこう」

阿倍はうなずき返した。

気づけば、風の中に煮炊きの香ばしいにおいがまじっている。夕餉が近いらしい。目と目で合図を交わし、歩みを再開しながら、阿倍はまた「広虫」と呼んだ。

「はい」

「真備はどうしておろう」

皇太子だった十年ほど前、学問の師である東宮学士をつとめてくれていた人物だ。当時は下道真備といい、いまは吉備真備と称している。

元正女帝の治世の養老のころ、玄昉と同じ船で唐に渡り、軍学、儒学、礼法、法律、算術、築城術……、あらゆる実用の学を修めた抜群の知恵者である。聖武の愛児として甘やかされるばかりだった自分に、ただ一人おもねりもせず、将来の帝王としての心構えをびしびしと説いた。父に重用されたぶん、母や仲麻呂には睨まれ、父が位を退いたとたん、筑前守として最果ての地へ飛ばされてしまった。阿倍は無力で助けてやれなかった。

皇太子のころはきびしすぎて煙たいと思うこともあったが、孤立無援のいまは無性に恋しい。一人でもいいから、真に頼りになる味方がほしい。

「息災でおられればよろしゅうございますが。お年もはや六十を超えておられますな」

真備の西海暮らしも長い。筑前守のあと、ふたたび入唐して帰国し、いまは大宰大弐だ。

「あれがここにおってくれたらな」

阿倍は格子のあいだから、すっかり夕暮れ色に染まった西の空を眺めた。

三

「紫微令よ」

光明皇太后は御座の背後に寄り添い、肩を揉んでいる男に呼びかけた。

「もうちと首の根のほうを」

半身を傾けると、よく肥えた顎の皮膚が、練り絹に襞を作ったように二重三重になる。髷の端から釵子が一本すべり落ちたのを、仲麻呂は素早く手のひらに受け、わがもののように懐に預かった。

「こう、ありましょうか」

器用な指が、首筋をたんねんに往復する。

「ああ、心地よい。とろけるようじゃ」

白粉を厚く塗りあげた皮膚がほんのりと上気し、華やかな朱華色（はねずいろ）の衣をいっそう艶めかす。熟しすぎて崩れる寸前の、くどいような甘さが立ちのぼる。姥桜（うばざくら）という言葉は、この皇太后のためにある。

六十路（むそじ）に手が届こうというのに、うっとうしいほど多い髪には白いものの一筋もない。硬い玻璃のような娘の美しさとは、まったく質が違う。

先帝聖武の喪の明けた、天平勝宝九年（七五七）。

法華寺の奥殿に、睦月（むつき）の夜が更けている。

寝所全体に紗（しゃ）がかかっているように感じられるのは、天から下がっている鴇色（ときいろ）の帳のせいだけではない。天下の銘香といわれる紅塵香（こうじんこう）の香りが、むせるほどに漂っているからだ。

光明子は眠たげな半眼を、ちら、と五歳年下の情人にくれた。

「道祖王（ふなどおう）はいかがした」

自堕落（じだらく）に浸っているようでも、頭の半分はまつりごとのことを考えている。

「進めております」

そういう女あるじだからこそ、仲麻呂も公私にわたって仕えつづけている。さもなくば、こんなあやうい橋は渡らない。

「悪い噂をたんまりと。もはや道祖様は、姫天皇にとってとうていお跡を託すべきお方ではござりますまい」

「ようやった」

光明子は唇の端だけでほほえんだ。

ほろほろ、ほう、とどこか遠くでふくろうが鳴いている。間抜けな夜の鳥の声を聞くともなく聞きながら、皇太后はつぶやいた。

「基さえ、生きておったらな」

この思いだけは、嘘もいつわりもない。

三十年前に早世した赤子である。夫聖武の次に、歓喜の渦に包まれて玉座につくはずだった。阿倍ではない。基こそが正真正銘、藤原一族から生まれた初の帝王になるはずだった。基さえ生きていれば、なんの障りもなかったのに。

不比等の父の悲願に応えられなかった。

およそ自分の人生を顧みれば、藤三娘としての役目は、上々に果たしてきたと思う。つかむべきものはつかみ、かわすべきものはかわした。消すべきものは消した。しかし、この皇子だけは、指の間をすり抜けてしまった。

「まさに、でありますな」

仲麻呂も神妙に眉根を寄せる。

「おかげで阿倍も哀れじゃ。安積とて——」

光明子は背中の男を振り仰ぎ、ことさらに、ほうっ、と嘆息してみせた。

「死なずにすんだものを」

仲麻呂は大仰に心外の顔をした。

「かの若君のことは、わたくしではありませぬぞ」

世のおおかたの者は、安積の不自然な死は仲麻呂のしわざだと思っている。むしろ、仲麻呂でなくてほかにたれがいる。

だがよい。いまさら。ともあれ邪魔者は片づいたのだ。

「さようか」

光明子は深入りせず、ほかへ想念を移した。

自分のせいではない。仲麻呂のせいでもない。結局夫が不甲斐(ふがい)ないのだ。

「あのあと一人でもできればな」

「いたしかたありませぬ。こればっかりは」

男は哀憐(あいれん)深げに応じるが、声にゆとりがある。おのれなら、と思うのだろう。

「汝(いまし)、いくたり子がある」

わざと聞いてやる。

「死んだものもありますが、二十人ほどおりましょうか」

仰天の子福者(こぶくしゃ)である。

「妻はいくたり」

こんどは笑って答えない。子の数からして、五人より少ないはずはない。

まあ、そういう男だ。正室の袁比良(おひら)などはあきらかな醜女(しこめ)だが、次々に孕(はら)ます強者(つわもの)である。容色などには頓着(とんじゃく)もせぬのだろう。ただただその裏側にある権力に欲情するのだ。それでこそ藤家の男子だ。不比等の父もしかりだった。

「そなたの太さのかけらほどでも、わが夫にあればのう」

わずかな障りにいちいち萎えているようでは話にもならぬ。

「もすこし、右の肩のほうをしてたもれ」

わがままに指図しながら、光明子は藤原ではない儚い夫のことを思い返す。

われらとて、もとは似合いの一対だった。ともに遊び、ともに食し、ともに笑い、抱きあって眠った。子犬の姉弟のようだった。そのまま夫婦になった。そこにひびが入ったのは、宮子と玄昉のせいだ。

かわゆいかわゆい、わが言いなりの弟だったのに、急に逆らうようになった。すべてを知ったときにこちらに向けた、あの忌まわしい蛇でも見るような目。

それ以降、この身に指一本触れぬようになった。自分は帝王たる資格に欠けるとか、不肖の身で民に申し訳ないとか、抹香臭い言い訳ばかりするようになった。そして、神を捨て、仏を取り、平城京を逃げていった。生意気な。

おかげで、巷は乱れて麻のごとしだ。

為政者のくせして信心などに振りまわされてどうする。仏もうまく手綱で結わえ、政事の利と益とに活用せねば。童子でもあるまいに。

こぶしをぎゅっと握った。とたん、下腹の奥が痛んだ。

「皇太后？」

敏い相方の手が止まる。

なんでもない、と続けさせる。

そもそもあれらは浄御原と鸕野、浄御原と鸕野と、馬鹿の一つ覚えみたいに言いたがるが、その輝かしい血筋ができあがったのも、わが父不比等のおかげではないか。わが父が麤野の帝に助太刀せねば、血統は必ずや脇へそれたのだ。功のなかばはわれらにある。

だが、それもいまや風前のともしびだ。わが腹を痛めた子ではあれど、女人の阿倍では行き止まりである。すっぱりと割り切って、先を見込んだ別の流れに活路を見出さねばならぬ。さもなくば共倒れだ。

思えばずいぶん早くから、自分はそれを考えていた気がする。なのに、夫がいつまでも煮え切らなかった。そもそも阿倍に玉座を継がせることも、じつは自分は乗り気ではなかった。阿倍は母親のわればかり非難するが、結局のところ父親の犠牲になったのだ。

紫微中台などという疑似政府を作ったのも、さほどによこしまな腹ではない。麤野様の血を尊ぶあまり、先のない阿倍が無理やり位に立てられてしまったから、こんな珍妙な組織をこしらえざるをえなかったのだ。目から鼻へ抜けるようなこの甥がひねり出した策である。

いや――、この男は阿倍の即位を否定していなかった。むしろ後押ししていたといってもいい。思惑は違ったのか。

まあ、どちらにしても急がねば。藤原とこの国の未来のために。阿倍よ、恨むのなら、かの伝説のご夫婦帝様の血を恨め。

また、ちくっと下腹の奥がひきつれた。

「お具合が？」

思わず眉をしかめると、肩の上の手が静かに下りてきた。

「大事ない」

帯の下が掌の温みに包まれる。その内側の子壺（こつぼ）のあたりに硬いものを感じる。なにやら悪いものが育ちつつある——と、内道場の看病禅師に告げられている。

「急げ紫微令。わらわの命のあるうちに。新しい道を拓（ひら）け」

「心得ました」

その手が下へ、下へ、さらに裾を割って、ゆっくりと這入（はい）ってくる。

おや。

その気か。久しぶりではないか。使命を与えると漲（みなぎ）る男か。

うねるような快感と痛みがないまぜになり、もうどうにでもなれという気持ちになる。

「汝（いまし）もたいしたものじゃ」

「この日の本の国のために」

「そのことではない」

また、ふっ、と息の音がして、もっと深いところを探りはじめた。

あ——、と声が漏れ、がくりとのけぞった鬢（びん）から、二本目の釵子が落ちた。

すでに裾のうちに潜り込んでいる相手が、三笠の山の端（は）の三日月みたいに、ちろりと上目をよこした。

白いほほえみの、なんと淫靡（いんび）なこと。

＊

「ほう、珍しい。これは舶来じゃな」

　阿倍はみごとな絹を手に取り、感嘆の声をあげた。

　金銀の蜀江錦(しょっこうにしき)は、八角の格子から青い麒麟(きりん)がいまにも飛び出してきそうだし、紅梅色の絹は、満開の梅の花びらの色が透き通るように甘くぼかし染めされている。

　ほんに、と広虫が目を近寄せ、御簾の向こうの庭を仰いだ。

「いまの眺めを絹に写し取ったようでござりまするなあ」

　うらうらの如月(きさらぎ)の空の下、表の紅梅白梅が真っ盛りである。青い春風がそよぐたびに、馥郁(ふくいく)たる香りが運ばれてくる。

「さすがは紫微令のお見立てです。利(き)きたること」

　なかば降参といった顔である。

　年が明けたころから、仲麻呂がひんぴんと贈りものをよこすようになった。絹、宝玉、金細工、鏡、化粧の具、はたまた山海の珍味。またかと思いつつ、女心をくすぐる品ばかりだから、いちいち見入ってしまう。

　いま唐では安禄山(あんろくざん)なる者による大乱が起こり、新羅とのあいだも円滑ではない。以前ほど舶来の高級品は入ってこないはずなのに、仲麻呂の田村第(たむらのだい)にはどれほどの財宝が積まれているのだろう。

「たしかにな」

阿倍は相槌を打ったのち、そろそろであろうかと、侍女が控えている小隅を見やった。

紫微中台とこの内裏との連絡は、仲麻呂の妻で尚侍の袁比良がつとめているのだが、さいきんは仲麻呂みずからが顔を出す。母の光明子がやまいがちなので、厄介な事案があると、直接こちらへ相談に来るのだ。

そして、来るときは必ず贈りものが届いたころあいに来る。

あるいは——、と阿倍は策士の思惑を考える。

あれほど光り輝いていた母に、にわかに陰りが見えてきた。抜け目のない男だから、万一を見越してこちらに鞍替えしようとしているのではなかろうか。だとすれば、用心せねばならぬ。

思わず膝の上で絹を握りしめた——、ところへ、案にたがわず本人が現れた。

「仲麻呂めにございます」

折り目正しく辞儀をする。

「姫天皇には、ご機嫌うるわしゅう」

一分の隙もない姿だ。静かに上がったおもては端正で、目尻に刻まれた皺にも円熟味がある。柔和なまなこが、こちらの手元に向けられる。

「いかがでござりましょう」

自分の見立てに自信があるらしい。

「よい色だ」

「世は梅の真っ盛りでございます。今朝がたわが家の古木を眺めておりましたら、姫天皇との懐かしい思い出が浮かびまして、そしたらどうしても紅梅の色した絹を献上しとうなりました。ずいぶん探しました」

　阿倍は、はて、と思った。

「懐かしい、とは？」

「むかあし昔、不比等の祖父の邸に広い梅林がありましたろう。ほれ、東のどんつきのほうの、いま施薬院のあるあたりでございます。あそこで幼き方々がお遊び興じておられたとき、姫天皇の領巾が梅の木に引っかかりました。おそらく五つか、六つくらいでおわした。ほんに無邪気でかわゆらしいひめみこであられた」

　ああ……、と阿倍は思い出した。

　そういえば、そうだった。昔みごとな梅林があった。梅のみならず、橘とか茱萸とか棗とか、実のなる樹がたくさんあった。珍しい異国の花も咲いていた。子供らの恰好の遊び場であった。

　大勢が集うたときは、大人はみな政治談議に夢中だったが、この男のみはときおりこちら側に交じって、木の実をもいでくれたり、花輪を編んでくれたりした。あのころから気が利き、幼い者にも人気があった。

　そうだ。大きな梅見の宴だった。よく晴れていたけれど風がとても強く、領巾を凧のように奪われて……。

「朕は大泣きしたのではなかったか」

「さようでございます。身どもがお宥めして、木に登ってお取りしました。そのときの領巾が、やっぱりこんな匂やかな色でした」

「よう覚えておった」

まぶたの裏側の青空に、ひととき華やかな赤色がひるがえった。時を超えて、急に目の前の男との隔てが縮まったような気がした。

相手の満足げな目尻の皺がひとしお深くなった。と、思う間もなく真顔に返り、

「申しあげたき儀が――」

冠のこうべが床すれすれに伏した。

どきりとした。来るぞ、と勘の糸が振れた。

「許す」

再び上がったまなこは峻厳(しゅんげん)の色をたたえ、硬く引き締まっている。

「この仲麻呂、一族の長たる藤原南家を代表する身として、叔母上である皇太后に長らくお仕えしてまいりました。さりながら、わが衷心(ちゅうしん)は皇太后のみに注がれてきたわけではございませぬ。この日の本の皇緒(こうちょ)のすべてを存念し、姫天皇のお姿もむろん、お慕わしゅう拝見してまいりました。それこそ小鳥の雛(ひな)のようにあどけなくあられたころより、天女のようにうるわしきこんにちに至るまで、日々謹(つつし)んで」

さんざん母とつるんできたくせに、調子のよいことを言う。しかし、あまり悪い気もしない。

阿倍は侍女たちに合図して、座を退(さ)がらせた。あわせて腰を浮かせた広虫は、首を振って留めた。広虫には聞かせたほうがよい。

仲麻呂もうなずき、言葉を続ける。

「じつのところ、先帝が亡くなられてよりずっと、姫天皇と踏み込んだお話をしたいと、そればかり願うておりました」

「申してみよ」

「はい。これは身どもの一存でございます。皇太后にも申しあげておりません」

　ますますどきり、とする。だが、おおよその見当はつく。この男が改まって意見することといったら、一つしかない。

「皇位のことか」

　先制した。

「ご明察でございます」

　よどみない弁舌が、いささかも滞ることなく流れはじめる。

「畏れながら、この件にかんしましては、仲麻呂つむりが白うなるほど思案してまいりました。口惜しきことではありますが、長く続いてまいりました浄御原の帝と鸕野の帝のおん血筋は、もはやなすすべがございませぬ。しかし、なすすべなきことに鬱々としておるよりは、きっぱりと潔う、新しき天(あま)つ日嗣(ひつぎ)を拓いていくほうが賢明にございます。その大役を、ほかならぬ姫天皇におつとめいただきたいのです。及ばずながら仲麻呂めもお手伝いさせていただきます」

　ほんとに大事を言ってきたようだ。しかし、具体的に那辺(なへん)をさしているのかわからない。

「朕にどうせよというのじゃ」

　返す言葉に力が入る。

「この正統を締めくくる太上天皇(だいじょうてんのう)におなりいただき、次なる流れの始まりの天皇をお支えいただきたいのです。もろもろ輝かしき伝統を、御親として、わが子へ伝授していただきたく」

　阿倍は思わず相手を凝視した。

「朕に太上天皇になれと」

「はい」

「さようでございます。なるたけお早うご決意いただきとう存じます」

「譲位せよとか」

阿倍はごくり、とつばを呑んだ。

仲麻呂は微動だにしない。

「つらつらこの国の玉座のありようを顧みますと、最上の権威は天皇よりも、その父君または母君たる太上天皇にあると感じます。古き御代(みよ)は違いましょうが、この八十有余年はさようでございました。軽様、すなわち文武の帝をお支えになった鸕野様しかり。首様、すなわち聖武の帝をお支えになった阿閇様しかり、氷高様しかり。姫天皇にとっての聖武先帝しかり。天皇はつねにお一人ではなく、太上天皇と相並んでお国を統(す)べてこられました」

たしかにそうだ。しかし、誤りも言うた。

「朕を後見してきたのは、父上よりも母上だけれどな」

こは、と仲麻呂が恐縮する。

「とまれ、天皇の後ろの座にいます方こそ真の重鎮であると、世の者はちゃんとお察し申しあげております」

なるほど。

「朕に、そちらの座へ行けと」

「いかにも」

「母上はどうするのじゃ」

「お退(ひ)きになるころあいかと」

――ほう。

言いおった。

阿倍はしばし考えた。

しかし、それは妙案か。そのほうがわが身は安らかで、なおかつ自由になれるかもしれぬ。わが敬愛する鸕野の女帝も、太上天皇となってますます偉大になられた。

「で、そなたは朕の腹心になるわけか」

ちろりと睨んだ。

「お許しいただけるならば、ぜひとも姫天皇にお仕えしとう」

やっぱり、母からこちらへ鞍替えする魂胆であった。

しかし、これくらいできる男を傍(そば)に置くのも、悪くはないかもしれぬ。

「ほかにも理由はございます。畏れながら、帝がお独り身の女人でありますことに不満を抱く者は少なくございません。さいきんその動きが目立っておるようで、姫天皇のおん身が案じられます。先ごろ亡くなられた井出(いで)の大臣(おとど)の子息、奈良麻呂(ならまろ)殿のあたりでとくに」

「うむ――」

井出の大臣とは、父聖武の元宰相で、父のあとを追うようにして世を去った橘諸兄左大臣である。

その息(そく)の奈良麻呂がなにかにつけて反抗的であることは、阿倍も知っている。正しくは、おのれに対して不満を持っているというより、未婚のおのれを無理に皇太子に据え、そのまま帝となした藤原一族に対して不満を持っている。奈良麻呂だけでない。大伴(おおとも)や佐伯(さえき)、多治比(たじひ)といった、非藤原系の貴族たちは、ほぼ同じような思いだろう。

ゆえに、男子の天皇に替わればすべて解決するとも思えない。しかし、形のうえでの安定は増すのだろう。安定が増せば、不平分子もおのずと減りはするのだろう。それも大事なことかもしれぬ。

「さようじゃな」

太上天皇か。朕が母となって、わが子を後ろから支える――か。

正直、そんなあり方は考えたこともなかった。

だが、そうとなれば大きな問題がある。肝心のわが子である。

父聖武の遺命(ゆいめい)によって、いま皇太子の座には道祖王がついているが、この王子とそのような関係を築けるとは思えない。

道祖はとにかく評判がよろしくない。酒乱、喧嘩(けんか)、女色、男色……と、このところゆゆしき報告ばかり届いている。年齢も自分と同じくらいであるし、わが子とみなして鍾愛(しょうあい)するには無理がある。

「位を譲るなら、朕が親としていつくしむに足る者でなければ、うまくいかぬのではないか」

得たり、とばかりに仲麻呂がうなずいた。

「そのとおりでございます。さればこそ、姫天皇ご自身に皇太子をお選びいただきたく」

――え？

驚いた。

「道祖を廃すのか」

「さようでございます。姫天皇が新しき太子を立てられませ。道祖王様は先帝がお決めになったおん方でございます。さにあらず、姫天皇おんみずからお決めになるのがよろしゅうございます。それでこそ、新帝は姫天皇を母と思い父とも慕い、忠節を尽くされるでありましょう。姫天皇は先帝から、次の位はおのれで判ぜよとお言葉をいただいているのでは？」

はっとした。そうだった。父はわが目で見極めよと言った。王を奴とするとも、奴を王と呼ぶとも、そなたの意のままに――と。

ならば、たれがふさわしいのか。

道祖王の兄弟か。いや、浄御原の帝の信頼の篤かった高市皇子（たけちのみこ）の裔などがふさわしいか。あるいは、格を貴ぶなら、皇女を母とする長皇子（ながのみこ）の裔あたりがよいか。

なかなか難しい。判断がつきかねる。

「紫微令、そなたに考えはあるのか」

はっ――、と、待ちもうけていたように、答えが返った。

「身どもは大炊王（おおいおう）様がふさわしいと考えます」

「おおいおう……」

頭の隅にものぼらなかった王子の名前が出た。

「というと、舎人親王（とねりしんのう）のか」

かなり昔に幾度か対面したことはあるが、ほとんど言葉も交わしたことがない。年端（としは）もいかぬ若者だったと記憶する。父親の舎人親王も、世代が違うからよく知らぬ。あまり主張などをしない、目立たぬ皇子だったのではなかったか。室もさしたる一族ではなかったような。たしか、当麻（たいま）氏か。

「朕はよう存ぜぬ」

「無理もございません。たいへん控え目な方でございます。失礼ながら、あまり恵まれたお家でもありませぬ。しかし、なかなかに聡明で、見目もうるわしゅう、お年も二十五になられたばかり。可憐といってもよろしい王子様でございます。お若いがゆえに素直でもあられ、姫天皇がお守りになってきた正統の血筋を心から敬うておられます。ここが枢要です。そういうおん方こそ、われらが求める天子ではございますまいか」

「いかさま、そうかもしれぬ」

天武天皇の傍系には、長年日の当たらぬ場所に置かれつづけたために、自棄になっている者が少なくない。不遇なまま年を重ねると、ひねくれて卑屈になりやすい。これまでに反乱を起こした者の多くはそういう型だった。それを思えば、できるだけ汚れに染まっていない年少者ほどよいのだろう。

——若くて可憐な王子か。

「いかがでありましょう。身どもの目を信じていただけるならば」

阿倍はしばし思慮をめぐらせた。

もしや、大炊王は仲麻呂にとって格別利のある相手なのだろうか。ならば警戒せねばならぬ。しかし、舎人親王家は藤原の氏祖鎌足とは血のつながりがない。南家と特別なかかわりがあるとも聞いたことがない。仲麻呂が真にこの王子の人品を見極めて薦めているならば、認めてやってもよいのではなかろうか。

阿倍は肯じた。

「では、とりあえず賛成しよう。引き続き良策を練って報告せよ。その大炊とやらも連れてまいれ。

親しゅう話がしてみたい」

紫微令の眉が、晴れやかに開いた。

「お任せくださいませ。姫天皇、いえ姫太上天皇と仲麻呂めとで、新たなる正統を船出させましょうぞ」

すべるようににじり退(さ)がり、ひとしお深く平伏した。

*

——太上天皇か。

阿倍はなにか放心した。

長年、おのれを圧迫しつづけていた荷が、急に下りたような心地である。鬱蒼(うっそう)として晴れることのなかった森の一部が払われ、その隙間から、光が一条差し込んだ。

ようやく出口が見えたか。

父から求められていた難しい注文の、これが正しい答えか。これで約束を果たせるか。

若く美しい王子とぴたりと並んで政務をとる自分の姿を想像してみた。思わず知らず、笑みがのぼった。かりそめの形ではあれ、母となり子を持つことが、こんなに心躍るとは思わなかった。

「広虫」

かたわらの忠臣に呼びかけた。

「どう思うた、いまの話」

見返す目尻が柔らかく下がっている。同じ印象を持った顔つきだ。

「よろしいように感じました」

広虫もうれしいのだろう。いつの間にか瑠璃(るり)の盃に果実の酒など用意している。

「太上天皇におなりあそばしても、どうかどうかこの広虫をお使いくださいませよ」

「もちろんだとも」

目と目を交わし、笑みあった。

ふと思いついて、阿倍はかたわらの絹を引き寄せた。

「これは、そなたに」

蜀江錦を指さした。

続いて、紅梅色の絹をすべすべと手のひらで撫でた。

「こちらは、そなたがいとおしがっているアラとやらにおやり。朕も幼いころ、この色がとても好きであった」

二疋(にひき)重ねて広虫のふくよかな膝元へ進めてやった。

まあ――、と広虫が目を丸くする。

阿倍はよく晴れた表を見やり、甘酸っぱい梅のにおいを胸いっぱいに吸い込んだ。

二章　弓削から来た禅師

一

つかの間の驟雨に芽吹き時の木々が洗われたあと、乳色の靄の合間からまばゆい光の筋が注ぎはじめた。

「お……」

柿渋で染めた旅衣を頭からかぶり、蓑虫よろしく縮こまっていた老僧が、小柄なからだをそろそろと開いて手のひらを天へ伸べた。

「あがったかの」

「のようでありますな」

相伴の行者も笠をはずしながら、相槌を打つ。こちらは見上げるほど背が高い。いつから山に暮らしているのか、筒袖の衣は色褪せ、ざんばらの髪も、顔の半分を覆う無精ひげも、砂塵にまみれて白髪のようだ。が、襤褸のはざまにのぞく肌に張りがあるから、垢を落とせば存外に若いのかもしれない。

どちらからともなく雨宿りの木の下を離れ、崖の近くに歩み寄った。眼下を覆っていた分厚い雲が切れ、瑠璃色（るりいろ）に輝く湖が現れた。と——思う間もなく、青い湖面と空とが合わせ鏡のようにつながっていく。

「おお、うるわしや」

老僧が感嘆の声を漏らす。

行者も、まさに、とうなずき返す。

同じく晴れ間を待っていたらしき鳥たちが、うららかな囀（さえず）りで天を満たす。

天平宝字（てんぴょうほうじ）六年（七六二）二月。

近江（おうみ）の淡海（あわうみ）の南西の、音羽（おとわ）の山の中腹あたり。

一昨日、春が立った。頬を撫でる風が、雨上がりの湿りを含んでなおさらあたたかい。山の肌はいちめん、槻（つき）の木や四手（しで）の木の薄緑色に染まっているが、ところどころに、ほわり、ほわり、と女人の化粧（けわい）のような薄紅色のぼかしが入る。

「桜じゃ。だいぶんつぼみも赤うなってきたの」

老僧が問われる前から、こなた彼方（かなた）を指でさす。

そして、伸ばした手をそのままますべらせ、眼の下の湖岸へいざなった。大きくくの字にえぐれた湊（みなと）に船影が木の葉のように浮かんでいる。

「あれに見えるが志賀（しが）の津じゃ。湖上の往来に加えて、東海、東山、北陸の三路も交叉（こうさ）する要所であるぞよ」

続いて、湖の尻のほうをさした。琵琶(びわ)の形をした湖が細くすぼまり、川に姿を変えるところに、双の岸を縫い留めるかのように一本の橋が架かっている。

「あれが、瀬田(せた)の橋」

そして、その手前の一帯を、かくかくと指先で切り取った。四角く示された地所のうちに、御殿らしき建物が銀の甍(いらか)を並べ、遠目にもきらきらと輝いている。

「あれが、そなたのめざす保良宮(ほらのみや)。そなたがお助けすべき貴(たっと)きおん方がおられるところじゃ、道鏡禅師(どうきょうぜんじ)」

道鏡と呼ばれた行者は老僧に示された宮を仰ぎ、いんぎんに合掌した。

目下、平城宮(へいじょうきゅう)はあちらこちらを改修中で、昨年の冬からこの近江の離宮が仮の御在所(ございしょ)となっているのだ。

「ちなみに、橋の向こうに光っておるのが近江国府である。豪勢な殿舎ぞ」

この老僧は、先々帝の聖武(しょうむ)のとき、宮廷内道場(きゅうていないどうじょう)の長をつとめていた法栄(ほうえい)である。主君の崩御ののちは野(や)に下り、才ある看病禅師を探しつづけている。

いま、禁中では太上天皇(だいじょうてんのう)の阿倍(あべ)がやまいに臥(ふ)している。四年前に現帝の大炊(おおい)に位を譲って以降、なにかと気鬱(きうつ)に陥りがちだったのだが、さいきんとくに悪化した。多くの禅師や薬師(くすし)が入れ替わり立ち替わり治療を試みたものの、はかばかしい効もない。そんなさなか、法栄が修験の峰として知られる葛城(かつらぎ)で出会ったのが、道鏡というこの修行僧であった。

久方ぶりのたしかな手応えに、法栄は即座に内道場入りを説き、この地へ引きずってきたのだ。

法栄は左右を見まわし、あれへ、と大きな赤松の倒木に相手をいざなった。

「いろいろ教えておかぬとな」

そして、でこぼこの幹肌に腰を下ろすと、「したが、仲麻呂の大臣もやるものよ」と、しみじみつぶやいた。

目の下の湊を発した船が、蟻の行列のように湖尻のほうへ向かっていく。対岸の草津のほうからもう一筋、列が描かれている。積み荷はほとんど杣山から伐り出された材木だ。

三年前に始まった普請はいまだ終わらぬばかりか、ますますたけなわに増築されつつある。

「もはや離宮とはいえぬ。歴とした第二の都じゃ」

仲麻呂自身、ここを北の京と呼んでいる。

近江はその昔、藤原氏の始祖鎌足が天智天皇とともに都を置いた国であり、仲麻呂にとっては格別の思い入れがある。ために、十七年前に国司となって以来その座を手放さず、大臣職と兼務しつづけた。おかげで国衙も仲麻呂の私邸めき、他国に抜きんでてりっぱである。

と――、いろいろ説明しながら、法栄は、あっ、と言葉を正した。

「仲麻呂様などと言うてはならぬのだった。恵美押勝様じゃった。大臣というも違う。大師様じゃ」

もともと光明皇太后の寵を得てのしあがった仲麻呂であったが、皇太后に衰弱の気配が見えると娘の阿倍女帝にすり寄り、さらに策動して舎人親王系の若き王子の大炊王に取り入り、玉座の主のすげ替えにうまうまと成功した。

日の当たらぬ場所から思いもよらず天皇になれた大炊は、仲麻呂に絶大な信頼を寄せ、南家の中でも藤原恵美家という特別な姓を許し、すべてに押し勝つ力量をことほぎ、押勝なる名も下賜したのである。

その後、光明皇太后が病没し、疑似政府であった紫微中台もなくなると、仲麻呂は名実ともにまつりごとの頂点に立ち、大師と名乗った。

大師とは太政大臣の唐風の呼び方で、異国かぶれの仲麻呂が衒学趣味を発揮して、太政官の役名をことごとく一新したのである。

「今上はまるきり大師の言いなりだからのう。大師のほうが天子のごとくである。そなた、このお二人のえにしの端緒を知っておってか」

「皆目」

聞く者もなかろうに、法栄はひそっと声を落とした。

「女子で釣られたのよ。今上のいまの夫人じゃ。粟田氏の出で諸姉殿といわれるのだが、正体は早世された大師の子息の後家での。なかなかに艶なる美女であるから、大師は実の娘扱いして、恵まれぬ王子であった大炊王様をもてなしたのだ。うぶな大炊様はすぐ骨抜きにされて、大師の田村第へ入りびたるようになったのじゃ」

「ほう」

行者の蓬髪の下のまなこがきらりと光る。

「今上は位につかれるとき、大師を父、袁比良様を母と思うと、百官の前で堂々と宣言なさった。そのときはみな事情がようわからなんだのだが、あとになってみれば、なるほどだ。大師はたくさんの王子様方の中から、もっとも意のままにできそうなお方を担いだのじゃから」

法栄は皺面を、なお深く皺めた。

「ちっと前までは、大師に逆らう者もちらほらおったのだが、いまでは静かなものよ。とくに、奈良麻呂様のあの悲劇よりのちはのう」

前右大臣　橘　諸兄の息子の奈良麻呂は、長らく仲麻呂に敵意を抱いてきたが、仲麻呂が大炊王を擁していよいよわがもの顔にふるまいはじめると、堪忍袋の緒を切らして政権打倒に立ちあがった。同志には大伴、佐伯、多治比といった没落氏族のほか、かつて藤原一族の謀計にかけられた長屋王の子たちや、廃太子された道祖王といった不平皇族も加わった。ところが、寸前に密告者が出て返り討ちにあい、恐ろしいまでに大量粛清されるはめとなったのだ。

女帝阿倍と光明皇太后は、身内の者も含まれていることだからと穏便な措置を望んだが、仲麻呂は容赦しなかった。過酷な拷問によってかかわりのある者はすべてあぶり出し、四百人以上もの人々を処罰した。これにより、仲麻呂に逆らう者はきれいさっぱりいなくなった。

「除いたりも除いたり。しかし、邪魔者を退けたというにおいて、いちばんお気の毒じゃったのは、姫太上天皇ではないかと、わしは思うておる」

法栄は深く嘆息した。

阿倍は仲麻呂を信じ、未来への希望とともに大炊に譲位した。ところが、そのとたん、用済み扱いとなり、日陰の谷間へ追いやられた。その失意はひととおりでなく、生きる気力を失ってしまったのだ。

「いま思えば、位などお譲りなさらねばよかった。よっぽどうまく丸め込まれたのであろう。さいきんでは御食をあがることもできず、おん床に伏せられたきりじゃ。言葉も失われて、魂が抜けたようになっておられる」

道鏡は黙したまま、伏し目がちに聞いている。

「法泉によれば、ひととせと少し前に母后がお亡くなりになられたことも、おん意気の消沈に輪をかけたという。阿倍様と光明様はもともとあんまり睦まじゅうなかったのだが、大師のまことのお腹の底に気づかれてからは、わだかまりを捨て、母娘としておん心を結びあわれたそうな。その母后が去んでしまわれたのだからお気落ちだ。天涯孤独とは、まさにこのことよ」

なるほど——と、無精ひげの中からいらえが返った。

「ちなみに、姫太上天皇には井上様と不破様という異腹の姉君と妹君がおられるのだが、これは藤原一族から目の敵にされておる父君の夫人、県犬養氏の所生であるから、肉親というより敵みたいなものじゃ」

法栄は縷々と語った末に、ちょくと首をかしげ、相手を見た。

「ときにそなたは、いくつじゃ」

「四十と一つにあいなります」

「なれば姫太上天皇より、四つ年若か」

老僧は相手のむさくろしい姿をまじまじと眺め、下とは見えぬが——と、笑った。

「姫太上天皇は、それはそれはお美しゅうあられるぞ。透き通るようにきよらかで、永劫穢れることのない白珠のような天性をお持ちじゃ。泥沼に咲く蓮花のようなと申そうか。それだけに、なんとかしてお癒したてまつりたい。なにせい、そなたはあの良弁師をお治しした禅師であるからのう。いやでも期待はふくらむ」

いえいえ、と、道鏡は控えめに首を振った。

謙遜すな、と法栄が押し返す。

「金鍾寺の影禅師というて、ひところひそかに噂が聞こえておった。あれがそなたであったとは驚いたわ」

金鍾寺とは、かの毘盧遮那仏で名高き東大寺の前身で、僧良弁が三笠の山のふもとに開いた寺である。諸国流浪の行者、道鏡は二十年ほど前にその門を敲き、以後約十年、法相の唯識と華厳の教義をみっちりと学んだ。そのかたわら、深山幽谷で会得した霊力をぞんぶんに発揮して、少なからぬ評判を獲得した。

皮肉なことに、巌のように揺るがずあるべき墨染の者ほどやまいへの恐れが強く、生死の覚悟ももろかったりする。ことに華やかな都に生きる学僧ほど、そうなりやすい。とはいえ、僧侶を名乗る以上、おいそれと見苦しき姿をさらすわけにもいかぬので、彼ら専用の看病禅師のようなものが必要となる。道鏡がその役目を果たしたわけである。

そんな折も折、師の良弁その人が惑乱に陥った。

「良弁師の御悩のもとはなんであったのじゃ」

法栄がいぶかしげな色を浮かべた。

道鏡は、そのような内輪の話をようご存じで——、と、相手の地獄耳を讃えたのち、

「秘めたる愛執がおありで、ちとこじれました」

と、返した。

「ほう……、あれほどのお方が」

「もともと人と人とのかかわりのうちに仏性を見出したいお方なので、もつれると厄介です」

「煩悩即菩提とやらで片づけることもできぬほどにか」

「はい」

「なら、いかにして断った」

「愛執のぬしのほうを断ちました」

不穏なせりふが、間髪を入れずさらりと出た。

――えっ。

しかし、すべるようになめらかすぎて、質す間合いが流れてしまった。

木々のはざまから漏れる光が斜めに傾き、無精ひげに覆われた横顔が、山の稜線のようにくっきりと切り取られる。

「そなた、なぜ寺を出た。引き留められたであろう」

謎の行者はほんの少し首をかしげた。

「未熟者ではありますが、門内で学びたいことも、とくにのうなりました。経もあらかた覚えてしまいましたし」

法栄が、大事なことを忘れておった、と、軽く手を打った。

「そういえば、そなた、天竺の文字も読み書きできるそうだの」

行者の薄黒い目尻が細まった。

「学問はさして難儀でもありませぬ。呪験の術のほうが難しゅうございます。人知の及ばぬ奥山からしか力は得られませぬし、人里に下りれば、それもすぐ薄れます。貴僧もご存じのとおり」

「まあ、そうじゃ。わしも昔は身を削って励んだもの」

法栄は、昔はのところに力を込め、自嘲気味に唇をへの字にした。

山林修行というものは、おおかたの想像を超えて苛烈である。いったん安らかな寝床で眠ってしまうと、容易には戻れなくなる。

「そなたの山の師はたれか。生まれは河内(かわち)の弓削(ゆげ)であったな。当地にそなたを導く者があったか」

「いえ」

一呼吸の間ができた。

「弓削は幼時を過ごしただけでございます。拾われ子でありますから、正しく申せば生まれ落ちた地かどうかもわかりませぬ。師は折々に現れましたが、どなたになにを学んだやら」

「ふん」

法栄はそれ以上問うのをやめた。看病禅師は種明かしをしたがらぬ。どうせ訊(き)いても言うまい。

「ならば、あと一つだけ尋ねよう。そなたの術の極意はなんじゃ。禁中へ推挙するからには、それだけは知っておきたい」

見返す瞳がすうっと澄んだ。法栄はどきりとした。不思議な色だ。黒でもない、茶でもない、見る者をどこまでも吸い込んでいく、深い淵(ふち)のような蒼(あお)い色。

「心の底を見ることでありましょうか」

「覗くのか」

「はい」

「盗むのか」

「とも申しましょうか」

「姫太上天皇でもできるか」

「やらずばなりますまい。できぬということはすなわち、治らぬということです」

「よろしい」

では——、と法栄は立ちあがった。

「内道場の法泉を訪ねよ。委細は伝えておく」

諾——と、道鏡も腰を上げた。

「もろもろの準備をいたしまして、花の咲くころ参ります」

破れ笠をかぶったとたん、黒々とした、なにかの大きな塊になった。

＊

音羽山から北へ向かう行者の道は、馬の背のような鞍部をいったん下り、ふたたび登って峠を縦に切り、長等の峰へとつながる。淡海の帝と呼ばれた天智天皇の都の跡を右下に望んだのち獣道に潜り込めば、もはや光も差さぬ深い比叡のとば口だ。

先ほどの雨の湿りが閉じた森にむっと立ち込め、酸いような檜のにおいをさらに濃密にする。分厚く積もった朽ち葉を踏みながら、道鏡はふと、先ほどの法栄の言葉を思い出した。

——泥沼に咲く蓮花のような。

それは、ちと違う。

道鏡はこれまでに二度、その女人太上天皇を見たことがある。

一度は、東大寺の毘盧遮那仏の開眼供養のとき。長々しい鹵簿の中心にひときわ高く担がれていた。いま一度は、巷の禅師として藤原仲麻呂の田村第に呼ばれたとき。母后光明子とともに、たまさか行幸していた。どちらの折も、圧倒的な母の絢爛の陰に隠れていた。

そうだ。蓮の花は母后のほうである。目もあやな桃色の、ときにけばけばしいほどの大輪の花。娘はそうではない。もっとひそやかで、楚々としていて、手の中にそっといつくしみたいような孤独な琅玕。それでいて馥郁たる香りを放つ。むしろこんな森の中のほうが似合う。そう、同じ蓮華は蓮華でも……。

その瞬間、はっと天を見上げた。いつの間にか鳥の音がやんでいる。

なんぞ、と、疑る間もなく、大きな礫が真一文字に飛んできた。道鏡は後方へ飛びすさり、熊笹の藪へ伏せた。

目の玉だけで四方を見渡す。そして、気を溜め、いちどきに弾けさせ、いち、に、さん、と、まわりの木々の胴を蹴り、天突く老杉の横枝に、とん、と立った。

稲妻の速さで手刀を切る。

——臨、兵、闘、者、皆、陣、裂、在、前。

森の中のすべての営みが、一瞬、凍った。

が、次の刹那、ぱあっと掌を開いて縛りを解き、一回転して地に下りた。

——おんばざら、ど、しゃ、こく。

ピン、と指を弾いた。

目の前に、腰に鎌を提げた樵人の老爺が立っていた。いぶしたように皮膚が黒いのは、日に焼けているのではなく炭焼きの煤だ。肩にむささびが止まっている。

「悪戯すな、漣の翁」

あきれたように、老人を睨んだ。

黒い顔の中に、白く細い糸が張られた。笑ったらしい。

「久しいの、道鏡」

「なぜ来たとわかった」

「十里先からでもわかるさ。汝こそなにしに来た」

さかしまに問い返される。

「あすこの宮にて、やんごとなきお方のやまいを診たてまつることになった」

道鏡はいま来た道を振り返り、見えぬ湖尻のほうを仰いだ。

「ほ……、姫太上天皇か」

見交わす四つの目が、蜘蛛の糸のように粘っこくからまった。

「聞きたい」

漣の翁は肩の礫をつかみ、ふたたび彼方へびゅっと放った。

「応」

連れ立った二人の後ろ姿はあっという間に森に溶け、足音のみがざく、ざく、とこだまする。枝に残ったむささびが、楠の実みたいな目玉で不思議そうに見送った。

二

　とっとこ、とっとこ、荷車を引いて五条大路を駆け、めざす人の館にたどりついたら、前庭に群れている童子（わらし）たちの中から、

「キメ！」

　と、小鹿のような少女が飛びついてきた。

「アラ！」

　キメは梶棒（かじぼう）を放り出して、そのからだを受け止める。アラはすでに半べそをかいている。

「どうなんだい、だんな様は」

「とってもお悪いの。苦しそうなの」

　黒い瞳に涙が盛りあがり、こぼれ落ちては盛りあがり、こぼれ落ちては盛りあがりする。色白の顔の中で、鼻の頭だけが赤い。

「そっか」

　キメは自分も胸が詰まるのをこらえ、アラの頭を撫でた。

「広虫（ひろむし）様は」

「ごいっしょよ。だんな様の枕元についていなさるわ」

「おいらもお目にかかっていいか」

　アラがこくりとする。

「いいわよ。たれでもお見舞いしていいことになっているのだから」
キメは路上に放っていた車を門扉のうちに引き入れ、どこに置くか思案した。ふと見上げると、大きく枝を張った桜の花が満開になっている。ひととき見惚れ、その下に商売道具をきちんと据えた。

この宅のあるじでアラの養い親である葛木戸主が重病にかかり、近江から退がってきているのである。いま平城宮は改修中で、帝も役人たちも淡海のきわの保良宮に移動している。妻の広虫はしばらく保良宮に残っていたのだが、夫重篤の知らせを受けて、やっぱり戻ってきた。

「さあ、来て、キメ」
と、手を引っ張られる。後ろに童が二、三人、ばらばらとついてくる。みな、みなしごだ。こんな子供たちが、いま二十人ほどここにいる。

アラと知りあったのは四つのときだ。それから六年、キメはなにかと用事を見つけては、ここへ通っている。アラと仲のよいのを知って、戸主夫婦は自分にもやさしくしてくれる。「うちの子たちをよろしく」と、お古の履物や野良着をくれたり、ときには飯を食わせてくれたりもする。どんなに一所けんめい励んでも、普通はねぎらわれることなどない自分らである。だから、ご主人にはどうあってもお礼が言いたい。

アラとともに軒をくぐると、ぷん、と肉の腐った臭いがした。瞬時に、これはいけないとキメは思った。

かんたんな衝立一つを隔てたすぐ向こうに、夜具に横たわった病人が見えた。おのれの知っている主人ではなかった。丸顔で、くりくりとよく肥えた、笑顔の明るい人だったのに、枯れ木のように痩せ細り、そのくせ顔は青ぶくれしている。まぶたの腫れたまなこは横一文字の切り傷のようで、その目がときおり真っ赤に見開き、両手で虚空をつかんで、獣めいた唸りをあげはじめる。傍に座っている広虫は、そのたびにつらそうに顔をそむける。自身もずいぶんやつれている。養父が叫ぶたびに、童たちは化けものでも見たかのように悲鳴をあげる。むごいことじゃ、とキメは心が暗くなった。

アラがそっと言う。

「お医者様にも匙を投げられてしまったの。いつ亡くなっても不思議じゃないって。なのにずっとあんなふうなの。だったら――」

そのあとの言葉を、アラは呑み込んだ。

言われなくてもわかる。そのとおりだ。こんな恐ろしい姿になっていままでの思い出が壊れてしまうくらいなら、早く逝ってくれたほうがいい。

これまでにも貧民窟などで、キメは何度か見たことがある。なぜか臨終間際になって、こんなふうに荒れ狂う人がいる。

眉間に皺を寄せて見つめていたら、

「ちょいと、どいておくれ」

と、後ろから声をかけられた。

昔からこの宅の家事を取り仕切っている老刀自だった。キメは場所をあけようとして、その陰にたたずんでいる異相の翁にびくっとした。

「奥方様、お導師様をお連れしました」

と、刀自が言った。

お導師――。病人の最後を導くという、市の聖である。

大きなこぶのついた、仙人みたいな杖をついている。片目がつぶれているのか、頭に斜めに麻布を巻き、頬から下は、狼の尻尾のようなふさふさの白髯だ。何色とも言い難い糞掃衣に鹿皮の袖なしを重ね、腰をしばった荒縄に、ひょうたんや巾着がたくさんぶら下がっている。

広虫は顔を上げ、「これへ」と導師を手招きした。

すれ違いざま、ぷん、とドクダミのようなにおいがした。たくさんの腰の袋は、薬入れなのだろうと推測した。

片足も動かぬらしく、聖はぎこぎこと跛行しながら、それでも器用に床の辺に至り、病人をしばらく眺めた。そして、なにかの薬を一塗りした指を、病人のひたいに当て、なにやらつぶやくや、フヌッ、と渾身の活を入れた。

とたん、赤く剝き出していた病人の目が鎮まり、宙をあがいていた両手がぼとり、と夜具の上に落ちた。と同時に、病室に澱んでいた滓のようなものが消え、向こう側が明らかに見えるようになった。

キメとアラは、びっくりして目を見合わせた。

聖は広虫に顔を寄せ、なにかささやいた。広虫はうなずき、「みな、ちょっと出ておくれ」と、合図した。

老刀自がさあさあ、と童子たちの尻を叩き、病室から追い立てる。

キメは主人に向かって合掌し、深々と頭を下げた。

*

　アラと二人、荷車に寄りかかって腰をかけたら、頭の上に咲く満開の桜がうららかすぎて、いま見た修羅の景が嘘のようであった。

　幼い子たちが紫雲英の花を集めて、アラのところへ持ってくる。アラはありがとう、と、輪っかに編んでいく。できあがると頭に載せ、どう？　とにっこりした。さくらんぼのえくぼと、紫雲英の冠。腰が抜けるほどかわいい。

　あたりを見まわした。質素な母屋の裏手にみなしごたち専用の棟が続いていて、四囲は野菜の畑である。右手に井戸があり、鶏の小屋があり、それから、大きなこの桜の木。自分らが出会ったころからちっとも変わらない。

　でも、アラは変わった。ただ成長しただけでなく、ずっとおおらかになった。出会ったときは、もっともっと臆病だった。

　自分らはともに渡来人だが、生い立ちはかなり違っている。自分はほんとの親を知らず、貧しくもあるけれど、一族の里でわりあい平和に育った。けれどもアラは母と二人、物乞いをしながら流れ歩いていた。三つのとき、その母を不逞の輩になぶり殺しにされ、自分は人買いに売られていこうとするのを、漢気のある戸主に助けられたのだ。

　むごい殺戮の場を見てしまったアラは、口がきけなくなった。そのあわれな童女を、夫婦はとりわけいとおしんで育てた。なんとか笑わせようと二人して交互にあやし、つとめのない夜は川の字にはさんで寝た。おかげで凍っていたアラの心は、少しずつ溶けていった。

一年後に初めてアラがしゃべった日、夫婦は歓喜して、真っ白な飯を炊いたという。

「だけど、広虫様たちがこんなふうにわれらをいつくしんでくださるのは、姫太上天皇のおかげなのよ」

急にアラが言った。

「そうなのかい？」

キメは意外な気がした。

「だって、戸主様も広虫様もそんなにお金持ちじゃないんですもの。普通だったら、こんなに多くの子は育てられないわ。それは、阿倍の姫太上天皇が特別にお手当をくださってるからなの。子供をたくさん持とうと思ったら、刀自も雇わなきゃいけないでしょ。炊事やお洗濯のねえやも雇わなくちゃいけないでしょ。とっても物入りなの。わたしたちの寝る部屋も、おべべも、お菜も、薪も、姫太上天皇のおかげ。――って、広虫様はいつもおっしゃるわ。広虫様も、姫太上天皇も、ご自身はお子様がいらっしゃらないから、かえって子供が大事に思えるんですって」

「へえ」

お手当とか、物入りとか、アラが覚えたばっかりらしきませた言葉を使うのが、キメはおかしかった。

しかし、たしかにそのとおりである。

お役人は自分で商いをしているわけではないから、自分の努力で糧を増やすこともかんたんにはできないのだろう。藤原の人たちのように一流のお家でなく、代々受け継いだ財産などもないなら、どなたかの助けに頼るしかない。こころざしだけではどうにもならぬこともあるのだろう。

ふうん、と感心した。だとしたら、姫太上天皇という人は、とてもよい方だ。

「一度でいいから、お会いしてみたい。とってもうるわしいお方なんですって。そうだ」

アラが大きな瞳をきらきらさせた。

「じつはね、姫太上天皇からいただいたものがあるの。見る？」

答えなくても、見せる気満々だ。

「わたしの宝物なの。わたしがいつかお嫁さんになるとき、お衣裳（いしょう）にしたいって決めてるの」

と言うなり、頭の上の花輪をかたわらの童女のつむりに載っけ、裏手の子供部屋へ駆けていった。

――わたしがお嫁さんになるとき……。

小鹿のようなアラの後ろ姿をあほうのように見送ったのち、キメは、ぎゃっ、と悲鳴をあげた。

いつの間にか、隻眼（せきがん）の聖がかたわらにうっそりと立っていた。

自分が危篤の人の見舞いに来ていたことを忘れていた。ばつが悪くなって、

「あ、あの、戸主様は？」

と、しどろもどろに尋ねた。

聖はあさってのほうを向いたまま、ぼそりと答える。

「やすらかになられた」

ああ……、とうとう逝かれたか。

さようでありますか、と返そうとすると、

「奥方様と、ねんごろにお別れをしておられる」

キメは、がくっとつんのめるような気がした。

――え？

まだ生きておられる？

ねんごろにお別れ、というのが、なんだかおかしかった。いや、おかしくはないのか。よくわからない。

問い返すのもはばかられ、まごついた。翁は一つの目で相変わらずあらぬ方を眺めている。薄蒼い、不思議な色だ。

「おぬしは屑屋か」

ぼうぼうのひげの、どこかわからぬところから声がした。

「さようです」

「いくつじゃ」

「十になります。おいらたちは十の年から一人で車を引く決まりになってまして、おいらも今年から始めました。出かけるときは矢田の山から必ずこいつを連れてまいります」

また、へんだと思った。聞かれていないことまで答えている。でも、問われているような気がして、言葉がするする出てしまう。

聖はただ、

「励むがよい」

と、踵を返した。

杖をつきながら、左右に背中がぎこぎこと揺れる。鹿皮のぶちも揺れる。そのうちに、その色が街路ににじみ、陽炎のように本人もろとも消えてしまった。

――あれ？

目をこすった。あたりをきょろきょろ見まわした。

いろいろ不思議である。不思議すぎる。

けれども、それよりも、ねんごろにお別れのほうだ。戸主様はどうなった。

母屋を振り仰ぐと、扉のところに刀自が後ろ向きに立っていた。おや、と思った。なにか、不自然だった。立っているというより、見張っているような。

キメは腰を上げ、そっと刀自の背後に歩み寄った。自分も首を伸ばして覗いてみた。戸板の隙間から、先ほどの病人の床が見えた。次の瞬間、真っ白な脚が、夜具の上にひるがえった。

あっ――、と思った。

と、同時に聞こえた荒い息と、甘酸っぱい熱のようなもの。

一瞬で悟った。それは、さいきん自分らの里の雑魚寝の夜中に気づいたこと。大人のすること。

だけど、と、混乱した。

さっきまで死にそうになっていたお方だよ？

首をひねったところへ、コラッと怒声が降った。あっちへ行け、と刀自が目を三角にしている。

ごめんなさい、ごめんなさい、と尻尾を巻いて退却したら、アラもちょうど桜の下へ戻ってきたところだった。

ほら、と、赤い絹を胸の前に広げている。どうしたの？　と顔を覗き込んでくる。なんでもない、と答える。言えるもんか。

いろいろ困惑しながら、きれいだと思った。この絹で領巾（ひれ）を仕立ててアラがまとったら、どんなに似合うだろう。

そのアラの頭越しに、さらに美しい人が見えた。

女主人の広虫が、開かれた扉から歩み出てきていた。先ほどとは見違えるほどせいせいとして、ふっくらとした頬が満ち足りている。下がり気味のまなじりがほんのりと赤い。先ほどよりくつろげている襟元のあわせがなまめかしく、不届きにも豊かな胸のあたりばかり見てしまう。

「いま、わが夫は逝きました」

と、その人が言った。

とたん、頭上の桜の花びらがはら、はら、と舞いはじめた。

「なんら思い残すことはありませぬ」

アラと童子たちが、いっせいに養母のもとへ駆けていく。

――極楽浄土（ごくらくじょうど）って、そういうこと？

キメ一人だけが、おかしな鹿皮の聖の消えたほうを、背伸びするようにして探していた。

三

近江の保良宮でも、桜が満開になった。

「法泉殿がおいでです。姫太上天皇に、新しい看病禅師殿をお連れでございます」

と、取り次ぎの侍女が殿舎の入り端（はな）で言上すると、分厚い敷物に座していた女官が、まぶたの厚い横目を流した。

藤原仲麻呂の室の袁比良である。尚侍と尚蔵の二役を兼ね、後宮の最高位にある。

枯れ木のような道場監の後ろに、頭一つ抜けた禅師が控えている。同じ苔色の袈裟をつけた、大小の蝙蝠だ。

袁比良は新参者を一瞥し、法泉に向けて居丈高に問いを放った。

「その者の名は」

「道鏡禅師と申します」

「たれの推挙かや」

「先の道場監法栄が見つけました。が、東大寺の良弁師にもご推挙いただいております」

「ならよい」

気の入らぬ短いやりとりのみで、袁比良はさっさと立ちあがった。

「かれこれ五人目ぞ。こんどこそ本復されるよう、励むがよい」

豪華な裾をひるがえしかけ、つ、と動きを止めた。

「法泉よ、広虫はまだ戻らぬか」

つねに主君の傍を離れぬ広虫だが、夫の葛木戸主のやまいが重くなり、少し前から平城京の宅に退がっているのである。

法泉が叩頭する。

「おんわずらいの夫君、一昨日、亡くなられた由にございます」

女長官は、「ふん、卒したならじきじゃな」とつぶやいた。

広虫がおらぬせいで、もはや尽くす気もない先帝のために自分があれこれ働かねばならぬのが億劫でしかたがないのである。

重そうな衣裳がお付きの侍女とともに消えると、あとには陰鬱なやまいのにおいだけが残った。

道鏡はすばやくまなこをめぐらせ、四囲の気配を観取した。

新造の御殿はむなしくだだ広く、その孤独な薄闇のまん中に、麻布を幾重にも取りまわした帳台がぽつん、と据えられている。弱った目に障らぬよう光は慎重に遮られ、らんまんの春の訪れも知らない。むしろ谷底に濃霧が立ち込めるがごとく、薬種の臭気がじっとりと肌にまとわりつく。

さあ、と促す法泉から手燭を受け取り、道鏡は帳を掻き分け歩み入った。

四角い形をした灯りの箱が、寝所の宙に浮かびあがる。

真綿にくるまれて仰臥しているその人は、血の気も脂の気も失って、むしろ真っ白な絖のごとく臈たけていた。童女かと疑るほど肉感はなく、夜具の上からはほんのあえかなふくらみしか見て取れない。

「姫太上天皇」

と、呼んでみた。

三日の月ほどに、ごく薄くまぶたが開いた。道鏡はそっと顔を近寄せ、耳を澄ました。息を数え、においをかいだ。瞳を改め、首と手首の脈を聴いた。最後に全身をくまなく撫で、五臓六腑と節々の動きを確かめた。四肢は脱力のていで、揺すられたなりにくらげのように揺れ動く。

「いかがか」

法泉が背後から尋ねる。

道鏡は手燭を守りながら帳台を退がり、上役の案じ顔に向き直った。

「薬の効きすぎでござる。おかげでおん身の働きのなにもかもが弱い」

「であるか」

「おそらくは、安らかに眠りたし、とのお求めに忠実にお応えしつづけた果てでありましょう。しかしながら、それやまことの癒しにはなりませぬ。やまいそのものは消えておらぬのだから、やまいそのもの、のところに合わせ、道鏡はおのが胸に掌を押し当てた。

「なら、なんとする」

法泉が眉間を険しくする。

「いったん薬を抜いてお目覚めいただきとう。しかるのち、おん心の傷をお繕いいたしましょう。その場しのぎに痛みをごまかしておったら、おん祖母宮子様のように何十年も伏したままになる。かの皇太夫人のおんわずらいが長引きたもうたのは、むしろ薬餌のせいであったと拙僧は見ております」

うむ――と、法泉が腕を組んだ。

「呪法はいかに」

「如意輪法を試みようかと」

「ほう、成算はあるのじゃな」

「かつかつでございましょうか」

「もっとあろう。良弁師をお治ししたのはそなたと聞いた」

無言でほほえむ唇を灯火が照らし、凄いほどな影を削った。

＊

深く、冷たい霧の底からぐい、と、引きあげられたら、目の前に見知らぬ男がいた。

「そなたはたれじゃ」

と、阿倍は訊いた。

「道鏡と申します」

「どうきょう？」

「道に鏡とつづります。姫太上天皇をお助け申しあげるべく、呼ばれてまいりました。看病禅師でございます」

蒼く澄んだ目の奥に、いままでいた場所が小さく映っている。なるほど、朕はあそこにおったのじゃな。あの井戸の底に。みちに、かがみと言うたか？　道に、鏡……。そうか、いま来た道を逆さに映しておるのか。逆さとは……？　ああ、そうか、朕は戻ってきたのだ、もとのすみかに……、もとの、すみか？

――戻ってきた？

とたん、無数の針で突かれたような痛みに、からだがのけぞった。ぜいぜいと喉が鳴る。息が詰まる。

「姫太上天皇」

ぶるぶる震える身が、深い懐に包み込まれる。背をゆっくりと撫でられる。

――おん、ころころ、せんだりまとうぎ、そわか、おん、ころころ、せんだりまとうぎ、そわか……。

大事ありませぬ。恐ろしゅうありませぬ。

川底を低く流れるような、静かな声だ。食いしばった歯がようようほどける。さあ、と薬湯をあてがわれる。ひとくち飲み下す。一息置いて、またひとくち飲み下す。ほっとする。

そっと寝台に横たえられる。

枕の上で、阿倍はあたりにまなこをめぐらせた。足元に一つ、燭が揺れている。ここは……、平城宮ではない。そうだ、ここは保良宮だ。この禅師は知らないが、袈裟は見慣れた苔の色。

「そなた、道鏡と申したか」

「はい」

「いつ来た」

「弥生（やよい）の初めでございます」

「いまは？」

「卯月（うづき）になりました」

ひと月……。驚いた。そんなに長く不覚であったか。

「ずっと朕を診ていたのか」

「さようでございます」

そういえば、どこかでこの低い呪文を聞きつづけていたような気がする。おん、ころころ、せんだりまとうぎ、そわか。呪文というより乳母（めのと）のあやし歌だ。やさしく揺り籠を揺らす声。

「桜が咲くころに参りました。残念ながら、ご覧にならぬうちに散ってしまいました。でも、花はまた咲きます。来年も再来年も、本復されればいくらでも」

薄闇の中で禅師の目が細まった。

「ご気分はいかがでございましょう」

「明瞭である」

久方ぶりに、明らかにものが見えている。明らかに音も聞こえる。明らかにものも考えられる。しこうして、押し殺していた痛みがよみがえる。いばらの縄で縛られ、ぎりぎりと苛まれるようだ。

「だが、痛い」

阿倍は夜具の胸元を両の掌で押さえた。

「息を吸うのも痛い。吐くのも痛い。もはや生きておりとうもない。朕などは、わざわざこの世に存する値もないのだから」

苔色の袈裟が低く伏した。

「お許しくださいませ。わたくしがあえて痛ういたしました」

「なぜに」

「姫太上天皇をお助けしたい一心でございます」

「ならば助けよ」

禅師はいよいよ低く伏す。

「及ばずながら、ひと月みっしりとおつとめいたしまして、おん身への賦活はほぼ成ったかと存じます。しかし、そのためにおん心のお痛みのほうが、かえってあらわになりました。このちは、そのお痛みの源を拭い去りたてまつりたく」

「ならば早うなせ。耐え難い」

「うけたまわりました」

音もなく背後にまわった禅師に、失礼をばいたします、と半身を助け起こされた。

「おんまなこを閉じられませ」

ふわり、と目隠しの布を巻かれた。さらに大きな手で両耳を覆われた。かっ！　と、力がこもった。ふわっと身が宙に浮いた。

——おん、はんどめい、しんだまに、じんばら、うん。

いつの間にか袈裟のうちに横抱きにされ、疾駆していた。星のない夜空か、果てのない洞窟か、あるはまた母の胎内で揺られるような。けっして恐ろしくはなく、むしろ不可思議な快さを感じているうちに、ひたっと止まり、降ろされた。

阿倍はおや？　と思った。鼻を動かした。

甘い風と、涼やかな樹々のにおいがする。ちゅちゅちゅちゅぴちゅぴちゅと、鳥の鳴き声がする。するりと目隠しを解かれたら、まばゆい光に満ちた森の中だった。

——いずこじゃ……。

あまりの驚きに、声も出ない。

目を洗う浅緑の下に、赤、黄、桃、橙色の可憐な花が咲き乱れ、青や紫の蝶が舞っている。

天上から斜めの筋を描いて木漏れ日が注ぐ先に、小川が流れている。岸辺には真っ白な水鳥が、優雅な一本足で立っている。阿倍は思わず禅師の支えを離れ、歩み寄った。

生まれて初めてはだしで土を踏んだ。足の裏が泥に包まれる。温く湿っていて、ふかふかと柔らかい。こそばゆさに笑みが込みあげる。おもしろくて何度も足踏みする。

せせらぎは澄みきって、水底に青い草が茂っている。銀色の小さな魚も泳いでいる。身を乗り出し、手にすくって飲んでみた。のどに沁みわたる。甘露とはこのことか。

水面の波紋が静まると、くっきりと映じた緑の中に、おのれともう一つ、人影が見えた。

はっとして顔を上げた。明るい光の下で、初めて相手のおもてを見た。美しい男だった。

真一文字の眉の下に、きりりと締まったまなこがあり、形のよいつむりと、すらりとした鼻筋と、規矩の正しい顎をしている。日に焼けた膚は黄金色の麦のよう。思ったよりずっと若い。けれども、ゆるぎなく熟したものもある。頬が熱くなった。

そして、吸い込まれるような、不思議な瞳の色。

黒でもない、茶でもない、水の色を映した蒼か――？　と見入ったところへ、一陣の風が吹き、ひらひら、はら、はら、白いものが降ってきた。

「白藤でありますな。桜は散っても、次々に新しい花が咲く」

阿倍は思わず天を仰ぎ、茫然とした。

甘い香りのする、初夏の雪だ。あまりの鮮麗さに心がばらけていく。

あ――と、言葉を発しようとしたら、すでに滂沱の涙が流れていた。泣きはじめたらとめどがなくなり、しゃくりあげ、嗚咽になった。

翼のような袖が伸びてきて、包み込まれた。

「お泣きなさいませ」

懐があたたかい。

「朕は愚かである」

「そんなことはございません」

降りつづける花と同じ速さで、ほとほとと涙が落ちる。

「朕はかけまくも畏き日の本の国に連綿と続いてきたすめろぎの道の、なかでも浄御原の帝と鸕野の帝のおん血を継いだ、最後の女帝である。にもかかわらず、そのかけがえなき玉座を、みすみす誤った相手に渡してしまうた。たれよりも愛する父上よりうけたまわった、必ずなさねばならぬ御命を果たせなんだ」

禅師がうなずく。

「父上だけではない。母上の思いにも応えられなんだ。母上は裏切り者のしうちに心を痛め、最後には朕の行く末をさんざん気にかけながらあの世に赴かれた」

「存じあげております」

「朕をあざむいた者どもが、朕は憎らしい。けれども、朕の目が節穴であったことが、なおさら情けない。これほど愚かな天皇が、この日の本にこれまであったろうか。朕は……、朕は……、恥ずかしい」

最後の言葉は悲鳴のようになり、禅師の膝に突っ伏した。赤子のように、わんわん声をあげた。

そうして、泣いて、泣いて、どのくらい泣きつづけたろう。しまいには泣き疲れ、涙も涸れ果て、やがて、空の器が転がるようにわれに返った。

夢から覚めた心地で阿倍は顔を上げ、またはっとした。

目の前の花に、一匹、蝶が止まっていた。黒地に美しい翡翠色の筋が入っている。双の翅をゆっくりと閉じたり、開いたりしている。

「まあ――」

美しい模様に憧れて、指を伸ばした。とたん、ふわっと飛び立った。

優雅なはばたきに導かれ、その行方を目で追うと、たわわに赤い果実の実った茂みがあった。榛摺色のふわふわした生きものが、両手に一粒実を抱えて一心にかじっている。

なんとかわゆらしいのだろう。思わず起き直った。

「あれは、なんじゃ」

「兎でございます」

さらにその後ろに目をやると、ほっそりとした四つ足の動物の親子が首を伸ばし、灌木の柔らかい新芽を無心に食んでいる。禅師がぴゅっ、と指笛を吹いた。二頭が揃ってつぶらな瞳をこちらへ向けた。

「あれはわかる。鹿じゃな?」

「さようでございます」

純粋無垢な生きものたちに、阿倍は夢中で見入った。

改めてあたりを見まわした。なんといとおしく、なんと貴いものに満ちているのだろう。目をぱちくりとした。うれしくなって、顔いっぱいで笑った。

ふいに、

「姫太上天皇」

と、呼ばれた。

「なんじゃ」

「お痛みは、いかがでございましょう」

あ――、と阿倍は胸元に両手を重ねた。上へ、下へ、撫であげ、撫でおろししてみた。きょとんとした。なにも感じない。いばらで締めあげられるような責め苦も消えている。

禅師を見返し、首を振った。

「のうなった」

「まだあの世へ去(い)んでしまいたいと？」

阿倍はまた首を振った。

見返す目尻にやさしい皺が刻まれた。

「ようやくこのかけがえのない世界に連なるお命に、お戻りになられました。この尊き世に生をお享(う)けになりながら、みずからのうなってしまいたいなど、あってはならぬことでございます」

禅師はそっと腰を上げ、なにも知らぬげに食事を続けている野兎の脇から、赤い実を一つむしった。

さあ、と口許(くちもと)へ差し出された。

禅師は首をかしげ、いたずらっぽい顔をする。阿倍はつられてあーんと唇を開いた。甘酸っぱい味が口の中いっぱいに満ちる。

「おいしい」

「で、ありましょう。兎よりも人間が大好きな苺(いちご)でござる」

「いちごか」

無性におかしくなり、ほほほ、と声を立てた。目の前の禅師もよい歯並びをずらりと見せた。こんな気持ちはいくとせぶりだろう。楽しい。なんだか幸せのような気もする。

「うるわしいところじゃな」

阿倍は胸いっぱいに澄明な空気を吸った。

禅師はこくりとした。

「生きとし生けるものがすべて、ありのままに生きております。太陽と月と星、獣や鳥や虫、一木(いちぼく)一草(いっそう)にいたるまで、みなそのまんま生きております。姫太上天皇もわたくしも、その一部でございます。逆に申せば、姫太上天皇やわたくし自身の中にも、このうるわしい天地がそのまんまございます。虫一匹、草の葉一枚の中にも、同じようにこの宇宙のいとなみがそのまんまございます。一(いち)即多(そくた)、多即一(たそくいち)、これすなわち、毘盧遮那の仏の説きたもう境地でもあります。姫太上天皇も、おん身を無理に削ったり撓(たわ)めたりすることなく、ありのままにお生きなさいませ」

「ありのままか」

胸の中のつかえが落ちる。外側の鎧(よろい)も剝がれ落ちる。どんどんからだが軽くなる。

「もうじき蓮(はちす)の花も咲きます」

「森の中にか？」

「はい」

「御仏(みほとけ)をお乗せするような蓮の花か？」

「池の面ではのうて、大きな木の上に、それはそれはきよらかな白い花びらを開きます。われら山の行者には、池の蓮華よりも森の蓮華のほうが慕わしゅうございます。朴柏(ほおがしわ)とも申すらしい。たれも来ぬ森の中で人知れず咲き、えもいわれぬ気高き香りを放ちます。畏れながら、姫太上天皇のようなお花でございます」

どきり、とした。

朕のような花？

目と目がからみあった。吸い込まれそうだ。

「その花、見てみたい」

と、返す声が震えるのに自分で驚いた。どきどきと、胸も痛いほど鳴っている。なんだろう、これは。

そのとき、

――ひめ……。

どこかで声がした。

――ひめ……。

「そろそろ戻りましょう。みなを心配させる」

御免――と、先ほどと同じく目隠しされ、袈裟のうちに包み込まれた。

ふわっと身が浮いた。と、思う間もなく、また真っ暗な夜闇を風のように走り、洞窟を抜け、気がついたら、白い帳をまわした臥処(ふしど)のうちだった。

「あっ！　姫太上天皇、お目覚めに」

懐かしいしもぶくれの顔が、目の前にあった。

「広虫か……」

「わたくしが、おわかりになるのですか」

広虫が夜具に取りすがり、かぶりつくように乗り出してくる。

「もちろんだとも」

「なんと……、なんと……、夢のようでございます。この広虫をおわかりいただけぬ日が、ずっと続いておったのでございます」

はやうれし涙が噴き出している。

阿倍はこくこくと応じながら、いまのできごとがなんであったのか、よくわからない。夢か？いや、夢ではないような。まあ、わからなくてもよいのか。

「道鏡禅師は？」

と、尋ねてみた。

「はい、悪いものはほとんど落ちましたゆえ、お目覚めまで待てとのことで、お退きになられました。もう、言葉もございません」

広虫は叫ぶように号泣している。こんにちはみなが大泣きする日であるらしい。

忠義者の一途（いちず）な姿を見つめながら、阿倍は奇妙なことに気がついた。

「広虫」

「なんでございましょう」

「朕は空腹である」

「えっ！　おなかがすかれた」

広虫は一尺ほども飛びあがった。

ただいま――と、狂喜して転げ落ちんばかりに帳台を抜け出、パンパンと四方に手を打ち鳴らした。

「姫太上天皇がお召しあがりになる！　粥（かゆ）の用意じゃ！」

気が変わらぬうちに食べさせたいのだろう、「はよう、はよう」と侍女を急（せ）きたて、たたらを踏むような足取りで厨（くりや）へ駆けていった。

その騒がしい様子をほほえましく眺めたのち、阿倍はふと、右の手を開いた。

赤い苺が一つ、握られていた。

*

月替わって五月になった。

阿倍のやまいは日々薄紙を剝がすように回復していった。

真っ暗だった病室も覆いをはずされ、夏の光と風が簾（すだれ）を揺らす。橘（たちばな）の薫りと、草いきれと、うっすらと磯（いそ）めいた湖水のにおいもする。

かん、こん、かん、こん、南のほうからたけなわな槌音（つちおと）が響いてくるのは、普請中の石山寺（いしやまでら）であろうか。

広虫は縁（えん）にたたずみ、午後の日差しを受けた。庭の池の辺では菖蒲（しょうぶ）の葉が壮健で、あれをすき取り、あるじの風呂で蒸したらさぞ清々（すがすが）しかろうなどと夢想していたら、あるじその人から呼ばれた。

「広虫」

はい、と広虫はただちに枕辺に控える。

「髪を直してくりゃれ」

「承知いたしました」

さいきん、毎日同じころあいに主君からおつくりを頼まれる。道鏡禅師がやってくるからだ。御寝(ぎょしん)の障りとなるような髷(まげ)は作れぬけれど、少しでも身ぎれいにしたいという気持ちには応えたい。香りのよい油で癖を直し、耳のあたりはことに多めにして艶を出す。横鬢(よこびん)を少しねじり、紙縒(かみこよ)りでまとめれば、見目もよくなるし枕にもつかえない。

髪を扱いながら、そっと主君の様子をうかがう。夢見るような、うるんだまなこをしている。このところずっとこうである。

病みやつれて蠟(ろう)のようだった頬もふっくらとして、涙のしずくのような、もとの美しい容(かたち)に戻った。唇にもすこやかな血の色が戻った。肌もすべすべと、絹のごとくなめらかになった。そして、言葉は前より少なくなった。脇息に頬杖をついて、ほんのりと物思いに耽(ふけ)っている。

広虫は気づかぬふりをしているが、ちゃんと気づいている。

——姫太上天皇は恋をしていらっしゃる。

それがよいことなのか悪いことなのか、広虫にはわからない。けれども、なんだか無性に感動する。

近ごろ夫に先立たれた広虫は、一つだけ、身に沁みて思うようになったことがある。それは、人としてこの世に生まれ落ちた以上は、たれでも一度はたれかを愛し、愛されるべきということである。おのれは平凡な女だが、愛する夫を一度でも持ったことは、やはりほんとに幸せだった。

まぶたの裏に、在りし日の夫の笑顔がよみがえる。耳の奥で自分の名を呼ぶ懐かしい声がする。主君の髪を梳（す）きながら、いつしかおのれのほうが梳かれる側になっている。夫はさして長所もないこの髪をいとおしみ、眠れぬ夜などは、床（とこ）の中でいつまでも撫でつづけてくれた。

今生（こんじょう）の別れのときを思い出した。つかの間、夫を不治のやまいからよみがえらせてくれた人がいて、深く深く交わった。甘く、悲しく、身がうずく。

そうだ。人は人としてこの世に生まれてきたならば、たれでもみな、一度はあの歓びを知らねばならない。

むろん、主君は常人とは違うお人である。しかし、同じ天子でも、なぜに男子（おのこ）の帝には恋が許され、女子（おなご）の帝には許されぬのだろう。四十有余年の主君の孤独な生の果てに、ようやくほころびかけた小さな花を、広虫は無下（むげ）に摘み取ってしまいたくはないのである。

「広虫」

と、また呼ばれた。

はっとわれに返った。

いつの間にか仕事を終え、ぼんやりしていた。

「上手に隠してくれる。礼を言う」

ぎょっとした。

自分が結っておいて、忘れていた。

わがあるじの黒髪には、横鬢のところに白い筋がちらほらと交じりはじめているのである。油で艶を出したり、形を一生懸命工夫したりするのはそのためだ。それは、どんなに美しい人でも避けることのできない変化。

重ねて問われた。

「広虫、朕は姫か」

困惑した。

いつか同じことを訊かれたことがあった。姫でなくなったら言え、と命じられた。あのときは戯れの会話に終わったが、いまは軽々に流せない。

ありていに言って、主君はいま身も心もあやうい年ごろにさしかかっている。自分などから見れば、まばゆいほどのお人だが、恋をすれば気になるだろう。気にならぬはずがない。

しかし。

「もちろんでございます」

広虫は力強く請けあった。

わが主君の真価はそのようなところにはないし、これからもそのすばらしさは永遠に変わることはない――。と、広虫は固く信じる。

「まことか」

「広虫は嘘は申しません。正直者であることだけがわたくしの取り柄じゃと、姫太上天皇がお褒めくださったのではありませんか」

「おお、そうだった」

あるじは鼻の根元のところをくしゃっとさせて、屈託なく笑った。この天真らんまんな笑顔が、広虫は大好きだ。

「姫太上天皇」

広虫は意を決した。おのれごときに言えることなど限りがある。けれども、おのれを信じてくれる主君のために、思うことは精いっぱいに伝えたい。

化粧の道具を直し、居ずまいを正した。

「広虫は未熟者ゆえ、むつかしいことはわかりませぬ。けれども、姫太上天皇のまるごとすべてを受け止めてくださるおん方ならば——、よろしいかと思います」

主君の大きな黒い瞳が、まっすぐにこちらを見つめている。

「朕の、まるごとすべて」

「はい。どのような道を選ばれましょうと、あるいは選ばれますまいと、いずれ艱難辛苦のおん身の上でございます。なればこそ、姫太上天皇の包み隠さぬまるごとすべてを知っていただき、包み隠さぬまるごとすべてを愛していただきたい。そういうおん方ならば、広虫は心よりうれしゅうございます」

「さようか」

ちゃんとぜんぶ言えたろうか。

いや、まだあった。

「つとめて、お恐れなさいますな。なにがございましょうとも、わたくしがおります。姫太上天皇のお傍には、この広虫がずっとついております」

「うん」

会話が途切れると、湖水のにおいが強くなる。

いつの間にか、普請の音はやんでいる。空白の時間が無限に長くなる。

「じき、おみえになりますな」

沈黙を破って広虫が首をめぐらしたとき、侍女が御簾（みす）の後ろで手をついた。

「道鏡禅師でございます」

主君の頬が、ぱあっと桜色に染まった。

——なんと、ういういしい。

広虫は腰を上げ、小隅に控えている者たちに退出をうながした。そして、入れ替わりに入室する禅師に、「道鏡殿」と、呼びかけた。

袖のうちで、こぶしをぐっと握った。下り気味のまなこを決し、丈高な相手に対峙（たいじ）した。

「わが君のこと、どうぞ、どうぞ、よろしゅうお頼み申します」

深々と頭を下げた。

急ぎ足に立ち去りかけ、ふと、足を止めた。

なにかを思い出したような気がした。

*

「よい側近殿でありますな」

たんねんに脈をとりながら、道鏡がほほえんだ。

「広虫は朕の自慢の腹心じゃ」

と、返しながら、その広虫が言ったことが、阿倍の胸に刺さっていた。

――包み隠さぬまるごとすべてを知ってもらえ。

広虫は正しい。まるごとすべて。その言葉の意味。

勇気を出さねばならぬ。

「道鏡よ」

阿倍は脈を数える手をそっと制した。相手の動きが止まった。

「そなたは朕のやまいの源を取り除くと申したな」

「そのとおりでございます」

「ならば言おう。朕のやまいのしこりをみな除いてもらいたいから、みな言おう。朕はまだそなたに言うてないことがある」

禅師は改まった。

「伺います」

まなこが澄んで、美しい蒼色になる。

「馬鹿にせぬか」

「いたしませぬ」

「つまらぬことを言う朕じゃと思わぬか」

「思うはずがございませぬ」

なら、と阿倍は寝床に起き直った。真正面から相伴者に向きあう。

——包まず言え。

心の中の声に励まされる。

「朕はもはや若うない。鏡の中のおのれに、近ごろしばしばはっとする。なにごとをなすにも疲労する。月のものも間遠になりおる。このころあいに、女人はひどく不安になるそうな」

語りはじめたら、不思議になんのためらいもなかった。

「朕は若き日に皇太子となり、そのまま天子となった。女人の天子は独り身を通さねばならぬ。夫を持つこともない。子を持つこともない。早々とそのように決まってしもうたから、いずれ女子でのうなっても、さしたることもなかろうと思うておった。けれども違うた。時を重ねていざその日が近づいてきたら、たまらぬ心地になった。それは、言葉にはとても言い表せぬさみしさだ。意地を張ってたれにも言わなんだが、これが朕のほんとの本心じゃ」

とうとうと言葉が溢れる。

「ところが、そんな朕に子ができることになった。大炊じゃ。大師が連れてきた」

天を仰ぐ。湖水のにおいの風が吹く。

「初めて会うたときの大炊は素直で、かわゆらしゅうて、言葉を尽くして朕を慕うてくれた。朕はうれしかった。朕は若い者が好きだ。朕だって昔は当たり前のように、いつかはたれかの妻になり、母になり、自分の赤子をわが腕に抱いてみたいと思うておったのぞ。

そんな夢が叶う。むろん血はつながっておらぬけれど、このおのれが母になる。わが子と並んで仲ようまつりごとを執れる。どんなにか楽しかろうと胸が躍った。それは、それまでの独り身の生のさみしさを補うて余りあるものだった。だから、朕はわくわくして大炊に位を譲った。だのに、手のひらを返された。すべていつわりであった。大炊は朕を置き去りにして、百官の前で、大師と袁比良こそを父、母と思うと言い放った。朕は心が破れた。胸に穴があいて、足元にも大穴があいて、深い穴倉へ落ち込んだ」

一つ息をついた。

「結局、朕は女子としてのなにものも知ることなく、女子が終わりになることがさみしすぎたのであろう。さみしすぎたから、よこしまな者どもに、いともやすやすと騙（だま）されてしもうた。情けなきことである。しかし、いまはしかと悟っておる。そのように愚かで、情けなき女子こそが、取りも直さず朕なのだ」

すべて吐き出した。

なにとやらん、すっきりした。

「さあ、包み隠さぬまるごとを言うた。道鏡禅師よ」

静かにまぶたを伏せていた禅師が、顔を上げた。

親愛と沈痛をつき混ぜたような色をしている。

「みなみな打ちあけていただき、道鏡これほどのさいわいはありませぬ。けれども同時に、憤懣（ふんまん）やるかたのうもございます。姫太上天皇のひたむきな真心を踏みにじった罪深さ。これは容易に許されることではありませぬ」

秀でたひたいに、一瞬、稲妻のようなものが走った。

「姫太上天皇の御悩の源は、たしかにそこにございます。これを滅（めっ）さぬことには、おんやまいの本復とはなりませぬ。しからば、なんとしてでも滅したてまつりとうございます。これも道鏡のつとめ」

阿倍は首をかしげた。

「滅す――とは、大師と大炊のことか」

「いかにも」

道鏡は、当たり前のように涼やかにまばたきした。

「そうして、愛するおん父君の遺命を、やり直しませ」

「えっ」

阿倍は驚いた。

「やり直す――とは、譲位をか」

「さようでございます。誤りは正さねばなりませぬ。今度こそ、正しきお子様をお選びになり、正しき御位をお渡しなさいませ」

「そんなことが、できようか」

「拙僧がお手伝い申しあげます」

阿倍は相手を凝視した。

「及ばずながら、拙僧にできうるすべての術を尽くし、お役に立ちたいと思います。ちと山にも入らせていただき、気力胆力満たしてまいります。天空の相も見てまいりましょう。姫太上天皇の尊き御祖、浄御原の聖帝もお得意であられたと聞きますが、拙僧も星辰の占は多少たしなみます。その他にもあたうかぎりの術法を試みさせていただきます」

深々と伏した。

刹那ののち、それから――と、禅師は端正な顔を上げた。蒼い瞳がすべてを吸い込むように、深く澄んだ。

「女子の終わりなどは、ございませぬ。その御悩の源も、滅したてまつりたく」

阿倍の身の深いところに、ぽっと火がついた。

*

どこか遠くで、青鷺（あおさぎ）の鳴く声がする。

耳が冴（さ）え、目が冴え、いつまでも眠れない。

まぶたを閉じると、わが禅師が昼間言った言葉と、蒼い瞳がよみがえる。

――女子の終わりなどは、ございませぬ。

床（とこ）のうちを輾転（てんてん）とするうちに、月は中天（ちゅうてん）を過ぎ、湖から吹く風は三度も向きが変わった。

阿倍はとうとう身を起こした。

「たれか、頼む」

不寝（ねず）の番が即座に傍へ直る。

「悪心（おしん）がする。道鏡禅師を呼べ」

はい――と、女嬬（にょじゅ）があわてて禅師の宿坊へ走る。

一刻もせぬうちに、帳台の外にかすかな気配が立った。

「おん前に」

そういえば、と阿倍は初めて気がついた。この男はいつも足音がしない。においもしない。苔色の袈裟はほとんど闇に溶けている。

「御具合、拝見いたします」

「いや……」

いざとなると、うまく言葉が出ず、うろたえた。

「よい、もう治った」

と、黙り込んでしまった。

なんと子供じみた、と、われながら赤面した。でも、会いたかったのだからしかたがない。

すると、なにごともなかったように、いらえが返った。

「それはようございました」

そして、低く、静かな声が、夜のしじまに流れはじめた。

「では、昼間のお話の続きをいたしましょう。宿曜（すくよう）というて、人が持って生まれてきた定めの星のようなものがございます。お月殿の通り道に沿うてぜんぶで二十七ありまして、つまり、その星々に順々にお月殿が宿るわけですが、姫太上天皇は参宿（さんしゅく）という珍しい星宿でございました。体の部位でいいますと瞳に当たり、二十七のうちでもっとも美しい月の宿でございます。姫太上天皇らしゅうございます。艱難辛苦（かんなんしんく）はあれど、必ず目的を果たす意志の強さも有しておりまして、そこも姫太上天皇らしゅうございます」

「ほう」

ほろりとした。わがままも許してくれる。気まずさもこうして拾ってくれる。よい男じゃ。

「こんな夜中に呼び出してすまなんだ」

と、謝った。

「いえ、拙僧も」

も――？　阿倍ははっとした。

「じつは参上したいと思うておりました。先ほど山へ入って、これを採ってまいりましたゆえ」

ふわり、と芳香が鼻をうった。帳ごしに禅師が提げている白いものが透き見えた。

「森の蓮華か？」

「はい。明日にでも、と思うておりましたが、ちょうどようございました」

歓喜が込みあげた。

なぜいつも、この禅師はこんなにわが心がわかるのだろう。

こちらへ来やれ、と、阿倍は帳を撥(は)ねのけ、夢中で招き入れた。座れ、と、わが隣へ促した。

こぶしを軽く閉じたほどの花が、ゆるく波打つ大きな五枚の葉の上に載っていた。花びらのいちばん外側はごく薄い桃色を帯び、中のほうは純白である。まさに御仏が座す蓮華座(れんげざ)だ。

「これでも小さいものを選(え)りました。森の女王になりますと、葉がもういくまわりも大きゅうて、姫太上天皇を日陰にお護りする蓋(きぬがさ)にもなり申します」

阿倍は枝を手渡され、胸もとに余る花弁に、ほうっと見惚れた。

「じき開きます」

二人して、頬が触れるほど、花の口を覗き込む恰好(かっこう)になった。つぼんでいた花が、みるみるゆるんでいく。やがて、純白の花びらの真ん中に、生きもののような大きな赤い蕊が突き立った。

禅師の長い指が伸びてきて、突起の先をそっと弄んだ。無数の細かい襞がふるふると震え、甘い香りが立ちのぼる。

「この花は、夜、ことのほかにおいます」

わが身を愛撫されたように、阿倍はぞくりとした。

「もっとも美麗なる月の宿」

いつの間にか頬に一筋垂れかかっていた横鬢の髪を掻きあげられた。

びくっとして、思わず身を退いた。花に夢中になって、気になるところを隠すのを忘れていた。

「恐れたまいますな」

凝っと見つめられている。

「もはやすみずみまで看たてまつりました。なにもかも存じあげております。ご自身もすべて包み隠さずと」

「したが、朕は恥ずかしい」

片方の手で耳のところを、ぎゅっとかばった。

「かくもお美しきを」

相手のまなじりから柔らかな笑みがこぼれた。

「ならばいっそ――」

かばった手を取られ、そっとほどかれた。

「おろしておしまいに」

「え……」

「蓮華座に座す女人の仏――ほど、なまめかしきものがありましょうや」

あらわになったうなじに唇が触れた。

えもいわれぬ快さが身のうちをほとばしり、あ……、と声がうわずった。

花びらも、蕊も、いますべて開いた。

耳元で低い声がした。

「これからぞんぶんにお咲きになります」

四

「は？　なんと申した」

藤原仲麻呂、もとい大師恵美押勝は、わが妻袁比良に向かって素っ頓狂な声をあげた。叫んだ拍子に手から酒盃が落ち、袍の膝もとをびしょびしょに濡らした。

「姫太上天皇が内道場の禅師とできておるだと？」

日ごろ悟り澄ました顔を、思いきり歪ませる。

梅雨の合間に、久しぶりに月が出た。粋を凝らして造った湖岸の宅の納涼の亭に、帝であり、かわゆい婿でもある大炊を招き、水入らずの晩餐を楽しんでいた。それが、妻の不愉快な注進のせいで一瞬にして台無しになった。

「まことか」

「まことでござります」

ちっ、と仲麻呂は舌打ちし、転がった盃を縁の下の曲水に投げ込んだ。

袁比良は先を言いかけ、急に声を低くした。

「それはたいへんなおん睦みようで、看病が始まりますと、みな退がってしまいますとか」

若い天皇が上座から露骨に嫌な顔をした。

仲麻呂は濡れた衣を絞りながら、さらに質した。

「相手は姫太上天皇の気鬱をお治したてまつったとかいう、新入りのあれか」

「さようでございます。道鏡と申す、弓削産の看病禅師でございます」

「どのようなやつじゃ」

「丈高く、きりりと精悍な美男でございます」

蝦蟇のような好色坊主を想像したのに、意外な褒め言葉が返ってきたので、仲麻呂はいっそう不機嫌になった。

「そなた、後宮の長であろう。面談しながら本性がわからなんだのか」

「なっ……」

おのれの眼識のせいにされて、袁比良も気色ばんだ。

「わかるものですか。むしろできる禅師と見抜きましたわい。禅師がいくたりも入れ替わり立ち替わりしてどうにもならなかったものを、たかだかひと月で治したのですぞ。袁比良は見る目があったと、逆に褒めていただきたいものでございます」

仲麻呂もさらに鼻白む。

「ならば、そなた、おのれの見る目で選びましたが、間違うておりました、外聞の悪きおふるまいはお控えくださいませと、尚侍(しょうじ)の権限で太上天皇に申しあげてまいれ」

　袁比良も負けておらぬ。

「いえいえ、正一位の大師たるあなた様こそ、廟堂(びょうどう)の頂(いただき)に立つ者としてお諫(いさ)めなさいませ」

　待たれ――、と帝大炊が割って入った。

「父上も母上も、落ち着きなされ」

　好もしい呼称で呼ばれた仲麻呂はにわかに機嫌を直し、こは失礼をばいたしました、とわが子に向き直った。

「この押勝、ただに愚痴を言うておるのではございませぬ。正しく国政を憂えておるのです。加えて、内道場と申す場所にも一抹の懐疑を覚えております」

　ねちっこく訴えはじめた。

「看病禅師と申せば、かつて聖武聖帝のおん母宮子夫人をたぶらかし、聖帝をもあざむき、重くもちいられた玄昉(げんぼう)という者がございました。まつりごとを揺るがし、憂いの種を蒔(ま)いたゆゆしき僧正であります。

　そもそも看病禅師と申す者の多くは、人も通わぬ山中にて木の根草の根などを食らい、獣じみた修行を重ねるやつばらであります。かの役優婆塞(えんのうばそく)、あるいは行基菩薩(ぎょうきぼさつ)、はたまた豊前(ぶぜん)の法蓮(ほうれん)など、たしかに人知の及ばぬ力は有しおるのかもしれませぬ。が、どうにも胡散(うさん)臭い。しかも房中術(ぼうちゅうじゅつ)に長(た)けておると申しますので、孤閨(こけい)の女人と結びやすい。玄昉の轍(てつ)を踏まぬためにも、こたびもできるだけ早う芽を摘み取るがよろしいかと存じます」

昨今、不思議の力をもってやまいを治す看病禅師は、世に広く人気があり、その数はとどまるところを知らない。中にはいんちき坊主も少なからず交じっているので、朝廷はあやしいまじないによって病気治療を試みる者を取り締まろうとしている。だが、仏教と呪術の境目はきわめてあいまいであるので、なかなか難しい。

そもそもこの国の仏教は、深山幽谷に生きる行者らのあいだにまず育ち、そこから徐々に人里へ下りてきたという側面がある。そちらに根っこがあるのなら、根絶は無理という道理である。それに、道術(どうじゅつ)や陰陽道(おんみょうどう)などとの区別も困難だ。

加えて、貴族をはじめとする上流階級の多くが、看病禅師を重用して離したがらない。

大炊は太上天皇の御座所のほうを遠く仰いだ。

「ならば、朕がおとどめしてみるか」

仲麻呂は袁比良と顔を見合わせた。

「なるほど……、それはよいかもしれませぬな」

この若き天皇はおとなしげな見た目に似合わず、かなり図太い性根(しょうね)を持っている。頭も悪くない。

だが、みなにおだてられて増長した短慮な天狗(てんぐ)だ。

大炊は桃のような紅顔(こうがん)で、ちらりと舅(しゅうと)を睨んだ。

「父上が申しあげるよりはよろしかろう。どの口が言うかと反発を食らうだけじゃ」

ふふんと鼻を鳴らした。

たしかに、先帝の妻たる皇太后とさんざん馴(な)れあっていた者が言えた義理ではない。

「その点、朕にはやましいところはない。みだりがわしき行いをお諫めする資格はある」

大炊は一人決めして、「善は急げじゃ」と、気早に立ちあがった。

仲麻呂は頼もしいわが子の後ろ姿を見送ったのち、改めて、むらむらと湧き起こる不快を噛み締めた。

——看病禅師だと？

——水を差してくれる。

中年の処女の初恋に憤然とした。

あるじのいなくなった膳から盃を奪い、手酌で酒をついだ。

仲麻呂にとって、阿倍の快癒を願うなどは口だけで、じつのところは、気力を失ってくれてさいわい、このまま儚くなるのならもっとさいわいと思っていた。それがすっかり元気を取り戻し、どこの馬の骨とも知れぬ祈禱坊主と乳繰りあっているだと？

そのとおり、おのれは褒められぬこともした。けれどもこの十余年、この国のまつりごとを動かしてきたのはおのれである。いまにも絶えそうなすめろぎの道を健全なところへ接ぎ木して、息を吹き返させたのもおのれである。

それに、この先の自分にはもっと大きな仕事が待っている。「玉」たる今上に実の娘をたてまつり、皇后とするのだ。そして、一日も早く子をなさしめ、皇太子とするのだ。その皇太子が次の玉座に座するとき、おのれ恵美押勝は正真正銘、この国の天子の祖父となる。

遠い未来ではない。まもなくだ。だから、始祖大織冠鎌足ゆかりのこの地にえいえいと根城を築いてきた。離宮などではない。本格的な都のつもりである。ここへ孫とともに遷都するのだ。わが祖父不比等がかわゆき孫の首、すなわち聖武聖帝を抱いて平城京に遷都したように。

いまが正念場だ。なのに、過去の亡霊みたいな女太上天皇がしゃしゃり出てきて、恋の力で勇気百倍となって、物言いなどつけはじめたらどうする。

盃ではもどかしくなり、かたわらの器をつかみ、提（ひさげ）の残りをすべてあけた。大きな月が乱れて映っているのを、一気に飲み干した。

「足らぬ！」

いまだに気味悪く濡れている裾をひるがえし、あきれて眺めている袁比良に向かって、「寝所へ、あと、二、三合もて」と、怒鳴りつけた。

*

「あなた、あなた」

ぐらぐらと揺り起こされた仲麻呂の目の前に、妻の引きつった顔があった。

いつの間に眠り込んだのか、まるきり覚えていない。すでに日は高いらしい。

吐き気がする。頭が割れそうだ。ばつの悪さを隠すために、大きな声を出すな、と、袁比良の手をわざと乱暴に払いのけた。袁比良はいちだんと食らいついてきた。

「それどころじゃございません」

細い目が血走っている。尋常ならざることが起こっているのに、仲麻呂は初めて気がついた。

「なにごとぞ」

と、聞き返したのと、妻が次の句を継いだのが同時だった。

「姫太上天皇が、平城京へ戻ってしまわれました」

「えっ！」

飛び起きた。眠気も宿酔も吹っ飛んだ。

「昨夜の帝のお諫めに、たいそうおかんむりになられたそうで――」

太上天皇阿倍は、大炊の不時の訪れをすこぶる不興に思し、道鏡の名が出たとたん、激昂したという。

「姫太上天皇の言われるには、かの禅師は尊崇このうえなき仏道の師であり、おのれは弟子として教えを乞うているだけだ。わが子でもない者が、いかなる権あってかくもすさまじき物言いをいたすか、と。それはもう、いささかのお聞き入れもなく」

仲麻呂は絶句した。

い、い、い、いい、わが子でもない者、のところに、大炊だけでなくおのれにも向けられた強烈な嫌みを感じた。ここまで怒らせるとは思っていなかった。後悔先に立たずだ。口のきき方を知らぬ青い天皇などを遣わすのではなかった。

「お発ちになったのはいつじゃ」

「夜も明けやらぬ五更のころとか。そろそろご到着かもしれませぬ」

「ご到着って、太上天皇の宮の改修は終わっておらぬではないか」

「それは、そうですが……」

「道鏡とやらも同道か」

「そのようでございます。広虫と、道鏡禅師と、ほんの少しの供まわりだけと」

仲麻呂が渋面を作って腕組みしたところへ、「申しあげます」と、女孺が息を切らせてやってきた。

「姫太上天皇、法華寺(ほっけじ)にお入りになったとのことでございます」

「法華寺？」

仲麻呂は鸚鵡返(おうむがえ)しし、次の瞬間、敵方の意図を呑み込んだ。

法華寺は光明皇太后のかつての紫微中台であり、変則な権力をもって、天皇の内裏(だいり)と正規の台閣(たいかく)を圧倒した。おそらく阿倍は母后のやったことをいまあえてなぞり、今上大炊とおのれの政府に対抗しようとしているのだろう。

仲麻呂は歯ぎしりした。

袁比良が「どうしましょう」と、おろおろする。

どうしましょうもこうしましょうもない。こんなつまらぬ諍(いさか)いを、世の中に印象づけたくない。なんとか丸くおさめねば。

――ええ、面倒な！

「われらもすぐに引き揚げる。帝にもその旨お伝えせよ」

仲麻呂は足元の夜具を蹴り飛ばし、恐怖に引きつっている女孺に、早う荷造りせよ、と怒鳴りつけた。

＊

大師恵美押勝の言葉を尽くした陳謝の効もなく、太上天皇阿倍の機嫌は直らなかった。法華寺の奥深くに引きこもったまま、姿も現さぬ。

いっとう最初に怒りに火をつけた大炊は言うに及ばず、袁比良が後宮のほうから近づこうとしても、広虫に強硬に撥ね返されてしまう。

翌日、翌々日も、その次の日も、拒絶は続いた。そして、なんともいえぬ嫌な空気が平城宮の全体を覆ったまま月が替わった日、阿倍その人から百官に向けて召集がかかった。

五位以上の者はすべて、西宮の朝堂院に集まれという。

――西宮の朝堂院？

どういうことじゃ、と仲麻呂は首をかしげた。

法華寺から一歩も出ぬように見えたのに、いつの間に移動した？

しかも、西宮の改築はまだ完了していない。

平城宮の構成は、今上大炊の御在所たる中宮院が東に、太上天皇阿倍の御在所たる西宮が西に並んでおり、それぞれの南側に、朝堂院――儀式や政務が執行される、広場を含んだ庁舎群――がある。

中宮院のさらに東隣には、いまはあるじ不在ながら皇太子の住まいである東宮御所が設けられている。すなわち、西宮、中宮、東宮の三つの建物群が横に並んでいるわけである。

ともあれ、近年、阿倍はまつりごとから遠ざかっていたので、中宮院の朝堂院しか使われていなかった。だのに、いまことさらにわが側へ百官を集めるとは、いかなる存念か。

なにか、おかしい。

阿倍は賢い女人だが、ちまちまとした策略を弄するほうではない。いろいろ入れ知恵をする者があるのではないか。あの看病禅師か？　仲麻呂は苦虫を嚙みつぶしつつ身支度を整え、命じられた場所へ向かった。

そして、さらに長い時を待たされ、ようやく現れいでた人を見て、啞然（あぜん）とした。あまりに啞然として、カラン、と笏（しゃく）を取り落とした。

驚いたのは仲麻呂だけでなかった。ほうぼうでカラン、カラン、という音がした。

一瞬ののち、朝堂院の宙が、どっ、とどよめきに満たされた。

明け放たれた西宮南門の壇上に出御（しゅつぎょ）した女人太上天皇は、髪をおろし、純白の頭巾（ずきん）をまとっていた。灰桜色（はいざくらいろ）の衣に綾錦（あやにしき）の袈裟を重ね、左の手には深紅（しんく）の房のついた大きな数珠を捧げている。しかも堂々と胸を張り、あたりを払う気色は、少し前まで人事不省（じんじふせい）に陥っていた人とも思えない。

さざ波のような動揺の上に、「太上天皇のお言葉を申しあげる」と、かたわらの宣命使（せんみょうし）が朗々と声を張りあげた。

「朕はいたらぬ女の身ではあるが、この日の本の国の正しき血統の絶えることしのびがたしとして、父聖武と母光明とに望まれ、畏き玉座についた。そして、わが跡を継ぐ者として、いまの帝に位を渡した。ところが、この帝は朕に敬意を表するどころか、まるで仇（かたき）であるかのような態度をとった。不遜（ふそん）このうえなき物言いもした。許しがたきことであり、まことに情けなく思う。

しかし、それもこれも朕に菩提（ぼだい）の心を思い起こさせんとする天からのお導きでもあろうと思い直し、このたび御仏の弟子となることにした。朕はその教えを敬いつつ、おおいに国政にあずかっていこうと考える。

ついては、かく申し渡す。こののち帝は常の祭祀（さいし）などの小事のみ行え。国家の大事や賞罰にかかわる大事は朕が執り行う。みなみな心してうけたまわれ」

しん、と、水を打ったように静まり返った。

――馬鹿な！

仲麻呂は心の中で叫んだ。

なにを寝ぼけたことを言う。太上天皇がいまさらまつりごとの中心に座るだと？　しかも出家の身で？

壇上の法体（ほったい）の女人を凝視した。そして、その嫣然（えんぜん）たる笑みがすう、と、かたわらへ流れるのを見逃さなかった。その酔いしれたようなまなざしの先に、苔色の袈裟をまとった蝙蝠が、なにかの大きな影のように伏していた。

――こいつか。

怒髪天（どはつてん）を衝（つ）いた。

――おのれクソ禅師！

五

一年半の月日が流れた。

天平宝字八年（七六四）一月下旬。

法華寺に咲き乱れる梅の香を胸いっぱいに嗅いだのち、吉備真備は主殿の前庭に進んだ。とたん、

「じい、じい！」

という呼び声がした。御座の御簾が撥ねあげられ、尼姿の主君が喜色満面で手招きしている。

「なにをしておる、待ちわびておった。早う来、早う」

真備は同道の女人を残したまま、階をのぼり、深々とこうべを垂れた。

「お久しゅうございます。われ吉備真備、このたび造東大寺司の長官を拝命つかまつり、帰京なりました。姫太上天皇にご挨拶申しあげたく、さそくに参上いたしました」

「他人行儀はやめよ。もそっと寄れ」

口上も終わらぬうちに、重ねて促される。

真備は一膝、二膝にじり寄り、主君の傍近くに対座した。

懐かしい、黒瞳がちな目がまんまるに見開かれている。

「おお、なんと、雪のようじゃの」

わが頬と顎を覆う白いひげのことである。

「皇太子であったころ、朕はそなたのことをとんでもない年寄りじゃと思うておった。が、そのあ

と、じつはそれほど年寄りでもなかったと知った。しかし、こうして眺めれば、やっぱり年寄りじゃ。じいがぴったりじゃ」

鈴を振ったように無邪気に笑う。

「昔からじいでございます。いまは七十にあいなりましたゆえ、ますます筋金入りのじいになりました。遠慮のう、じいとお呼びくだされませ」

真備は四十八年前に遣唐使として海を渡り、約二十年の留学生活の中で儒学(じゅがく)、軍学(ぐんがく)をはじめとする数多くの実用の学問を修した。若いころから老人くさかったのは、喜ぶべきか悲しむべきか、教養の深さゆえだ。

もともと下道(しもつみち)氏という備中(びっちゅう)の中小豪族の出であり、蔭位(おんい)の制(せい)の特権に守られた藤氏の子弟などとはわけが違う。学才一つで身を立てた叩きあげである。一種の変わり者と言ってもよい。

「七十か。朕は四十七じゃ。人のことは言えぬか」

「なんの、姫様はちっともお変わりございませぬ」

真備も、主君を昔と同じ名で呼ぶことにする。

「この姿に驚かぬか」

阿倍が袖先を白鳩(しろはと)のように広げてみせる。

「おおかた、にわか道心でござりましょう」

「言うな」

朗らかな声を立てているこの女主君こそ、とんでもない変貌をとげたのだが、むしろ若々しく、きれいさっぱり装飾(かざり)を捨てた潔さがなんともまばゆい。

「驚かぬと言ったら嘘でござる。けれども、そんなことより姫様がお元気そうであられることが、真備はうれしゅうございます。おんわずらいと伺うて、遠い空の下よりどれほどお案じ申しあげたことか」

「朕こそうれしい。十四年ぶりであるな。朕が非力ゆえ、そなたを長いこと僻遠の地にくすぶらせた。申し訳なかった」

真備が阿倍の東宮学士になったのは、阿倍が立太子したのちの二十四のときだった。聖武帝と井出の大臣橘諸兄に才を買われ、六年奉職し、阿倍からは実の父のように慕われた。だが、それゆえに紫微令仲麻呂に目をつけられ、阿倍の即位とともに筑前へ飛ばされた。言いなりにしたい女帝によけいな知恵を吹き込むと忌避されたのだろう。

その後も肥前守、二度目の遣唐使、大宰大弐など、嫌がらせのように遠地にとどめ置かれた。さいきんは関係のあまりよくない海彼の新羅に備え、防衛軍の指揮官のようなことをやらされていた。唐仕込みの兵法の第一人者だからというのが理由であったが、口実に決まっている。そもそも異国とのいくさなどは、仲麻呂にとっては身のまわりにくすぶる不満を逸らさんがための陽動策にすぎず、本気でやる気などないのだ。

というわけで、おのれはこのまま西海に朽ちるのだろうと思っていたら、唐突に帰府が叶った。

着任した造東大寺司は、この国最大の官寺である東大寺の造営、僧綱、諸儀式などを監督する役職である。大きな組織ゆえ実力のある者が選ばれるのは間違いないが、とりたてて得意分野でもない。なんでもよいから都へ呼び戻すことが目的で、たまたま空いている席が利用されたような感が強い。

だからこそ、真備はうすうす察している。いよいよ主君の反撃が始まるのだ。そのためにおのれが求められた。じつのところ、わが姫君が百官を前に盛大な啖呵を切ったと耳にしたときから、もしかしたらこんな日が来るのではないかと、想像せぬでもなかった。

真備は、ちら、と背後を振り返り、階の下に控えている女人を示した。

「あれなるは、わが娘でございます。父子ともども姫様のお役に立ちたいと、筑紫から伴うてまいりました」

「じいの娘か。ここへ呼べ。苦しゅうない」

阿倍が即座に、真備のかたわらにのぼらせる。

「名はなんと申す」

「由利でございます」

「年は」

「三十と少しでございます。ふつつか者ではございますが、心よりお仕えさせていただきます」

すらりとした姿に烏の濡羽色の髪が映える。細面に切れ長の目をした美女である。

真備が脇から補う。

「姫様がそれがしをお戻しくださった所以、心得ておるつもりでございます。この由利は、西海におりましたとき妻であった女子の連れ子でございます。さしたる取り柄もありませぬが、武術の心得がございます。なにかと物騒な昨今でございますゆえ、おん身のまわりで一人、このような者をお使いになるのもよろしいかと愚考いたしました」

「女子の身で武術か。頼もしや」

阿倍はにこりとする。

「さいきん袁比良が亡うなったゆえ、もはやうるさいことを言う者はおらぬ。いまの後宮の采配はすべて朕がしおる。ぞんぶんに使おう」

――袁比良殿……。

そういえば、と真備は首をかしげた。

わが姫君が仲麻呂に敵対宣言して間もなく、仲麻呂の片腕であった妻が死んだと聞いて驚いた。もしかしてこれも姫君の手の者によるのか。

「頑健の塊のような尚侍殿でありましたがのう」

水を向けてみた。

「瘇とかで、あっけなかったぞよ」

さらっと流された。

瘇とは脚気のことである。突然心の臓が止まる恐ろしい病気であり、貴人が頓死したようなとき、しばしばこれと説明される。かの安積皇子も瘇だった。

ともあれ、後宮の女たちがみな太上天皇の命に従うようになったとすると、仲麻呂には痛手だろう。少し前から娘を今上大炊に入内させる噂が流れていたが、なかなか実現せぬのはそのせいか。

阿倍は半身をよじり、衝立の後ろへ、「広虫」と声をかけた。淡い青磁色の僧衣の尼が居ずまいを正した。

「新しき仲間じゃ。いろいろ教えておやり。由利、こちらは朕の腹心の広虫である。朕とともに出家して、いまは法均と名乗っておる。二人して仲よう、朕を支えておくれ」

続いて、阿倍は「道鏡」と、呼んだ。

広虫の隣で、苔色の影が動いた。

真備ははっとした。

——噂の看病禅師か。

真備はふたたび首をかしげた。この男はずっとこの場に控えていたはずなのに、まるで気配を感じなかった。だが、いま改めて眺めれば、抜きんでた骨柄の偉丈夫である。このちぐはぐな、なおかつ透き通るような感じはなんだ。

「朕の命の恩人じゃ。卓抜の腕でやまいを治してくれた。仏道の師でもある。朕のよき相談相手でもある」

闇の入り口のような袈裟が、深々と伏した。

「道鏡でございます。長官のご帰府ならびにご着任、心よりお祝い申しあげます。姫太上天皇にも、いかばかりか心強うあられましょう」

顔が上がり、目と目が合った。逸らす気配もない。かといって力むでもない。なかなかの器とみた。

「お初にお目にかかる、道鏡禅師。いや、少僧都であられたな。そなたこそご栄達じゃ。お祝い申しあげる」

道鏡は近ごろ、僧綱の重職のうちの少僧都に取り立てられたのである。僧綱とは、僧正、僧都、少僧都、律師などからなる僧侶の世界の階層で、数人しか就けぬので、やっかみも必定の抜擢だ。

「身に余ります。わたくしのような風来坊になんじょうそのようなりっぱなお役がつとまりましょう。ただの山出しの聖と思し召しくだされ」

よろこんでいるふうでもない。謙遜でもないらしい。真備はほう、と思った。

阿倍が脇から口を出す。

「朕が無理に与えたのじゃ。道鏡は欲がのうて、なんにも望まぬ。しかし、朕の傍で働いてもらうからには、相応の役に就いておってもらわねば困るからのう」

真備の中で、いろいろなことが徐々に呑み込めてきた。

「恐れながら——」

と、女主君に向き直った。

「このおいぼれの帰還を画策くだすったのは、道鏡禅師でございますな？」

「さすがじいじゃ」

阿倍は目の動きで、大炊の御座所である中宮院の方角を示した。

「そなたも存じておろう。朕の行く手はきびしい。あれらを倒そうとすれば大きな諍いになろう。道鏡禅師は、われらにはぜひとも軍師が必要じゃと説いた。軍師と申せばそなたしかない。しかしながら、いまの朕はおいそれと人事にはかかわれぬ。そこで、東大寺のほうから新しき長官にじいを迎えたいと推してもろうた。道鏡はその昔金鍾寺の良弁師に仕えておって、ちと顔がきくのだ」

——なるほど。

「まつりごとの大事は姫様がなす、大炊の帝は小事のみ行え、と、姫様は盛大にぶちあげなすったそうでありますが、なかなかそのとおりにはいかぬわけですな」

真備は皺面にじゃっかんのおかしみをのぼらせた。

大口を叩いてみただけじゃ――、と阿倍も吹き出す。

なにしろ、現今の太政官は、二、三の皇族を除けば藤原南家と北家の仲麻呂派で占められており、仲麻呂の子が三人も入閣している。阿倍方の入り込む余地はないのだ。

「朕にはまだ力がない。しかし、これから力を得たい。そのためにじいを呼んだ」

真備はうなずき返した。

「わかっております。取られたものを取り返す――で、ございまするな？」

「そのとおり」

阿倍は純白の頭巾の下で大きな瞳を凜々（りり）しく極めた。

「朕はやり直したい。いま一度正しきわが子を見定め、父帝の遺命にふさわしき譲位を執り行いたい。父上のためだけではない。母上のためにもじゃ。頼む、じい。力を貸してくりゃれ」

絖（ぬめ）のつむりを深々と下げた。

「もったいなし、どうかお直りくださいませ」

真備は恐悦して主君に乞うた。

恵美家とかいうわざとらしい名をもらった貴公子の、えせ聖人君子面を思った。おもしろい。大いにやってやろう。あれには自分もさんざんいびられた。いけ好かぬ輩だ。

「お気持ち重々うけたまわりました。老骨に鞭打（むちう）ち不惜身命（ふしゃくしんみょう）にあいつとめます。仰せのとおりむつかしき局面であるが、勝機はないわけではない」

阿倍の頬に、ぱっと喜色が満ちた。

「あるか」

「あります。ただし――」

釘を刺した。

「大義名分はしかと用意せねばなりませぬ。姑息に謀反を捏ねあげて葬り去るなどは下の下策。それこそ大師がこれまでやってきたことじゃ。ゆえに大師は衆望を失いました。そこのみは慎重にまいりましょう」

と、言い放つと、真備は「では、これにて」と、いとまを告げた。そして、黙して控えているかたわらの禅師に視線を移した。

「道鏡殿、いつでも訪ねてまいられい。そなたとゆっくり話がしたい」

「ぜひとも」

静かによこした瞳の中に、真備は美しい蒼色を見た。

*

法華寺の境内の東には、赤と白を取り揃えた梅園がある。施薬院が設けられたため、かつての半分ほどになったと聞くが、それでもみごとなものである。よい香りにいざなわれ、真備は木立ちのほうへ歩を進めた。

そのとき、築地の隅の暗がりから、ゆらっと黒い人影が現れた。

「なにやつ！」

由利が十尺ほども飛びすさり、父親の前を守って立ちはだかった。横一文字にぎらぎらの白刃を構えている。

　相手はゲッ、と叫んで尻餅をついた。

「どうか、どうか、お待ちを願います、怪しいものではございませぬ」

　首をすくめて震えている。

　よく見れば、およそ賊（ぞく）らしくない。身なりもさほど悪くない小役人だ。

　おそるおそる上げた顔の両側に離れ気味の小さな目がちょんちょんとついている。ねずみのごとき面相だ。つむりが小さいので、頭巾（ときん）が団栗（どんぐり）の袴（はかま）みたいに見える。

「造東大寺司の新しき長官がおいでになったと伺うて、ひとことご挨拶にと、お待ち申しあげておりました」

「なぜに、まぎらわしきふるまいを」

　と、由利がなおも睨みつけるのを、真備はやめよ、と制した。

「娘は気が荒うての。お怪我（けが）はござらぬか」

　男は、いえいえ、と両腕をぶんまわしつつ立ちあがった。猫背で痩せぎすの小男である。

「それがしが悪うございます。日陰者の僻（ひが）みで、ついせこせこと立ちまわってしまいます」

　ニッと笑うと、大きな前歯が飛び出し、ますますねずみになった。

「申し遅れました。それがし宮内省にて智部少輔（ちぶしょうゆう）をつとめおります藤原式家の雄田麻呂（おだまろ）と申します。ご存じもありますまいが、広嗣（ひろつぐ）の弟――、と言うたらおわかりいただけましょうか」

「ほ、広嗣殿の」

　真備は思わず見返した。藤原一族にとっては禁忌（きんき）に等しい名だ。

藤原広嗣とは、二十四年前の聖武天皇の御代に、大宰府で反体制の乱を起こした式家の惣領である。当時、政界では不比等の子である四家の当主が疱瘡で全滅したため、橘諸兄に政権を奪われ、残された藤家の子弟は不遇をかこっていた。なかでも広嗣は遠い筑紫に配され、恨みの気持ちが強かった。

広嗣としては、むしろ藤原一族を代表して蹶起したつもりであった。が、まったく見捨てられた。他三家の者たちは広嗣一人に咎を負わせ、自分らの安泰をはかったのだ。

その古傷はいまだに消えることなく、藤家全盛の世だというのに、式家の面々だけは飛び抜けて出世が遅い。当然、仲麻呂にはよい感情を持っていない。同じ一族でも、けっして一枚岩ではないのだ。

「あのとき兄は井出の大臣ご重用の玄昉僧正と真備様を悪しように申しあげたようですが、あれはかの大臣の政事を貶めんがための言葉のあや。いま兄に代わって雄田麻呂めが心よりお詫び申しあげます」

立て板に水を流すように、なめらかに言葉がすべり出る。たいした口達者である。

雄田麻呂はさらに、もう一つ――、と、続けた。

「それがし、宿奈麻呂の弟でもございます。いかがでございましょう」

真備は、またはっとした。

「宿奈麻呂殿……、ああ、こないだの大師の……」

雄田麻呂が意味ありげにうなずく。その顔つきだけで、自分らがある種の同志であることを訴えているのがわかる。

藤原宿奈麻呂といえば、昨年の暮れ、仲麻呂の暗殺を企てて処罰された男である。同族であるから死一等は減ぜられたが、藤原の名乗りを禁じられ、職も解かれたと聞いている。いまは逼塞中（ひっそくちゅう）のはずだ。計画には、佐伯今毛人（さえきのいまえみし）や石上宅嗣（いそのかみのやかつぐ）、大伴家持（おおとものやかもち）らも加わっていたらしいが、頑として単独犯を主張し、われ一人で罪を負ったとか。なかなかの気骨である。

「兄がぜひ長官によろしゅうと申しますゆえ、こうして参上いたしました。ほかにも、弟の蔵下麻呂（くらじまろ）、甥（おい）の種継（たねつぐ）らがお見知りおき願いたいと言うております」

真備はねずみの顔をまじまじと見返しながら、また気がついた。

その計画に加わっていたという今毛人は、このあいだまで造東大寺司長官だった男ではないか。今毛人が地方へ飛ばされたために、空いた席に自分が座ることになったのだ。

どうやらすでにかなりいろいろなことが進行しているようだ。東大寺自体、もとは皇后光明子と仲麻呂の肝煎り（きもい）で完成したのに、さいきんは仲麻呂に反感を持つ者のひそかな根城となっている。仲麻呂が仏教をさして優遇せず、むしろいろいろな制限をもうけつつあるからだ。

「兄弟ともどもこの雄田麻呂めをお引き立て願いたく、なにとぞお頼み申しあげます」

ねずみは剽軽（ひょうきん）におのれの顔を指さし、離れた目をくりくりと輝かせた。

*

あれか、これか、と迷ったのち、真備が碁石をぱちりと打ったとき、庭の槐（えんじゅ）の枝がかすかに揺れた。

薄闇を透かし見ると、小女が苔色の禅師を導いて、木の下で腰を折っている。

「道鏡様でございます」

真備は、おお、と勾欄越しに手招きし、わが身のかたわらに招じ入れた。

唐招提寺にほど近い、右京五条三坊の小家である。ろくに手入れもしていない荒れ放題の庭だが、茫々たる風情が真備は気に入っている。暇さえあれば広縁に碁盤を持ち出し、由利を相手に遊ぶ。今日もまたしかり。風のよい春の夕べである。

道鏡は誘われるまま、音もなく座した。いつも思うが、屈強な身に似合わぬ、ひそやかな男だ。

「長官と由利殿、お二人お揃いのときがよいと思うて、宿直でない日を見はかろうておりました」

「こちらこそ、さっきささがにの蜘蛛を見たゆえ、来られるのではないかと思うておった。手持ち無沙汰に一局始めたら、興に入ってしもうての。かれこれ一時ほどにもなる」

真備は真っ白な頬ひげ顎ひげの中から、笑みを向ける。

由利が遠慮して退こうとするのを、道鏡がとどめた。

「どうぞ、ごいっしょに願います」

「さようか。なら由利もおれ。打ちながら話をさせていただくとしよう」

真備は小女に酒肴の指示をして、ふたたび盤に向きあった。

道鏡は熱心に白黒の石を見つめている。

「囲碁は長官が唐の国から持ち帰られたのでありましたな」

「さようさ。唐土には名人がたくさんおった。日の本にはまだ少ない。この由利がいちばんましなくらいだ」

いちばんましでも、真備が一打つのに、由利は十もの時間(とき)がかかる。

「そなたはやらぬか」

「いっかなたしなみませぬ」

ようやくぱちり、と、由利の黒石が鳴る。

小女が膳を運んでくる。あぶった烏賊(いか)の香ばしいにおいがする。

さあ、と客人に一献勧めたのち、あとは互いに勝手にやろう——、と、真備はみずからの盃を満たした。

「世には『六韜(りくとう)』だの『三略(さんりゃく)』だの『孫子(そんし)』だの、いろいろの兵法があるが、わしはこの四角い盤のうちにこそ極意があると思うておる。この十九路と十九路、あわせて三百六十一目の乾坤(けんこん)を、天空の高みから見下ろしてみる。一の石を十倍、あるは百倍すれば、たちまち兵どもの群がるいくさ場となる。陣を張り、囲み取る。利なくば捨て石とする。おびきよせて砕くときもある。寄せ手のいちいちをつぶしながら、追いかけまわす法もある。先手(せんて)がよいか、後手(ごて)を拾うか。敵の動きを読み、ときにはわざと読ませる。これぞ生きた作戦盤じゃ」

「おもしろし。ぜひともお教え賜りたく」

真備はニッとして酒を一口含み、盃をかたわらによけた。そして、おもむろに本題に入った。

「あれから、ちと調べてみたのだがな——」

「はい」

対するまなこが底なしに澄んでいく。

「敵はそろそろ動くぞ」

真備は白石を取り、ことさらにびしり、と音を立てた。

「そなたも知っておろうが、今年の正月の人事で、近江の守りが固まった。大師は本式に近江に遷都せんと考えおるような」

近江から見ると、東国へつながるいちばんの切所は、湖東を経由して美濃へ抜ける不破の関である。北陸へつながるいちばんの切所は、湖西から越前へ抜ける愛発の関である。その要地を統べる美濃守に仲麻呂の子の執棹が就き、越前守に同じく子の辛加知が就いた。近江守はむろん仲麻呂自身である。

「たぶん、姫様を完膚なきまでに葬りたいのであろう。大師の恵美家と今上の舎人親王家とで新しき王朝を創っていくのに、姫様ほど目障りなものはない。さりとて追い出すのは難しい。なら、置き去りにするほうがかんたんだ。大化のみぎりの軽の大王のようにの」

軽の大王とは諡を孝徳といい、その昔、中大兄皇子が中臣鎌足とともに蘇我一族を討った折に即位した帝である。難波宮にて改新のまつりごとを始めたが、やがて中大兄と対立し、妻の間人や姉の宝――のちの皇極女帝――を含めたほぼ全員が飛鳥に去ってしまった。一人取り残された軽はなすすべもなく、孤独のうちに没したのである。

道鏡は黙して聞き入っている。

「軍備も厚うなった。大師の子の薩雄殿が右虎賁率になった。大師采配の中衛府と、近江、美濃、越前三国の兵を合わせれば、かなりのものじゃ」

右虎賁率とは右兵衛督の唐風の名称、中衛府は藤原氏の私兵的な位置づけの軍である。

「しかし、わしはさほど恐れておらぬ。肝要なのは数よりも士気だ。いま、大師の人望はけっして高うない。みなあれの威勢を恐れてうわべで従うておるだけだ。烏合の衆はすぐに寝返る。そもそも大師自身はいくさのいの字も知らぬ。弓も引けぬ。刀を抜いたこともない。虫に出会うただけで悲鳴をあげるような男だ。一方、姫様の下には授刀舎人がおる。数は少ないが、姫様のためにみな命を懸ける。風向きは悪うない」

授刀舎人とは天皇や皇子を守る、いわば親衛隊だ。

道鏡がうなずくかたわらで、由利が黒石をようやく打った。

ただし――、と真備は続ける。

「大師は無上の玉をつかんでおる。今上だ。帝はこの日の本の国の魂である。いかに小物であっても、愚か者であっても、玉は玉だ。なんとかせねばならぬ。いやなんとかしよう。ひそかなる味方も増えてきたことじゃし」

手にした石で、宙にぐるりと円を描き、

「東大寺……、に、式家」

かん、と打つと、盤の真ん中に小さな渦ができた。景色が急に変わった。由利があっと息を呑む。

「ちなみに、道鏡禅師。姫様は今上を排したのちの新帝はお決めなのか」

真備は尋ねた。

いえ――、と道鏡が首を振る。

「腹蔵はおありかもしれませぬが、いま明らかにすると、そちらを担ぐ者がたちまち現れ、戦いの焦点がばらけましょう。まずは大師を倒し、目下の厄を除くことに注力するがよろしかろうと、わたくしは進言しております」

「そのとおりじゃな」

真備はこくりとした。

のち、まなこを炯と光らせた。

「姫様をお助けするぞ」

おのれの皺深い顔がじつの娘を思う父のように煮詰まっていくのを、真備は自覚する。

「姫様がわしをお頼りになり、お呼び戻しになったのだ。お応えせずにおられるか」

まぶたの裏に、遠い昔の情景が浮かんだ。

真備が初めて阿倍に会ったのは、遣唐使の任を終えて帰朝してまもなくだった。光り輝く珠のような乙女だった。唐土の話を所望されて聖武帝のもとへ参じると、ともに聞きたいと、息せき切って馳せつけてきた。ほっそりとしなやかな背に領巾をひるがえし、大きな瞳に興味しんしんの色を浮かべていた。いまと少しも変わらない。

東宮学士となってからは甘やかすのをやめ、きびしい教師に徹したが、それもこれも、いとしい姫君にすぐれた天子になってもらいたいがための、ひたぶるな親心だ。

「道鏡禅師」

ことさら重く呼びかけた。

主君はわが宝だ。だからこそ、質さねばならぬ。

「なぜ、そなたは姫様をお助けせんとする」

相手はみじんも動じず、即座にいらえを返した。

「看病禅師としての赤誠でございます。わたくしもまた、姫太上天皇より治病のことを請われ、承諾いたしました。お引き受けした以上は、是が非にもお治したてまつらねばなりませぬ。お治しするなら、表のことだけでなく、おん身おん心を悩ませたもうた悪しきものの、ほんとの源まで滅したてまつらねばなりませぬ。ゆえに、こうしておつとめしております。拙僧だけでは力及ばぬゆえ、あなた様をお呼び戻しいたしました」

そつのない答えだ。慎重すぎる。水底の石のようだ。いつわりとも思えないが、つかみどころもない。侮れぬ。

こちらの不審を読んだか、相手が重ねる。

「長官の姫太上天皇へのお深き愛情、お察し申しあげます。お案じなさいますな。身どもは姫太上天皇に対してなんらの奸心(かんしん)も抱いておりませぬ。お命じなきことはいたしませぬし、しとうもありませぬ。お役のためには命を懸けまするが、お役がすめばそれまでです。内道場の看病禅師とは、がんらいそうしたものではありませぬか」

はっとした。

――役がすめばそれまで？

「去るのか」

「はい」

急に心が揺れた。わからなくなった。かわゆい姫君のために、おのれはこの男を除きたいのか。それとももとどめたいのか。

「姫様は、そなたの心を知っておるのか」

しばし沈黙が宙を支配した。

その緊張を、由利が破った。

「終わりでございます」

真備はどきりとし、次の瞬間、まなこを碁盤に落とし、笑った。打つ手がなくなっていた。こっちのことか。

くやしい、と由利は癇癪(かんしゃく)を起こし、盤上の石をすべて袖で薙(な)ぎ払った。

禅師は身をかがめ、散らばった白黒の石を一つずつ拾いはじめた。

「知るも、知らぬも――」

と、途切れた会話をつなぐ。

「そもそも身どもは姫太政天皇の御悩(ごのう)を除くために呼ばれました。それ以上のお求めがあるとも思いませぬし、逆に、あるなら伺いとうございます」

話が同じところをぐるぐるまわる。攻め口を変えねばだめか、と念じつつ、真備は相手の手元に目をやり、あっ――、と目を剝いた。由利がいま崩した対局の形が、一石残らず盤の上に再現されていた。

相手を凝視した。

「碁は知らぬと言うたな」

「知りませぬ」

「ならなんで」

「天の星を見るのと同じでござる。碁盤の三百六十一目とは、われらの一年とほぼ同じ。天に刻々と移る月と星の二十七宿、日月五惑星(じつげつごわくせい)、いや、とりわけ大切な二星を加えた九執(くしゅう)の星によう似たものが、この盤の中にすべてであると心得ました。しかも宇宙の根本の太極とおんなじ白黒陰陽の昼と夜だ。虚心に眺むれば、景色がまぶたに焼きつきます」

真備は度肝を抜かれた。

「そなたはなんでもそうなのか」

「なんでもではありませぬが、いくらかございます」

「たとえば」

「経でありますとか、異国の文字でありますとか」

呵々、と自分でもびっくりするほど大きな声が出た。なるほどそういう才か。この男を除くのは惜しい。

「もうよい。そなたの力は読めた。腹の底まではわからぬけどな」

盤を脇へよけ、盃を受け取らせた。なみなみとついでやる。

「とまれ、わしとそなたの敵はいっしょ。なんとしてでも姫様の憂いを払うぞ」

「御意」

真備はおのれの盃も満たす。

「わしは大師を焚きつける。いま、式家の者らに不穏な噂などを盛大に撒かせておる。あせればぼろを出すだろう。出したらすかさず攻める」

二人して盃を合わせた。

禅師はぐっと一息に呑み干し、

「ではわたくしは、戦勝を呼ぶ祈願などを。毘沙門天、摩利支天、孔雀明王……、ついでに、敵の破滅を招く計都（けいと）の箒星（すいせい）も墜（お）とすといたしましょう」

と、言うなりざっと退がり、これにて――と、身を二つに折った。

その伏した背に、「待たれ、道鏡禅師」と、高い声が投げられた。

由利の美しい眉が怒気をはらんでいる。

「先ほどから聞いておれば、肝心のことをさし置いて、あさっての天気みたいな言を並べおる。姫太上天皇の女子の心を一筋でも傷つけたもうたら、この由利が許しませぬぞ」

きれいに剃（そ）りあがった青いうなじが、一寸（ちょっと）上がった。

「さすがは軍師真備殿の、勇猛果敢なおん娘」

斜め下から、端正なまなじりが流れた。

「ではなくて、軍師殿のおん妻かな」

あっ――と、由利が赤面した。

そのとおり、由利は真備の娘ではない。真備の亡き側女の子で、しかも真備の息子の泉（いずみ）が想いを懸けていたのを、真備が横取りしたのだ。おかげで息子との仲は断裂した。名軍師にも煩悩（ぼんのう）がたっぷりとある。

由利が構えを直したときには、苔色の袈裟はすでに風の形をして階を流れくだり、闇の中へ消えた。

真備はふたたび呵々大笑した。

六

それから数月のちの九月。

阿倍のもとを、蒼白なおももちの若い外記（げき）が訪れた。

「内々に、申しあげたき儀がございます」

太政官で文書の作成にたずさわっている下級の役人である。近ごろ真備が働きかけ、内通させることに成功した一人であった。

「なんじゃ」

阿倍は、にわかに虫が知らせた。

気弱に震えつつのその報告を聞けば、大師恵美押勝が、不正に文書の改竄（かいざん）をしたという。

仲麻呂は、このほど今上大炊から「都督（ととく）・四畿内（よんきない）・三関（さんげん）・近江（おうみ）・丹波（たんば）・播磨（はりま）等国兵事使（ひょうじし）」なるものに任命された。その目的は、近ごろ低迷している地方の軍団の質を向上させることで、五畿内と三関の国をふくむ計十一カ国の兵を、国ごとに二十人ずつ、五日交代で都督衙（ととくが）に集めて訓練するというのが、当初の計画だった。ところが、仲麻呂は勅許（ちょっきょ）が下りるや、「一国二十人」を「一国五百人」にこっそりと変更したという。一国五百人で十一カ国ということは、すなわち、六千もの兵を動員するということだ。

――あっ！

阿倍は思わず立ちあがった。広虫と由利もつられて立ちあがる。

「真備を呼べ、道鏡も」

と、叫んだ。

——これぞ、あやつを討つ大義。

近ごろ仲麻呂が自分らへの敵意を強め、いよいよ行動を起こすのではないかという噂が流れていた。その準備に違いない。こちらこそ、仲麻呂が尻尾を出すときを待ちあぐねていた。いよいよ攻め口をつかんだ。

ただちに真備と道鏡が阿倍の両翼（りょうよく）に座し、御座所がそのまま帷幕（いばく）となった。

白髯（はくぜん）の軍師は君主の面前に晒（さらし）を広げ、白地に畿内から東国、北国（ほっこく）にかけての大きな地図を描いていった。

「またとない好機じゃ。ぬかりなくゆくぞ」

大和の中心の平城宮を、まずはここ——と、ひときわ大きな丸で囲った。

「いちばんの要（かなめ）はほかでもない。玉じゃ。今上の大炊じゃ。これが大師にとっては最大の強みであり、最大の弱みでもある。これを、まずは奪い取る」

丸の真ん中に×のしるしをつけた。

北へ筆を進め、

「続いての要は、近江」

琵琶の形の湖の南に、点を打った。保良宮。そして、瀬田川を挟んだ国府。

そこから分かれて、淡海に沿った東のほうと、西のほうに、二筋、長い線を描いた。

たしかに、頼みの玉を失った場合、仲麻呂はみずからの拠点である近江に陣取り、わが子の守る美濃、越前を背に戦おうとするだろう。

「敵方の兵力は？」

と、阿倍が問う。

真備が顎ひげをゆっくりと撫でる。

「兵事使とやらの六千を阻止できますれば、大師が即座に動かせるのは、中衛府の兵と自身の資人(しじん)とで五、六百。近江の軍団を集められれば二千ほどかと。ここにもし、美濃、越前の兵が合わさるようなら、四、五千ほどにふくれるやもしれませぬ。よって、親子の連絡はぜひとも絶ちたいところ」

西と東の二筋のそれぞれの中ほどに、×のしるしをつけた。

道鏡は静かに聞いている。

老軍師はしかるのち、「というても烏合(うごう)の衆じゃ。対して、こちらには精度と結束があります」と、ニッとした。

「授刀舎人がおる。式家の者どもも心を決めております」

阿倍の親衛隊たる授刀舎人は、約四百。その他に、仲麻呂に叛意(はんい)を抱く藤原式家の雄田麻呂が策動し、佐伯(さえき)や物部(もののべ)らも味方につけた。

「形勢がようなれば、兵は必ずこちらへ雪崩(なだれ)うつ。雄田麻呂の兄弟は勇敢だ。できれば宿奈麻呂と蔵下麻呂に、それぞれ湖東、湖西への兵を率いてもらいたい」

「武具の心配もございませぬな」

由利が言う。

真備が長官をつとめる東大寺には、甲冑（かっちゅう）や刀剣、弓矢などの装備が保管されているのだ。これは有利である。

「やるぞ」

一座の視線が、十字に交差し、ぼっと燃えあがった。

*

劣勢の者が優勢の者に立ち向かうには、先手を取るに如（し）くはない。密告から十日もたたぬ九月十一日、阿倍方が戦いの狼煙（のろし）をあげた。立つ日は道鏡が戦勝の吉日を星占で選（え）った。

まず、少納言山村王（しょうなごんやまむらおう）率いる一軍が、所用と見せかけて大炊の御座所を襲い、本人を幽閉した。同時に、天皇権力の象徴である駅鈴（えきれい）と御璽（ぎょじ）を奪い取った。異常事態に気づいた仲麻呂はあわてて応戦したが、あとの祭りである。

阿倍は鈴印を擁してただちに法華寺を出、平城宮の西宮に移った。そして、逆賊仲麻呂を追討すべしとの勅を出した。位と官職は剥奪し、藤原姓の名乗りも禁止した。

ここにおいて、大師恵美押勝は天子に弓引く逆臣と化した。

むろん、そんな命令に仲麻呂が素直に応じるはずもない。真備の予想のとおり、中衛府の兵を率い、恵美家の一族とともに近江方面へ向かった。

しかも、大炊を失った仲麻呂は、その穴を埋めるべく、逃走時に持ち出した太政官印を使って、同道の皇族の中から新たな天皇もどきを偽立した。かつて廃太子とした道祖王（ふなどおう）の弟の塩焼王（しおやきおう）である。

兄の道祖王が橘奈良麻呂の乱で命を落としたのちも、山っ気の多い弟は皇位への望みを捨てていなかったのだ。

塩焼の妻は、阿倍にとっては快からぬ異母妹の不破内親王である。仲麻呂は阿倍との仲が決裂して以降、あてつけのように、県犬養広刀自の娘である井上と不破の姉妹に接近していた。塩焼の背後には、同じく阿倍を敵視している妻の後押しがあったのだ。

おのれ節操なき仲麻呂、担ぐ玉はたれでもよいのか、と、阿倍はますます怒りを募らせた。

新しい主君らしきものを神輿に担いだ仲麻呂は、官軍のような顔をして保良宮へ入った。そして、軍事の拠点とすべき近江国府へ駒を進めようとして、最初の壁にぶちあたった。

目の先にあるべき瀬田橋が消えていた。真備が走らせた佐伯の者たちが、先まわりして破壊したのだ。

瀬田川は琵琶の湖の水をすべて集めて下る急流である。泳いで渡るのは無理であるし、新たな橋を架ける猶予もない。六十年近い負け知らずの人生の中で、仲麻呂が初めて臆病風に吹かれた瞬間だった。

そこから先は、早かった。

東へ進むことができなくなったので、軍を返して湖西を北上し、越前方面をめざした。そして、高嶋郡の少領の邸に投宿したところ、深更、寝所の屋根に甕ほどの大きさの、真っ赤に燃える星が墜ちた。悠久の昔より続いてきたわが国皇祖神をあざむいたために罰が当たったのだと、蜂の巣をつついたような騒ぎになった。兵は浮き足立ち、離脱、逃亡が相次いだ。

明けて、仲麻呂はわが子辛加知が領する越前国府へ向かったが、ここも阿倍方の授刀舎人に先まわりされ、国司の辛加知もすでに殺されていた。愛発の関所も封じられ、それ以上進むことができない。どこかにおのれの権威に従う者がいるに違いないと苦闘したが、どの道を通っても突破することはできなかった。

もはや満身創痍であった。

ふたたび湖西へ引き返したところで、仲麻呂たちは地鳴りのようなすさまじい響きを聞いた。満を持して編成された、式家の蔵下麻呂率いる追討本隊が迫ってきていた。

仲麻呂たちは三尾崎で散々に蹴散らされ、湖のほうへ逃れた。最後の力を振り絞って抗戦したが、もはや螳螂の斧であり、次々に斬り倒されていった。勝野の鬼江のあたりで、ついに残っていた家族もばらばらになった。

*

喉をいぶすような煙の臭いと、干戈の斬り結ぶ反響と、びゅんびゅんと高鳴る矢唸りに震えながら、仲麻呂は葦原にうち捨てられたぼろ舟をひっくり返した中に、一人隠れていた。

あちこちに負った傷より、生まれて初めて着た硬い鎧が、首や腹や腕のつけ根を圧して痛くてたまらない。もはや脱ぎ捨ててしまいたいが、狭すぎて無理である。結わえをほどく力もない。

しばらくもがいたのち、観念した。

脱力して大の字になったら、初めて頭がはっきりした。悪夢のように過ぎ去った数日のことをようやく顧みた。

そもそもなにが起こったのか、よくわからないのである。

数では明らかに勝っていた。なのに、なぜこんなにあっさり負けたのだろう。たった六日？　いや七日か？

——おかしい。

どうしてこうなった、と一から思い返してみた。中衛の軍を率いて平城京を出たところまではよかった。むしろ意気揚々としていたかもしれぬ。瀬田橋を落とされたのは衝撃だったが、まだ冷静であった。それから？

舟底の天をまじまじと見つめた。穴だらけの板から注ぐ無数の光が、夜空の星のようだ。

——あっ……。

気がついた。

そうだ。星だ。あの高嶋の小役人の館に星が降ったときから、おかしくなったのではなかったか。自分らはあのとき、ふるまわれた酒を飲み、したたかに酔った。そこへ轟音がとどろいた。目もくらむような光だった。まばゆい金の輪の中に、アマテラスの女神のようなものを見た。あれからむやみに怖じ気づいて、考えもまとまらぬようになって、腑抜けになったのだ。くらくらして、めまいも治らなくなった。

そうだ……、あれからずっと奇妙だった。山路のあちこちで、黒い影のようなものに襲われた。樹々の枝を蹴って猿のように飛ぶ、おかしな敵だった。猿——、いや、むささび？　蝙蝠か？　頭上を翔けたかと思うや、いきなり真横から一文字に薙いできて、列のど真ん中の者が串刺しにされる。そのたびに軍がばらけ、多かったはずの軍隊がどんどん減っていったのだ。

あれは姫太上天皇の授刀舎人か？　老真備の手の者か？　否、あんな者は正規の兵ではないだろう。ならば、いずこからか徴発された雑兵（ぞうひょう）？　それともこの地の野伏（のぶ）せりか？　いやわが領国である近江に、あれほどな敵意を持つ者があろうとも思われぬ。

なら何者だ。あの恐ろしい黒い猿のおかげで、われらは越前で本式の敵軍とぶつかる前に負けてしまったのだ。

そのとき、おや――、と思った。

いつの間にか、表が静かになっている。さっきまで聞こえていた怒号（どごう）も、悲鳴も、耳を裂くような鋼（はがね）のかち合いも聞こえない。

もしかして、助かった？

いいぞ。そうやすやすとくたばる押勝様ではない。

身じろぎしたとたん、目の上の夜空にずどん、と、もひとつ大きな星が増えた。――と、思う間もなく、鉤（かぎ）のついた索（さく）に引っかけられ、覆いが撥ねのけられた。

いちめん、うららかな秋の葦原だ。波の音と酸（す）い枯れ草のにおいがする。真っ青な晴天にとんびが飛んでいく。

そのとんびが急に大きくなって、にゅっ、と、黒い男に覗き込まれた。ひゃっとまぶたを閉じた。ふたたびこわごわ開けたら、覆面（ふくめん）の隙からのぞく目と目が合った。湖の色を映してか、ゆらゆらと底蒼い。

そういえば、自分はこれとよく似た蝙蝠を知っている、と思ったのと同時に、かあん、という低いつぶやきが聞こえ、太い刃が首に振り下ろされた。

申しあげます――、と注進の早馬が駆け込んできた。

*

「勝ったか！」

阿倍は数珠を握り締めて立ちあがった。

からだじゅうの血がたぎる。わけのわからぬ興奮が頭のてっぺんから足の先まで駆け抜ける。いてもたってもいられない。

――勝った！

気づいたときには、脇に控える両の守護神に向かって、弾けるような歓喜をぶつけていた。

「じい、道鏡、勝利の功はそなたらにある。褒美を取らせよう。なんなりと言うてみよ！」

苔色の禅師は、即座にすべるように後方へにじり退がった。

「褒美など、めっそうもございませぬ。姫太上天皇の栄誉ある大勝をことほぎ申しあげるのみでございます。なんにもいりませせぬ」

うらはらに、白髯の老軍師はぐい、と前に進み出、黒い禅師の言葉に覆いかぶせるように大音声を放った。

「真備めは老い先短きゆえ、冥途のみやげを一つ、いただきとうございます」

「ほう、なんなりと言うてみよ」

阿倍は満面の笑みを向けた。

「このじいの望みはただ一つ。この日の本の天子としての姫様に、老骨最後のご奉公をたてまつりたく」

　ばっ、と万年生きた亀よろしくうち伏した。

　帷幕のうちがざわめいた。

　仙人めいた軍師はつむりを高くもたげ、勇猛な亀の姿勢で、さらに喉を張った。

「このいくさにおける姫様の悲願は、怨敵を倒し、心に染まぬ譲位を改めることでございました。すなわち、正しきお子様を選び直し、父君たる聖武聖帝の遺命をまっとうされること。しかし、それならば、なにもよそへお子様を求めることはありませぬ。姫様ご自身がふたたび玉座へのぼられたらよろしい。なぜならば、いまこの日の本でもっとも輝き、もっとも民を明るく照らしたもうお方は、姫様だからでございます」

　高らかに続ける。

「と、申しあげるより、大炊天皇への玉座のおん譲りなどは、そもそもなかった。天平宝字より、ずっと姫様の治世が続いておったのです。聖武先帝の遺命をお果たしになるのはこれからじゃ。そう思うて初めて、姫様はおつらき自責の念から放たれます。おん心のやまいも本復いたしましょう。むろん、お子様はいずれ必要となりますが、これから時をかけ、ゆっくりと見極められたらよろしゅうございます」

　阿倍は大きな瞳をまんまるに見張った。

「朕に、いま一度、玉座につけというか」

「いかにも」

老軍師は重ねて言い放つ。

「姫様が敬いたもう鸕野（うの）の女帝もすばらしいが、孤高の天に輝きたもうアマテラス様をご覧（ろう）じませ。女子の独り身ながら、父君イザナギノミコトより高天原（たかまがはら）の統治を命じられた姫神でございます。アマテラス様はお子のために位についたのではない。おん身そのものが尊いから位についたのです。姫様もかくあれかし。アマテラスの女神のように高天の原をお統べになるというがおこがましければ、山川草木（さんせんそうもく）の秋津洲（あきつしま）を照らす、高野の原の天皇になられませ。不肖真備、心よりお仕え申しあげます」

阿倍はあっけにとられた。

そんなことは、まるきり思ってもみなかった。

けれども。

——高野の天皇。

——山川草木の秋津洲を照らす。

イザナギノミコトより位を渡されたアマテラスの女神にならう、か。

われしらず、笑みがこぼれた。

それはよい。

この国で位についた女帝はみな、わが腹を痛めた子への橋渡しとして、帝の役目を果たしてきた。しかし、朕は違う。朕は朕のために玉座につく。この国で初めておのれのための女帝となる。

いや、それのみでない。この国の帝はみな天神の末裔（すえ）として玉座についた。朕は御仏の弟子としても玉座につく。この国で初めて神と仏の両方の子として天皇になるのだ。

依然として平伏（ひれふ）している老将を見やった。顔じゅうを皺にしてうなずいている。

由利は頬を満開の桜のように紅潮させている。広虫は感極まって滂沱（ぼうだ）の涙を流している。

小さな帷幕に、異様な熱気が満ちみちた。

ただ一人、苔色の禅師だけが、澄んだ泉のごとく静かだった。

三章　奴を王と呼ぶとも

一

「ずいぶんと冷えてまいりましたな」

広虫が薄墨の僧衣の胸もとを掻きあわせた。

「ほんに、雪でも降りそうな」

と、由利が相槌を打ち、小隅の侍女にいま少し火鉢の数を増やすよう言いつける。ちらりと見やる御座では、主君と父親の真備が膝詰めで話し込んでいる。

すぐさま腰を浮かした侍女に、広虫が、

「水鳥のおん肩掛けと、毛皮の敷物と、それから生姜湯もこしらえておいで。蜜もたんと入れて」

と、つけ足した。

天平神護二年（七六六）十一月。

平城宮の西宮に、短い冬の日が傾きかけている。

太上天皇であった阿倍が玉座に返り咲いてから、二年の月日が飛ぶように過ぎた。いまは高野と称している。高天の原の神々にあやかり、われは高野の原の民草を統べんという、毅然たる名乗りである。

広虫と由利は重祚の日から主君の傍を片時も離れず尽くしつづけている。さしずめ本尊の両翼を護る脇侍といったところだ。

怨敵藤原仲麻呂をみごと倒した真備は、ぐんと昇進して右大臣になった。左大臣の藤原永手はお飾りだから、実質は真備が廟堂の首座である。あの運命の日から変わらず、女帝の軍師でありつづけている。

やがて、所望した防寒の品々が運ばれ、女二人が待ちかねたように顔を向けた――、そのとき、きゃあああっ、という叫びと異様なざわめきが彼方で起こった。

由利が鷹のごとく跳躍し、上座の主君と老父を後ろにかばった。胸の前にいつもの白刃を構え、二本の指でピュッ、と指笛を吹いた。

「近衛！」

またたく間に、機敏な動きの精兵が軒下に並ぶ。かつて授刀舎人と呼ばれていた女帝の親衛隊だ。

由利の黒髪の後ろで、高野はまなじりを引き締めた。真備は瞑目して聞き耳を立てている。

「申しあげます！」

やがて荒々しい足音とともに若い衛士が駆け込んできた。息を切らして階の下へ直る。

「大膳職にて、御食膳検めの者、落命いたしましてございます」

一同ぎょっ、と凍りついた。

由利がりんりんと声を張る。

「それは姫天皇(ひめみかど)のおん供御(くご)に対してなされたことに違いないか。不届き者は捕まえたのか。害されたのは何名か」

衛士はこうべを垂れ、委細はつまびらかならぬが、死したのは本日任に当たっていた四名のうち、若い女一名、と答えた。

「いかにして警固厳しき禁裏に侵入しおおせたか、徹底して調べよ」

由利は鋭く命じると、へたりこんでいる侍女たちを次々に励ました。そして、ようやく主君に向かってにこり、と笑んだ。

「姫天皇にはわれらがついております。なんらご心配はいりませぬ」

由利は高野の女警備隊長だ。

広虫もわれに返り、さようでございますとも、と言葉を添える。打ち捨てられていた敷物を延べ、火鉢を整え、主君の背に羽毛の肩掛けをまとわせる。

そして、みなして円座をなすようにして御座を取り囲んだら、ようよう人心地ついた。

灰の中にぱちぱちと爆(は)ぜている炭に指をかざしながら、高野はほうっ、とため息をついた。純白の頭巾(ずきん)に熾(おき)の赤色がほのかに映る。

「朕も憎まれたものじゃ」

ひとりごちた。

即座に真備が白髯(はくぜん)を振る。

「さようなことはありませぬ。かつてなき善君として姫様を敬愛する声のほうがよっぽど強うございます。急な変化には、とかく抵抗がつきまとうもの。よいほうにおん目をお向けなさいませ」

重祚以来、高野は意欲的にわが道を突き進んできた。めざすものは、仏の教えにもとづく仁政である。父帝聖武（しょうむ）も仏道を尊び、毘盧遮那仏（びるしゃなぶつ）造立をはじめとする事業に尽くしたが、自分はもう一歩、自分らしく進みたい。なにしろ、父ですらやらなかった僧衣の帝なのだ。むろん、俗世に半分足を突っ込んだなまなかな墨染（すみぞめ）ではあるけれど、これまでの天子とは違うということを、人々に知らしめたい。

そんな気持ちに水を差された。

真備がたたみかける。

「姫様のおこころざしは、むろん伝わっております。おおかたの者は姫様を深く敬愛しておりますから、ご安心なさいませ。とは申せ、よからぬことを考えるひねくれ者は、いつの世にも、どうしてもおる」

「と、いえば？」

高野が問う。

真備が声を一段絞った。

「さようありますな……。やっぱり亡き恵美（えみ）の大師（たいし）、あるいは、亡き大炊（おおい）様のゆかりの者などでありましょうか」

仲麻呂とのいくさの後始末は、そうとうの意をもちいて行ったつもりである。よこしまに与（くみ）した者は容赦なく処断した。その一方で、よくよく精査して、情状酌量（じょうじょうしゃくりょう）の余地のある者は減刑したし、放免もした。憎い大炊も死一等は減じ、淡路（あわじ）への幽閉にとどめた。結局、翌年、死に追いやってしまったが、それは大炊が不逞（ふてい）の輩（やから）と結んで脱走をはかったからである。

「ふむ」

高野は覚悟のおももちで一同を見まわした。

「ほかにも考えうることがあれば、言うてみよ」

一呼吸ののち、由利が男子（おのこ）のように両肘をやや脇に張り、「では」と一礼した。

「差し出がましいようでございますが、南家の方々なども……。わたくしは横佩（よこはぎ）の大臣（おとど）のお最期が、ちと気になっております」

横佩の大臣とは、仲麻呂の実兄で南家の惣領（そうりょう）であった豊成（とよなり）のことである。弟とは不仲だったためくわだてには加わらず、そのためお咎（とが）めもなく、乱後は右大臣として政界に復した。だが世間の目は冷たく、風当たりの強さに耐えかねてか、祖父不比等（ふひと）以来受け継いできた莫大な封戸（ふこ）を返上した。それでも失墜した権威を取り戻すのはかんたんではなく、いらだちを募らせていた。それからほどなく世を去った。憤死（ふんし）であったと噂（うわさ）されている。

「なるほど」

高野がうなずく。

「はばかりながら――」

こんどは広虫が控えめに口を開いた。

「姫天皇の仏の道へのご精進を、穏やかならず思われる向きもございます。かのお社（やしろ）の方々などは、ことにご不興らしく……」

はるかに東の方を望んだ。

かのお社とは、伊勢の大社のことである。彼らは聖武帝のころから、尊き天神の末裔たる天皇が仏道に傾倒することに不服のまなこを向けてきた。その伊勢に代わってにわかに権威を増してきたのが、西海宇佐の八幡神である。宇佐宮は神と仏の習合を旨としているので、高野にとってこれほど強い味方はない。さいきん高野は伊勢よりも、なにかにつけて宇佐をひいきしている。

「さもあらん」

高野はみたびこくりとする。

つぶさに眺めれば、不穏の生まれる余地はそこかしこにある。

——しかし、それより……。

と、三人の配下が、もう一つ別の理由を同時に胸に描いたとき、

「憎まれたのは拙僧でござる。姫天皇ではございませぬ」

よく通る低い声が、背後に響いた。

みな、いっせいに振り返った。

いつの間にか、かわたれ時の庭に溶け込むように、大柄な僧侶が立っていた。

「法王——」

女帝の頬が、ほの赤い花びらのようになる。

道鏡であった。

円興と基真という、二人の陪臣を後ろに従えている。

仲麻呂とのいくさののち、道鏡は少僧都から大臣禅師、さらに太政大臣禅師とすさまじく昇進

し、先ごろついに法王という前代未聞の座に就いたのである。令外官(りょうげのかん)などという説明ではとうてい足りぬ、道鏡一人のための特別誂(あつら)えの役だ。

法王とは、飛鳥(あすか)の昔に仏教をこの国に広めた先駆者である上宮聖徳法王(じょうぐうしょうとくほうおう)、すなわち厩戸皇子(うまやどのみこ)にあやかった称である。冠位十二階(かんいじゅうにかい)、十七条(じゅうしちじょう)の憲法(けんぽう)の制定をはじめ、法(のり)の教えにもとづくまつりごとを数々行った太子を、高野はこよなく尊敬しているのである。

道鏡の瞳が、ひととき底なしに澄んだ。

「すべては、風来坊のくせして偉そうな顔して姫天皇のお傍に侍(はべ)っておる身どものせい。ふつつか者ゆえ南家の右大臣をもお怒り死にさせてしまいました。伊勢の大御神(おおみかみ)のご不興も買いました。けれども、いたしかたございませぬ。拙僧は姫天皇をお支えせねばなりませぬ。みな様の憎しみは甘んじて受けましょう」

涼やかに笑んだ。

そして、二人の連れを縁(えん)に残し、風のように女帝のかたわらに座した。相変わらずなんのにおいもせず、なんの足音もしない。

「遅うなりました。恐ろしい思いをさせて申し訳もございませんでした。厨(くりや)のほうを検(あらた)めておりました」

高野は仰天する。

「そなたがそのようなところへ」

道鏡は、なんの、と首を振り、淡々と詳細を語る。

「毒は青ものの皿へ入っておったようです。食した者は嘔吐(おうと)、痙攣(けいれん)して、四半刻(しはんとき)にも満たず息絶えたとのこと。骸はおかしなふうに硬うなって、とりわけ四肢の端の色が悪うございました。もちいられたのは烏頭。とりわけ毒の強い根のところが混じっておったとみました」

烏頭とは、とりかぶとともいう猛毒である。

道鏡は説明を終えるなり、かたわらをちらりと見やり、放置されたままの生姜湯を小指の先で舐めた。そして、鋺をつかみあげるや、一気に飲み干した。

あっ、法王――、と女帝があわてるのを、道鏡は空いているほうの手のひらでそっと制した。

「姫天皇がお口にされるものは、拙僧も必ず頂戴いたします」

空の器を悠然と示す。

道鏡はすでに毒見のなされた女帝の膳を、直前にもう一箸調べたりする。ともに食事をとるときは、互いの膳を随意に入れ替えたりもする。

その後、「法均殿」と、広虫のほうへ向き直った。

「亡うなった女子はフキという名だそうな。丸顔で、手足の小さな、髪の色に少しく赤みのある娘でござった。背丈はこれくらい」

自分の目の高さのあたりを手で示した。

「そなた様がお育てになったお子ではあられぬか」

聞くなり、広虫の双の眸子が涙で盛りあがった。

広虫が養育した孤児たちの多くは、宮中の目立たぬところで雑事にたずさわっている。先ほど凶報を聞いたとき、広虫はもしや、と疑った。けれども主君の一大事であるから、我慢していたのだ。

「経だけはあげておいたが、早う行っておあげなされ」

広虫は涙の流れ落ちるまま道鏡を見上げ、ありがとう存じますると感謝した。そして、深々と一つぬかずくと、まろぶように駆けていった。

高野はその後ろ姿を、しんみりと見送った。

「礼を言う、法王」

おのれが命狙われたことに動揺して、側近の心中など思いみる余裕もなかった。わが未熟が恥ずかしい。

「いいえ。ちとおせっかいをいたしましただけ」

道鏡は目を細めた。

「その娘はどうなる」

高野は問うた。

「夜明けに外へ出されますそうな。片づけ終われば、なにもなかったことになりましょう」

軒の下で近衛の守る篝火（かがりび）が、惻々（そくそく）と胸に沁（し）みた。

＊

「父上——」

書見台に向かって渋面を作っていた真備は、娘に呼びかけられて振り返った。

墨を磨（す）る由利の手が止まっている。

「なんじゃ」

宮中の宿直の一房である。真備は老齢ゆえに夜のつとめは免除なのだが、今宵は不穏だから、みずから留まることにしたのだ。

ものはついでと二人して文机に向かい、たまっていた仕事を片づけている。

「さっきのことですけれど」

灯台の火が、隙間風に煽られて長く、短く揺れる。そのたびに、由利の白い頬も陰に陽に揺れる。その顔つきだけで、なにを言いたいのかだいたい想像がつく。

「毒を盛られたことか」

「はい。われらが思う以上にお恨みを買うているのやも、と思いました。とくに位の高い方々から」

「ふむ」

まあ、そうだろう。

「姫天皇のおん前では申せませなんだが、横佩の大臣のご逝去などは、大嘗祭のことがお恨みの極みでありますよな？」

由利は憂わしげに眉をひそめた。

大嘗祭は新帝が即位したとき、新たなる御代をことほぎ、豊葦原瑞穂の国の弥栄を祈念する重要な祭事である。高野の場合は仲麻呂とのいくさの翌年の十一月に執り行われた。

ところが、このときみなを啞然とさせることがあった。祭りの要は大嘗宮にて行われる、新天皇と皇祖神が寝食をともにする儀式なのだが、高野はそこに陪席するならわしとなっている最上席の大臣を、右大臣の豊成ではなく、道鏡につとめさせたのだ。

豊成が薨じたのはその数日後だった。死因は卒中だが、あまりの憤懣のために頭蓋の中で血が噴いたのである。

真備は顔色も変えず、淡々と文書をさばいていく。

「まあ、すさまじき大嘗祭ではあったよの。あのお姿で神事に臨まれ、おのれは篤く三宝を敬う天皇であるが、同時に、天にましますも神々も重々にお慕い申しあげる。なんの不思議も不都合もなしと、胸張ってのたもうたしのう」

しゃがれた笑い声をあげた。

じつのところ、豊成だけでなく、ほとんどの列席者が苦々しく思ったはずだ。そもそも藤氏の淵源は中臣氏という神職であり、仏より神への親和のほうが強い。彼らの氏神たる春日の社も、伊勢の大神と深く結びついている。宇佐の神などもってのほかだ。仲麻呂に至っては、聖武帝が衰勢したのち、東大寺の大仏造立をことほいだ禰宜を島流しにしたほどだ。

だからといって、ここで守旧派の貴族たちに遠慮していてはなにも始まらない。

真備は心配顔の娘に向き直った。

「すべては姫様のおこころざしじゃ。そうとうのお覚悟あって邁進されているのだから、われらもそうとうの覚悟をもってついていくのみ」

真備の心は決まっている。

主君高野が始めたまつりごとには、いくつか際立った特徴がある。

もっとも大きいのは、平等と公正ということだ。身分や出自にとらわれず、実力のある者を登用しようとしている。弱小の出のために出世を諦めてきたような人たちにも、できるだけ機会を与えたいと思っている。すでにその一端は実現している。ほかならぬおのれ真備がそうだ。もともとうだつのあがらぬ地方氏族なのだから、主君が高野でなかったら大臣になどなれるはずもなかった。

後宮も同様で、かつての藤原袁比良(おひら)のような権柄(けんぺい)ずくの女官は鳴りをひそめ、広虫や由利のような軽輩ばかりがいきいきと働いている。

その逆に、これまで特権に守られてきた上流階級は、いろいろと制限されはじめている。主君自身が藤原系であるから、藤原の者たちを完全に排除したりはしないが、仲麻呂のときの轍(てつ)を踏まぬためにも、特定の者の突出を抑えようとする思いは強い。

二十年ほど前に制定された墾田永年私財法(こんでんえいねんしざいほう)以降、貴族は思いのままに荘園を開き、私腹を肥やしてきた。これも停止した。一方で、寺院には相変わらず開発を許している。仏教勢力と貴族勢力を拮抗(きっこう)させる腹である。貴族たちには、これは痛い。

そもそも主君高野は独り身の女帝であるから、通常の男帝のような外戚(がいせき)政治が起こりえぬ。わが娘を帝の後宮にたてまつることによって外祖父となることを狙う、かつての藤原不比等(ふひと)や蘇我馬子(そがのうまこ)のようなあり方だ。これがないぶん政治はきれいになる。が、諸刃(もろは)の剣(つるぎ)でもあって、主君を熱心に支えようとする実力者も少なくなる。だからこそ、わが姫君はなんのしがらみもない中流下流の人々を大切にしようとしているのである。

もっと言えば、そのさらに下にいる蟻(あり)の子のような、また大海原を泳ぐ小魚のような民にも、目を向けている。なにしろ高天ではなく、高野の女帝と名乗ったのだ。閨閥(けいばつ)と縁がないなら、頼みにすべきはいっそ大地に生きる民衆だ。

主君はいまえいえいと、低き者への賜姓(しせい)、改姓に乗り出している。現姓が不足なら、より高い姓に変えてやる。いままで姓を持っていなかった者でも、必要ならば新たに姓を与えてやる。高い技能を有しているのに、低い位置に置かれてきた渡来系の人々にも意を用いている。さらには、奴婢とされていた人々も、吟味のうえで良民に改めていこうとしている。

わが国の氏姓は天武天皇のときに八色の姓と呼ばれる制度が定められ、かなり厳格に守られてきた。すなわち、真人、朝臣、宿禰、忌寸、道師、臣、連、稲置である。とくに宿禰以上とそれ以下に大きな差があり、上級氏族と下級氏族、また中央貴族と地方豪族といった区別がつけられてきた。日の本の国のこの百年の身分秩序は、この制度によって保たれてきたと言ってよい。ほとんど変更を行わない天皇も多かった。しかし、わが主君はこれを崩してもよいとすら思っている。

賜姓、改姓の試みは、阿倍女帝であったころから少しずつ始まっていたが、これからもっともっと増えるだろう。それだけ多くの民とともに生きたい思いが強いのだ。

主君のそんな意を汲み、真備も新しい提案をした。民衆がどんどん意見を訴え出られる場所を創始したのである。大内裏の中壬生門のところに二つ窓口をもうけ、一つは不正な圧迫などをする官吏を教えさせ、もう一つは無実の罪に問われたり、不当に逮捕されたりした者が申し出られるようにした。受付は弾正台が担当する。為政者もみずからのあり方をきちんと自省すべきと考えたからである。

今年五月の設置以来、その数はかなりの数にのぼっている。いま真備がせっせと目を通している木簡の山も、この訴状である。

主君が力を入れていることはほかにもある。恩赦である。世の平和と公序良俗のため、罪は相応に取り締まる。けれども、それと同じくらい、やり直す機会も与える。鏡の表裏のような思想である。

さらに、広虫に取り仕切らせている孤児の救済事業も徐々に大きくしている。とくに仲麻呂とのいくさでは無辜の民を少なからず巻き添えにしてしまったので、親を失った子供をできるだけ多く救った。子供の人数は、いまや百人近くに増えている。設備や世話役も充実させた。

こうしたもろもろの覚悟のうえに、例の大嘗祭の豊成の一件もあるのである。

同じく、こうしたもろもろの覚悟のうえに、看病禅師道鏡の取り立てもあるのである。単なる王者の気まぐれのみで、道鏡を出世させたわけではない。

もっと言えばそれこそが、まさに主君が父帝聖武より仰せつかった、奴を王とするとも、王を奴と呼ぶとも、そなたの意のままに――という遺訓の精いっぱいの具現にほかならぬ。

「こうしてみますと、われらが姫天皇は、よっぽど勇敢なお人であられますなあ」

由利がしみじみと言う。

「いまごろ気がついたか」

真備がちろりと睨む。なにしろ、若き日におのれが東宮学士としてみっちり仕込んだ主君である。

「ご威勢の方々を敵にまわすのは恐ろしゅうありますけど、そのぶん、たくさんの新しき民が味方についてくれるのならよし――、ですね」

「さようさ」

真備は目尻を細める。

「その大義あってこそ、道鏡法王も輝く。でなければ、ただの不届きななまぐさ坊主にすぎぬ」

由利はこくりとした。

「では、多少の毒を盛られたことなど、なんのこれしきと撥ね返すことにいたしましょう。すべては姫天皇のおんため」

また、父親の仕事の手伝いを再開した。

真備もふたたび新たな木簡を見台に広げつつ、

「あとは、おん跡継ぎじゃな」

と、つぶやいた。

まつりごとの理想に邁進することはむろん大事だが、この日の本の天子である以上、皇統のこともゆるがせにできぬ。むしろ、それこそが最重要の課題ともいえる。

重祚の直後、わが姫君はしばらく皇太子は置かぬと宣言した。不幸な大乱に鑑み、慎重にも慎重を重ねるというのが理由だった。最初はそれも受け入れられた。しかし、そろそろ効力が尽きかけている。さいきん真備は主君との相談を密にし、候補の選定にも力を入れている。けれどもお目にかなう者はなかなか現れない。大炊王のときのような失敗を繰り返したくないという警戒の気持ちが強いのだ。

あれもこれも多事である。自分も気の休まるときがない。

「忙しゅうなったのう」

真備はつい、頬杖をついた。

不思議なものである。ほんの数年前まで僻遠の地で暇をかこち、無為に時が過ぎるのを嘆いていたのに、いまは息つく間もない。このような年になって、こんな日々がやってこようとは。

「どうなさいました」

由利が首をかしげている。

「西海におるころのほうがよかったか、由利よ」

と、尋ねた。

即座に、いいえ、と、返った。

「いまのほうがようございます。わたくしの働きどころもありますし」

つかの間、言葉が切れた。

「父上を独り占めにできますもの」

艶やかな笑みがこぼれた。

「そうか」

筑紫（つくし）にはいくたりかなじんだ側女もあったが、主君からの呼び戻しを機にみな捨て、由利だけを連れてきた。

三まわりも年の違う、孫のような女である。もともと娘のつもりだったのに、わが息子が惚（ほ）れたら急に惜しくなった。息子と親子の縁を切ってまで、自分のものにした。

机上をせっせと整えている手元を見た。みずみずしい、絹のような肌だ。爪は桜貝のよう。握っている巻子（かんす）を置かせ、手を取った。ひやっとした。

「冷たいのう」

いまさらのように、いまが真冬であることを思い出した。握った手をそのままわが懐の中へ入れ、温めた。

見つめあった。

だしぬけに、

「失礼いたします」

小女が台盤に碗を揃え、御簾の後ろにかしこまっていた。

「お夜食をおもちいたしました」

温かいうちにどうぞ、と、屈託もなくにじり入ってくる。

二人ともすっ、と離れ、知らん顔して湯漬けを食しはじめた。

*

遠くのほうで、子の刻の報せが聞こえた。寝つけぬまま、はや一時もたったらしい。

「道鏡」

と、高野は仰臥したまま声をかけた。昼間は法王と呼ぶが、夜は道鏡に戻る。

「ここに」

闇の中にいらえが返る。

寝所には帳をめぐらせた寝台を、二つ並べている。共寝したいときは呼ぶ。一人でやすみたい日は一人でやすむ。こんにちはただならぬことがあったから、独り寝してしっかりわが身を省みようと思ったのに、やっぱり淋しい。

「来やれ」

「はい」

ふわり、と紗（しゃ）が揺れ、いとしい男がすべり込んでくる。

ここへ――と、脇へいざない、大きな懐へ収まる。真綿（まわた）にくるまれた幼な子のように安堵する。

甘やかされるのに慣れて、すっかり辛抱が足らぬようになった。

「眠れませぬか」

やさしい声である。

「ただに朕の命が狙われたなら、まだ諦めるが、朕のせいでそなたがいらぬ憎しみを買うているのだとすれば、いたたまれぬ」

そもそも大臣だの法王だのという地位は、道鏡がねだったのではない。道鏡は辞退してやまぬのに、おのれと真備が有無を言わせず押しつけたのだ。名もなき看病禅師を高く遇することは、自分らのまつりごとのよき旗印（はたじるし）になる。真備はそう力説するし、おのれもそう思う。

「もったいなき仰せ」

道鏡は首を振る。

「お気になさいますな。姫天皇のおこころざしが生かされるならば、わたくしは本望でございます。分不相応に注目される身になりましたことを、せいぜい誇らしゅう思いましょう」

わかってくれている。繰り言を言うような男ではない。

「しかし――」

高野としては、少し言い訳もしたい。

「理由はきちんとあることだし、そなたのみをいたずらにひいきしておるわけでもないぞ。そなたの係累（けいるい）と同じように、広虫らもよしなに遇した。まずもって信頼できる者から取り立てを始めたというだけじゃ」

この数年で、弓削の者たちは十人ほどが官人となった。名もなき鄙の民としては、天地がひっくり返るほどの栄進である。道鏡の弟の浄人は、無位無官から正三位の中納言までのぼった。

広虫の故郷の藤野郡の者たちには、藤野和気真人という姓を与えた。真人は八色の姓の中でも、旧皇族にしか与えられない最高の姓である。広虫の弟の清麻呂も従五位下に叙し、近衛将監とした。

「むろん、その他の氏族にも、これからちゃんと目を向けていく。一度にすべてはできぬというだけじゃ。正しき者は正しく掘り起こし、認めねてやらねばならぬからのう」

「じゅうじゅう、承知しております」

闇の中で、相手が改まる。

「わが身内にも、いま一度よう言うて聞かせましょう。ただに浮かれるでなく、姫天皇のお気持ちをきちんと心得るように、と」

そうせよ――と、高野は返しながら、二年前に見たその土地の景色を思い出した。

「そなたのふるさとは、よいところであった。水と森の豊かな……。また行きたい」

仲麻呂とのいくさの始末を終えたあと、高野は諸国巡覧の旅に出た。平城京を発し、紀伊、和泉を経て河内に至った。道鏡も同行させた。行幸の目的はわが重祚を世に知らしめることと、地方の民の生活をこの目でしっかり見ることであった。だが、それだけではない。ほかならぬ道鏡に、故郷へ錦を飾らせてやりたかった。道鏡を太政大臣に任じたのもこのときだ。

弓削の里は、つねは内裏から西のほうに望んでいる生駒の山並みの裏側の、やや南寄りのところにあった。大和川から分かれた石川が蜘蛛手をなし、ところどころ葦の生い茂る湿地になっていた。石川は、別名博多川ともいう。

雨季になれば土地を濫して民を悩ませもするのだろうが、訪れたころは天高く空澄みわたり、色づき残った紅葉が川面に映り、二倍にも目を楽しませてくれた。

その昔、物部氏の下で弓弦をこしらえる部民だったという人々は、いまは半分が普通の農民になっており、わが訪れを諸手をあげて迎えてくれた。あたりには西文、船、津、葛井、武生といった渡来系の者が多く、それらも自慢の酒だの山海の幸だのを抱えて続々と祝いに来てくれた。

「よいところであった」

高野はもう一度言った。

たまらなく懐かしくなった。

「そなたが幼少を過ごした場所だものな」

しかし――、と、ふと思った。あのときかの地の行宮で幾日かを過ごしながら、道鏡の思い出話のようなものは出なかった。いまさら気がついた。

道鏡はもともとわが身についてあまり語らない。言いたくないなら言わぬでもよいと、高野はこれまで強いて踏み込まぬようにしてきた。だが、命の危険にさらされた今宵は、無性に相手の生身のようなものを感じたい。

「道鏡よ、弓削の話をせい」

顔を上げ、顎のあたりをちょっとうかがった。

「弓削の……」

しばし、間ができた。

「さしたることもございませぬ。弓削産というても、里人の一人に拾われたというだけで、生地もわからぬみなしごでございます」

やっぱり気乗りせぬか。でも、食い下がってみた。

「なら、みなしごの話をせよ」

また、しばし思案の間ができた。

だが、観念したのか、手探りでもするように、「では、少しだけ」と、言葉がぽつぽつと出はじめた。

「わたくしという人間は、たぶん、生来の根無し草なのでしょう。弓削の父も母も、なさぬ仲のわたくしを、それはいつくしんで育ててくれました。弟の浄人も兄者兄者とうるさいくらいひっついておりました。まわりもみな、よい人間であったように思います。けれども、なぜかこちらは冷めたもので、餅のように土地にへばりついておる彼らの営みが、どうにもなじまなんだのです」

「ほう」

この男ならかくもあるか、と、高野は思った。

「それで？」

「そんなある日、ぼろをまとうた一人の乞食が、ふらりと村へやってきたのです。わたくしは怪しの者を追い払わねばと思いまして、『何用あって来た』と、立ち向こうたのです。そしたら、その者は動じもせず、こう言いました。

『おまえこそ、ここでなにしておる』

その一言で、わたくしは忽然、目が覚めたのです。『ここでなにしておる』。ああ――、そうか、おのれはここに留まっておるべきではなかったのだと。うまく言えませぬが、目が覚めるとは、まさにそういうことだと思います。

それからすぐに、村を出ました。十六のときでございます。そして、思いました。人は普通、みなどこかへ根を持って生きている。人とはそういう生き物だ。さかしまに言えば、それを拒んで根を持たず生きるということは、この世と縁を切ることなのだと」

なるほど、と思った。

「それがそなたの仏道の原点か」

高野は尋ねた。

「いえ、そんなたいそうなものでは――」

相手の首がゆっくりと動いた。

「ただ、無性にそんな気分だったのです。ゆえに、後先なんにも顧みず、弓削を出ました。そして山へ入り、山から山へと駆けました。駆けて駆けて、一匹の獣となって山の中に溶けてなくなるまで駆けました」

抱かれている腕の中に、孤独な夜の月が昇っていく。

「溶けてなくなる、か。それが無というものか。いや空というものか」

この男が音もなく、においもなく、透き通るようなのは、そのせいだったかと高野は思った。

「そうでありましょうか。そうではないかもしれませぬ。いや、それに近いものではあるでしょうか」

茫、とした声だ。

「何度も申しあげますが、わたくしなどはほんの風来坊の行者にて、いちおう受戒はしておれども、仏教者といえるようなものではなく、優婆塞くらいがちょうどでございます。修行も我流のきわめて笑止なものにて、なんにも悟っておりませぬ。けれども、仏の道ではおのれなどという些末なものは捨てよと申しますし、この宇宙の山川草木のいとなみと一つになれと説いたりいたします。それのみは、少し心得ておるのかもしれませぬ」

「風来坊の優婆塞か」

そんなことを言うなら、と、高野は返した。

「朕とて人のことは言われぬぞ。仏弟子、仏弟子と称しながら、まつりごとなぞというものはそもそもなまぐさの極みなのだし、刑罰という名の殺生もする。なんならいくさもする。その罪滅ぼしのために、せっせと恩赦を行ったり、子らを拾うたり、ちょっと善いことをして、とんとんにしようとしておるだけかもしれぬ。じいにはいつも、にわか道心じゃとくさされおる」

なら、ご同類でありますか、と、相手はそよ風のように笑った。

そして、

「弓削のことでわたくしがお話しできることというたら、そのくらいでございます。さしておもしろうもありませぬでしょう。お許しくださいませ」

と、謝った。

「いや、興であった」

と、高野は返しながら、ふと不安になった。

道鏡はときおり平城宮から姿を消すのである。人里にいつづけると呪験の力が失せるので、気を満たすために折々山に入らねばならぬと言う。

それは、この男が看病禅師としてやってきたときからの約束だから認めているが、いまの話を聞いたら、いつかそのまま山に溶けて、戻ってこぬ日が来るのではないかと、無性に恐くなった。

皓々と照る満月の下を、狼が一匹駆けていく。

ふるっと震えたら、そっとひたいに唇が触れた。わが身を抱く腕に少し力がこもった。

すぐ思いを悟られる。

「拙僧に力なくば、姫天皇をお守りすることもできませぬ。姫天皇のお役に立てぬようでは、お傍における意味もございませぬゆえ」

「さようか」

と、答えながら、高野はなにか焦れた。

姫天皇をお守りするため。姫天皇のお役に立つため。道鏡はいつもそう言う。だが、それは自分がほんとに聞きたい言葉ではない。

道鏡は、つねにこちらの心を読んでいる。しかし、こちらはいつも道鏡の心がわからない。

思わず口を衝いて出た。

「そもそもなにゆえ、そなたはかほどに朕に尽くす」

いままで一度も訊かなかったことを訊いてしまった。しかも、責めるような口吻で。やっぱり、こんにちはどうかしている。

いままでこの質問をしなかったのは、もし自分が望まぬせりふが出てきたら嫌だからだ。

一呼吸ののち、答えが返った。

「拙僧は、いまも昔も変わらず、姫天皇の看病禅師でございます。姫天皇のおん心の平安のために全力をお尽くしするのが、つとめでございます。姫天皇がおん父君への本願を達成され、御悩が源より消え去りますことを、夜を日に継いで念願しております」

ほら言うた。

違う、それじゃない、と、高野は心の中で叫んだ。

父から賜った遺命。もちろんそれは悲願である。だが、ほんとに聞きたいのはそんな高邁な言葉ではない。

ただ、あなた様がいとしきゆえに、と言うてほしいだけだ。あなた様を愛するがゆえに、わたくしはあなた様に尽くすのです、と、そう言うてほしいだけだ。

拗ねた童女のようになった。

そして、自問自答した。自分らのこの仲は、結局なんなのだろう。おのれの一人合点なのか。一方のみの恋なのか。

そうかもしれぬ。自分は帝である。この日の本の天子である。一国の君主から気に入られて、無下に断る者などおらぬだろう。道鏡もそうなのか？

淋しそうだから、なぐさめてくれているだけなのか？　求められたから、器用に応えているだけなのか？

そして、いや――と、また思い直した。道鏡だけではない、おのれのほうも。

自分はこれまでこの男に向かって、はっきりと愛の言葉を口にしたことがあったろうか。

湖のほとりの哀しい宮で、やまいの淵から救い出され、自分はこの男に恋をした。それから、見知らぬ世界に導かれ、この身の奥に潜んでいた、深い歓びを教えられた。それは、四年の歳月の中でつぼみが次々に開くように開花して、狂おしいほどになった。

けれども、そうやってからだの交わりが深まりながらも、言葉は呑み込んできた。水底に沈んだ貝のように。それは、自分らのあいだにあやうい均衡で成り立っているものを壊すまいとする一心だった。ある意味では、言葉にしてはならないものを、からだの歓喜によって、必死に告げていたのかもしれない。

けれども、いまはそんなすべてを蹴散らしても、たしかな言葉が欲しい。なぜなら、いまこうして添うていても、明日にはどちらかが死に、このえにしは突然終わるかもしれないのだから。

ならば――。

「道鏡」

もう、ぜんぶ吐き出してしまおう。

「言いたいことを言う。ただに聞け」

「はい」

掌をさぐり、しかと組みあわせた。

「朕は若き日に、自分の運命を決められた。浄御原と鸕野の両聖帝のおん血を継ぐ正統の裔として、女子ながらに帝となる運命をじゃ」

父に手づから冕冠の紐を結んでもらった日のことを、いまも忘れない。しゃらん、しゃらん、と、耳をくすぐる、雨だれのような旒の音。

「晴れがましくも、誇らしき玉座である。父上はゆめ手放してはならぬと言うた。しかし同時に、この玉座は呪いであるとも言うた。呪いであるがゆえに、逃れたくとも逃れることはできぬのだ、と」

触れている相手の手が、ぴくりとする。

「そう、呪いだ。その意味を父は言わず、朕も長いこと解せなんだ。しかし、そなたとこうなったいま、朕は勝手に答えを見つけ出した気分でおる。なぜなら——」

半分、身を起こした。

「この血はかの両聖帝の、激しい恋のあかしであるからだ。その血を、朕はそなたを愛するようになってから、この身のうちにありありと感じるようになった。それは、ふつふつと煮えたぎり、抑えようにも抑えられぬ恋の血だ」

言ってしまった。一気に激情がほとばしる。

「かの女帝も、こがれておったに違いない。朕と同じように。毎夜毎夜こがれ死にするほど、こがれておったにちがいない。いとしい、いとしい夫君に」

邪魔な裾を蹴りあげ、熟れた果実をみずから割くようにしてからみついた。

とたん、ぐいと身を引き寄せられた。上と下が逆になる。闇の奥から、蒼(あお)い獣に見下ろされている。

「わたくしもこがれております、こがれ死ぬほど」

——ああ……。

その言葉が欲しかった。

ひたひたと潮が満ちる。

燐(りん)のように光る瞳を見つめ返す。

「道鏡よ、あの森へ連れていってくれた日のことを覚えておるか」

「いかにも」

「あそこへ、また連れていけ」

「ならば——」

また身を返され、こんどは後ろからみっしりと抱かれた。目隠しされて闇を走りだす。衣がちぎれ、風に飛んでいく。

このまま二人して、この世の果てまで行ってしまいたい。この乾坤(けんこん)のいとなみと一つになって溶けるまで。

——のうぼばぎゃばてい、はらじゃはらみったえい、たにやた、しつれいえい……。

うねるような経が肌を撫でる。

ぐんぐんと昇っていく閨(ねや)の宙に、ほわり、ほわり、と花が開きはじめる。真っ白な山の蓮華(れんげ)だ。

また返して抱えられ、頂(いただき)に咲く華の座に跨(また)がった。えもいわれぬ香りが満ち、大きな赤い蕊(しべ)が炸(さく)裂(れつ)した。花の精が散りしぶき、四肢の隅々までとめどもなく浸す。

——しつれいえい、しつれいえいさい、そわか……。

男のつぶやきを、はるかな下界に聞いた気がした。

「わがいとしのきみよ」

二

首筋から頬をなにかにくすぐられた気がして、高野は目が覚めた。

隣を手探りして、むなしく宙をつかんだ。飛び起きた。

道鏡がいない。

青い夜明けのにおいがする。あたりを見まわしたら、白い鳥の羽根が枕辺に落ちていた。はて、と首をかしげ、心づいた。かたわらの櫃（ひつ）の上に水鳥の肩掛けが載っている。

そっと拾いあげ、掌の上で見つめた。

そういえば、と思った。白鳥は死人（しびと）の魂をくわえて飛んでいくとか。

とたん、どこぞの門扉のかん高い軋（きし）みと、車輪の響きが聞こえた。死人――。そうか、昨日のあれか。道鏡もそこか。

臥処（ふしど）を抜けた。上衣（うわぎ）と頭巾をつけ、肩掛けを羽織り、寝所を出ると、当番の女孺（にょじゅ）があわてて飛んできた。よい、と制し、北のほうへ向かう。

回廊のいちばんはずれまで歩を進め、格子の際にたたずんだ。木立ちの向こうに大膳職の築地（ついじ）が透き見える。煮炊きの気配もないのに、はや通用門が開いていて、大きな荷車が横づけになっている。瓦礫（がれき）だの芥（あくた）だのを運ぶむさくろしい車だ。

なるほど、あれにてフキ女の骸を運び出すのか。

塀の陰からひょろりと手足の長い男子（おのこ）が姿を現し、梶棒（かじぼう）の裾にあぐらをかいた。荷台から藁（わら）のようなものを引っ張り出し、なにやらこしらえはじめた。荷が運ばれてくるまで、手仕事をして待つらしい。

ふいに、すぐ近くでぱきっ、と柴を踏む音がした。

右手の樫（かし）の木のたもとに、小さな後ろ姿が見えた。大木の幹に隠れるようにして、荷車のほうをうかがっている。ごく年若い娘のようである。

おや――、と高野は思った。背に纏（まと）っている領巾（ひれ）に見覚えがあった。驚いた。薄明の中でもありありとわかる。揺れるたびに満開の花びらがにおい立つような、みごとな紅梅色のぼかし染め。あれは、いつぞや恵美の大師から献上された舶来の絹だ。

思わず縁へ歩み出た。

「娘よ」

領巾の娘は射られた小鹿のように飛びあがり、声の主の正体を認めると、これ以上這（は）うことはできぬというくらい這いつくばった。

「来やれ」

即座に膝でにじり寄ってきた。そして、階（きざはし）のたもとに平伏（ひれふ）した。

「おもてを上げよ」

おそるおそる上げられたその顔に、高野は、ほう、と見惚（みと）れた。この世にこれほど可憐（かれん）な生きものがあろうかと驚くくらいかわゆらしい。まるで小鹿の精である。小さな顔の半分ほども占めそうな目。餅のように真っ白な頬。ちょいとひねった甘い菓子のような鼻。広虫がいとしがるのも無理はない。

「そなたは、アラじゃな」

娘は大きな目をさらに大きく見張った。

「なぜに、ご存じなのでありましょう」

「そなたのその領巾は、朕がずいぶん前に法均に与えたものじゃ。法均はそなたの話をようしておった。そこまでいとしいのなら、その子に着せておやりと言うて渡したのじゃ」

あっ――、と、アラは華麗な絹を、赤子でも抱くように胸元で固く掻きあわせた。

「申し訳もございませぬ、申し訳もございませぬ」

取って食おうというでもないのに、なぜにそんなに謝るか。高野はいぶかしみ、ようやく気がついた。

美しい赤い花色の下にのぞいている未晒しの上衣と煤色の裙。そして、汚れよけに重ねているらしき短い褶。その粗末な身なりは大膳職の端女である。つまり、未明の闇に紛れておのれの持ち場を離れ、ここへ忍び込んできていたわけだ。

「ここでなにしておった」

「はい、あの……」

動転のあまり、もはやどうしてよいかわからぬといったまなこが、主君と彼方の門のあいだをせわしなく行き来した。門前では、相変わらず屑集めの男子があぐら座で手仕事にいそしんでいる。向こうからこちらは木立ちに隠れて見えない。

「知り人か」

娘の頬がぱあっと恥じらいに染まった。なるほど、と高野は思った。

「恋仲なのじゃな？」

娘はますます真っ赤になった。

恋する女は、みんなこんな顔になる。以前ならわからなかったかもしれぬが、いまはすぐにぴんとくる。

そういえば、この娘は韓（から）の国のどこぞのみなしごだと、広虫は言っていた。男子も似たような身の上か。年のころも同じくらいか。十四？　十五？　木の幹にかじりつくようにしていた様子からすると、よほど好いているのだろう。

「許す。行ってよい」

寛大に申しつけた。

「めっそうもございませぬ」

娘は雷にでも打たれたように恐懼（きょうく）した。

「朕が許すというに」

「いえ、どうか……、どうか……」

固まったまま動かない。釈然としない。高野はおのずと語気が荒くなった。

「訳を申せ」

紅潮したかおばせが、おずおずと上がった。拒みつづけるのは、かえって不敬と悟ったようだった。一呼吸、二呼吸ののち、小さな唇が開いた。

「昨日、厨でともに働いておりましたわたくしの姉分が亡（の）うなりました」

高野はどきり、とした。ああ、このいたいけな娘も毒見なのか。

「その始末のために、かの男子が呼ばれたと聞きました。そこで、こちらへ入らせていただきました。ここからなら、そっと眺められるからでございます」

そういうことか。しかし、なぜ隠れる。

「たまさかの機会でもあろうに」

可憐な毒見は、いえいえ、と細い首を激しく振った。

「いま会うたら、きっと無理にでもわたくしを連れて帰ろうとするでしょう」

まみえを強く引き締めた。

「わたくしのような者を育ててくれた法均尼様、そして法均尼様を支えつづけてくださっているほかならぬ姫天皇へのご恩に報いたいと思い、このおつとめを決めました。決めたばかりなので、ぐらつきとうありません。かというて、わたくしを案じてくれるあの者も、無下にしとうありません。ですから、いまは会えぬのです」

——なるほど。

そして、畏れながら、と、娘は握りしめた領巾の端をふるふると見つめた。

「この絹はいつか愛する人といっしょになる日のためにと思うて、自分で仕立てて大事に大事にしておりました。わたくしの宝物でございます」

そういうことか。

高野はじいんとした。

会いたいのに、会わぬのか。会えぬからこその、せめてもの装いか。

好いた男をなんとしてでもわが身の傍から離すまいとしている自分が恥ずかしくなった。互いを信じる気持ちがあれば、離れていても心は離れない。むしろ、ますます互いがいとしくなるのだろう。

「アラよ」

高野は高らかに呼ばわった。

「そなたに命じる」

ひた、ひた、と段々を踏んで下りた。

なにごと——と、まばゆいものでも仰ぐように身を退く端女に向かって、手の中の翡翠の数珠を差し出した。

「これをあの若人に渡しにゆけ。朕のために命を落とした女子へのせめてもの供物じゃ。亡骸とともにねんごろに葬っておくれと、あの者に伝えよ」

つぶらな瞳が、さざ波のように揺れた。

「朕の頼みぞ。さあ果たせ」

小鹿の娘は意を決したように立ちあがり、深々と一礼した。両頰にさくらんぼのようなえくぼができた。そして、踵を返し、一目散に駆けていった。

ようよう注ぎはじめた朝の光の中に、花びら色の赤い領巾がひるがえる。

吸い寄せられたように抱きあうけなげな恋人たちを、高野は遠くからほのぼのと見つめた。

＊

「おまちどおさん」

　と、馬面の内儀が大きな碗を二つ、卓子（たくし）に並べた。白い湯気がほわっと立つ。

　とたん、盛大な歓声があがり、小童（こわっぱ）の汚い指が十本伸びた。

　キメは、コラッ、と頭をしばき、右手に箸を握らせる。

「行儀よくしなきゃ、食わせてやんねえぞ。ほら見ろ、こうだ」

　みずから器と箸を取り、一口すすってみせた。

　醤（ひしお）であえた麦縄（むぎなわ）に、刻んだ蒜（ひる）と葱（ねぎ）と、塩鯖（しおさば）の端っこまで載っている。童（わらべ）は泥沼に小枝でも突き刺すような手つきで、ひもかわ状のものをすくって口に入れた。

「うめえ！」

　目をまんまるにして叫ぶ。こんな豪勢なものは、生まれてこのかた食ったことがないのだ。

　キメはすきっ歯を剝（む）き出し、満足げにうなずいた。

　二人の様子をおもしろそうに見ていた内儀が、「弟かい？」と訊く。キメは、もぐもぐしながら、うん、と答える。

「タクスンっていうんだ」

　文字でつづれば卓淳（たくすん）。韓土の南のあたりの土地の名である。

「年は？」

「おおかた三つぐらいじゃなかろか」

いつ生まれたのか知らないのだから、年もわからない。ひと月ほど前、生駒の山中の韓人の里へ行ったとき、やまいに侵された女に託されたのだ。にいたん、にいたんと人懐こいし、いかにも腕白な面魂もよい。気に入って、子分にすることにした。自分らの里は血のつながらぬ者ばかりの寄せ集めだ。一人二人増えたところで、たれも気にしやしない。

「キメ坊、どうした。今日はえらく景気がいいな」

亭主が厨から見慣れたひげ面を覗かせる。

「ふふん」

キメは片目をつむって、胸元を叩いてみせた。ちゃりん、とよい音がする。珍しく二人ぶん前払いして、たまっていたツケもきれいにして、そのうえまだ懐にたんまりとあるのだ。

昨日、禁裏から極秘の御用を仰せつかり、片づけ仕事をした。こんにち終了の報告にあがったら、目玉が飛び出るほどお代を頂戴した。これならちっとくらい贅沢も許されようと、弟を連れて東市のこのなじみの飯屋にやってきたのである。

亭主も内儀も、仔細を知りたくてしょうがない顔をしている。だが、今日ばかりは教えられない。他言は無用と厳命されているし、おのれ一人で片づけたのだ。妙な噂でも流れたら、即刻おのれのせいになる。

しかし、大金よりもなによりも、いまキメの心を浮き立たせているのは、アラに会えたことだ。久しぶりに見た、たれよりもいとしい恋人の顔。

三月ほど前、突然、アラに宣言された。

「法均尼様のお役に立ちにいきます」

宮中で働いている広虫の養い子のうちでも、毒見になった者はしばしばからだを壊して戻ってくる。めしいてしまった者もいるし、子ができぬようになった者もいる。みながやりたがらぬつとめである。それを、よりにもよってアラが買って出た。キメは当然、猛烈に反対した。けれども、アラはこうと決めたら梃子でも動かぬのだ。

そして、危惧したとおり、恐ろしいことが起こった。アラより二つ上のフキが毒に当たって死んでしまった。それ見ろ、言わんこっちゃない。生きた心地がしなかった。震えて泣いているのではないかと心配した。

でも、出かけていったら、案に相違して、アラは毅然としていた。少し見ぬうちに大人びて、ますます美しくもなっていた。なんだか感動した。

さらに、アラが仕えている女帝の心遣いに感じ入った。雲の上のお人からすれば、端女の一人や二人、数にも入らぬであろうに、弔いにと賜ったお品のなんとみごとだったこと。あんな目の眩むようなものを自分らのような者にくださるなんて、お心の広さに驚き入る。

それに、アラによれば、自分らが会えたのも女帝のおかげなのだという。アラは遠くから見ているだけにしようと思ったのに、おん方様が行けと言ってくださったのだそうだ。ほんとに感動だ。なぜにアラや広虫様たちがそのお方に命を懸けようとするのか、よくわかった。

「にいたん、なにぼんやりしてる」

ハッとした。

口のまわりを味噌だらけにして、タクスンが首をかしげている。麦縄の碗はとうに空っぽだ。

「もう食っちゃったか」

キメは自分のを半分分けてやり、自分も勢いよく掻っ込んだ。

ごちそうさん、と立ちあがったら、「ちょいとお待ち」と内儀に引き留められた。両手に抱えた籠に、魚が山盛りになっている。ツンと熟(な)れたにおいがする。鮭(さけ)の鮓(すし)らしい。亭主が後ろから顔を出す。

「うかっとして余らせちまったから、持ってきな。捨てるのももったいねえし」

内儀もにこりとする。

「おなかを壊さないように、早いとこ食べるんだよ」

いつになく銭を出したせいか、夫婦して機嫌がよい。むろん、ありがたく頂戴する。キメは子分の頭をつかんで自分と同時にお辞儀をさせ、意気揚々と店を出た。

大事な魚を油紙で包み、荷台に縛りつけたのち、弟のからだをその脇にひょい、と乗っけた。

それから、ふと、思いついた。

「タクスンよ」

「なんだい、にいたん」

「その魚、おっかさんとこへ持ってってやるか」

眉に手をかざし、斜めの夕日に照らされた生駒のお山を仰いだ。葉がすっかり落ちた裸木の稜(りょう)線(せん)が、手招きするような朱色(あけいろ)に染まっている。

とたん、幼い瞳がよろこびでいっぱいになった。

「うんっ」

犬の仔(こ)みたいにぴょんぴょん跳ねた。尻尾(しっぽ)があったら、たぶん振っている。

キメが引き取ってから、この弟は一度も母親の話をしたことがなかった。それは、小童ながらおのれの分(ぶ)をわきまえていたからであり、心の中ではずっと恋いこがれていたのだ。ほろりとした。

あれからまだひと月だ。母親はたぶん生きているだろう。よしんば死んでいたとしても、この土産(みやげ)が供養となればよい。

「よっしゃ、決まった」

日が落ちる前にたどり着かねば。キメは両手にペッと唾を吐き、勢いよく梶棒を上げた。

「行くぞ」

まず、禁裏のある北のほうへまっすぐにのぼり、にぎやかな二条の大路を折れる。あとはひたすら西へ向かう。朱雀門(すざくもん)の前を過ぎ、秋篠川(あきしのがわ)を渡り、自分らの里には寄らずに椚(くぬぎ)の峠(とうげ)を越え、生駒の山裾に着いたころには、あたりははや夕靄(ゆうもや)に沈みはじめていた。

キメは天をぐるりと仰いだ。ぎりぎりだな――。

そのまま山道に突っ込もうとして、足を止めた。身をよじって反対側を顧みた。樵夫(きこり)しか使わぬ古い道がもう一本あるのだ。荒れた急坂だが、ずっと近道である。しかし、車では上がれない。キメは一瞬迷い、決めた。しかたがない。こいつらを担いで登るか。

荷台を検(あらた)め、売りものにする古着の包みだけを腰に括(くく)しつけた。あとはごみばかりだから、取られもしないだろう。土産の鮓は、腕白坊主に荒縄で縛っておんぶさせた。続いて荷車を木立ちに隠し、やおらしゃがんで弟に背を向けた。

「さあ乗れ。柔(やら)けえ座布団つきだぞ。急ぐから、しっかりつかまっとけ」

「合点だ」

すでに不気味な衝立(ついたて)のように見える森に踏み込み、渾身(こんしん)の力で登りはじめた。

背中の重みがにわかに二倍になる。滝のように汗が吹き出す。あたりはどんどん暗くなる。やっぱりやめておけばよかったと後悔が湧き起こるのを撥ね返し、「えっさ」と、威勢よく叫んだ。タクスンがすぐに、「ほいさ」と返す。

「えっさ」「ほいさ」「えっさ」「ほいさ」

少し元気が出たところで、キメはきのう見たアラの顔をまぶたいっぱいに描いた。

そうだ——と、思い出した。アラがぼろの仕事着の上に羽織っていたあの赤い領巾。あれは、姫天皇がかつて阿倍様とおっしゃっていたころにいただいたものだ。アラはあの絹をいつかお嫁さんになるときに着ると言ってなかったっけ。ということは、それくらい、おいらに惚れてくれてるってことか?

思わず、ふにゃっとにやけた。

うれしすぎて、一瞬疲れを忘れた。

よしがんばろう、と弟をゆすりあげ、行く手を望んだとき、「えっさ」と言いかけた喉が詰まった。

左手の熊笹(くまざさ)の藪(やぶ)が突然割れ、不吉な唸(うな)りとともに真っ黒な塊が襲いかかってきた。なにが起こったのか悟る間もなく、背中が軽くなった。

童の火のついたような泣き声を聞いたのと、人形のような小さなからだが、おかしな恰好で宙を飛ぶのを見たのが同時だった。片方の脚に、尾っぽの長い大きな山犬が食らいついている。

「ああっ、タクスンッ！」

異様な獣のにおいと、生臭い血のにおいと、熟れた魚のにおいが、あたり一面に立ち込めた。絶望で頭がはちきれた。

と——、その瞬間、森の中からもう一匹、なにかの影が跳躍した。いつの間にかぽっかりと昇った満月の中に、童からもぎ取った悪獣を横ぐわえして舞う魔物の姿を、キメは永遠の夢のようにゆっくりと見た。続いて、目を射る閃光が幾度か夜空を切り裂き、わおおおん……、という断末魔の咆哮が、深い山の中にこだました。

次にわれに返ったときには、弟のからだは地面に横たえられ、かたわらに蓬髪の翁がしゃがんでいた。咬まれた脚に、ぼろ布のようなものが巻かれている。

振り返ったその顔に、キメはきゃっ、と後ずさった。口が耳まで裂け、どす黒い赤色に染まっていた。その脇に目をやり、さらにわあっ、と叫んで腰を抜かした。だらりと舌を出して白目を剝いている山犬の頭があった。骸はばらばらに断たれ、長い尻尾のついた下半分は、彼方に投げ捨てられていた。

ふっ、という笑みとともに、老爺は立ちあがった。続いて、尻餅をついたまま動けぬこちらのほうに、少しく顔を寄せた。よく見れば、口が裂けているのではなく、目から下を覆っている覆面のようなものが血にまみれているだけだった。翁は全身を覆う衣を纏っており、悪疾に侵されながら山籠りしている行者でもあろうか、とキメは思った。

その血まみれの頭巾の下から、低い、しわがれた声が出た。

「童子の脚は縫うて、山犬の肉で塞いである。しばらくそのままにしておけ。うまくいけばつながる。だめなら犬肉とともに腐って落ちるのみ」

そして懐を探り、ほれ、と小さな革袋を投げてよこした。

「うまくつながったら、治るまでこの膏薬（こうやく）を塗ってやるがよい。それから——」

ぎらりと鋭い眼光で睨んだ。

「幼い者と食いものとを、二度といっしょにすな」

言うなり、かたわらから杖を拾いあげ、背を向けた。

音もなく森の奥へ吸い込まれていく後ろ姿に、キメが思わず「あの——」と声をかけると、一瞬、振り返った。

その瞳は山の月を映してか、びっくりするほど蒼かった。

三

篳篥（ひちりき）と笛の音が宙に高く鳴り、太鼓（たいこ）がとん、どん、とん、どん、床を震わす。幾重にも粘る糸のような林邑楽（りんゆうがく）の調子が、酒に酔った内裏（だいり）の温気（うんき）をさらに濃厚にする。

妻子とともに参内する者あり、踊りや唄をお目にかけんと芸人を引き連れてくる者あり、鶴や亀の大きな檻（おり）を仕丁（しちょう）に担がせてくる者ありで、押すな押すなの盛況である。

藤原雄田麻呂（おだまろ）は彼方こなたを見はるかし、なかばあきれたように小さな離れ目をぱちくりさせた。

「いや、ようお出ましですな」

「じゃのう」

真備も白いひげの中でうなずく。

天平神護三年（七六七）正月。

新年恒例の内裏の賀宴である。

こんにちのために正殿と別殿が開け放たれ、御座の天子に順々にお目見えできるようしつらいが工夫された。だのに予想を遥かに上まわった。真備と雄田麻呂は目立たぬ末席のほうに陣取り、盛んな人群れを陰から観察している。

真備は提を取っておのれの盃を満たした。

「それだけ姫様が慕われておるということじゃ」

雄田麻呂が皮肉に肩をすくめる。

「まあ、そうとも申せましょうか」

真備がちろりと横目する。

「そなたも片棒を担いでおるぞ」

雄田麻呂は大仰にへっ、とのけぞる。相変わらず剽げたねずみである。

「それがしは右大臣の仰せに従うて働きおりますだけ」

「であるか」

真備は相手にもついでやる。

たしかに、昔は違った。禁裏の祝宴などごく一部の貴族のものでしかなかった。だが、いまやすっかり様子が変わり、真備ですらたれだかわからぬ者だらけだ。いや、招かれているのは依然として五位以上の官人なのだが、そもそも五位以上の者が増えたのだ。女帝高野の政策の結果である。

加えて、高野が埋もれた皇族の掘り出しを盛んに行っていることも拍車をかけている。最近ようやく日の目を見、従五位下に叙爵（じょしゃく）された王子もそうとうの数にのぼる。その目的は言うまでもない。自分の跡を継ぐ者を探すためだ。

天武帝からすでに百年の時がたち、子孫は三世、四世の代である。しかも無数に枝分かれして、血も薄い。が、高野は聖帝の裔（すえ）でさえあれば血は薄くともよしと許容し、それよりも内面の優れた者を選びたいと念じているのだ。

そんな主君の気持ちを真備がうけたまわり、雄田麻呂をはじめとする何人かの配下が仕事を手伝っている。

なにしろ手間がかかる。系図をさかのぼり、係累（けいるい）を洗い出し、生母や兄弟姉妹にまで目を配る。本人の経歴、能力、性格、まわりの評なども調べ、文書にして主君に報告する。高野はそのすべてに目を通し、面談するかどうか決める。会うとなれば、その後の沙汰も必要となるから、こんどは叙位や任官の準備である。といっても用意できる席には限りがある。

こんな面倒な仕事が、この数年繰り返され、その数すでに百人近くにのぼる。だが、まだまだ終わりそうにない。

女帝が真剣なのでゆるがせにできぬが、手伝うほうもいい加減うんざりする。

「ともあれ、これだけお探ししたのですから――」

雄田麻呂が恨み顔をする。

真備が渋面でうなずく。

「そろそろ決めぬとな」

候補を増やすだけ増やして、結論を出さぬでは道理に合わない。へたに期待させれば相手に対して罪が重いし、藪をつついて蛇を出し、どんな災いの種が蒔かれぬとも限らない。

「右大臣はどなたを推されるのです」

雄田麻呂がずばりと訊く。

「うむ……、しいて申せば、文室浄三様かとわしは思うが、ただ……」

文室浄三とは、天武帝の皇子の長親王の子で、臣籍に降る前は智努王といった。すでに隠居の身だが、中納言、神祇伯などをつとめたこともある由緒ある皇族である。

雄田麻呂がすかさず続きを拾う。

「ご本人が乗り気であられませぬ。お人柄もよろしいし、おん血も申し分ないのに、残念なことじゃ。それに、かなりのご高齢」

おのれの考えていることを、みな先に言う。真備はこの男の賢しさにしばしば驚く。

「まあ、今年いちばんの課題として、姫様とよくよく話しあうことにいたそう」

「さよう願います」

雄田麻呂はとくに真備の側近というわけではない。しかし、中央への復帰以来の縁ではあるし、なにかと目端の利く男だから、ちょいちょい呼び出しては使っているのだ。

ふと、造東大寺司長官として平城京に戻ってきた日のことを思い出した。法華寺の裏手でこの男がおのれを待ち受けていて、由利が賊と間違え、斬ろうとした。この男はあわあわと怖じけて尻餅をついて……と、小さく吹き出した。

雄田麻呂のいまの役は正五位下の侍従、兼内匠頭である。仲麻呂との戦いに式家の面々を引っ張り出し、勝利に貢献した者としてはやや不足の感じだが、本人がわが身より実戦に参加した兄弟の宿奈麻呂や蔵下麻呂の立身を先に望んでいるのだ。

あのとき湖東路に出征した宿奈麻呂は、いま従三位の兵部卿、湖西路の追討軍本隊を率いた蔵下麻呂は、同じく従三位の近衛大将である。

その雄田麻呂が、つ、とあなたへ目をやった。

「あちらもご盛況ですな」

天子の御座とは反対のほうに、もう一つ、あきらかに人の流れが渦を巻いているところがある。法王道鏡の座だ。女帝へ慶賀を述べ終えた者が次々に吸い寄せられていく。このような催しが行われるたびに、微妙な高低を持った二つの極が形成されるのが、さいきんの内裏の特徴である。

雄田麻呂にも貴族のはしくれとしての誇りがある。道鏡のような成りあがり者は気に入らぬのだ。しかし、真備は平民法王をあえて後押ししている側なので、聞こえないふりをする。かくいうわが身も、成りあがりといえば成りあがりだ。

さりげなく雄田麻呂の視線をかわしながら、おや、と真備は気がついた。

珍しい人の顔を見つけた。

「あれに、山部王様が」

数人の大臣が集まっている陰のところに、端正なおもざしの王子が控え目に座していた。大納言の白壁王の長子である。父大臣に相伴してきたのだろう。

「ほんに」

雄田麻呂が相槌を打った。

白壁王の父は志貴皇子といい、百年前のいわくつきの兄弟天皇――天智天皇と天武天皇――の兄のほう、天智の末子である。その不和に因して起こった壬申の乱で、天智の側は完膚なきまでに敗れ、いまに至るも天武の子孫の全盛が続いている。

志貴皇子はそのとき乳飲み子であったためにからくも難を逃れ、その後はひたすら目立たぬよう、一生、風流のみを友として生きた。その子である白壁王も控えめな態度を貫き、齢五十を過ぎて中納言となるまで廟堂に列することもなかった。

白壁の子の山部は、母が渡来系の小族ということもあってさらに不遇で、長らく存在すら知られていなかった。ようやく従五位下に叙されたのが三年前のことだ。すでに三十を超えているが、無官である。

真備は雄田麻呂とうなずきあったのち、反対のほうに目をやり、あっ――と、思わず腰を浮かせた。もっと珍しい人の姿があった。ひときわ華麗な衣装に身を包み、多くの侍女を従えた中年の貴婦人が、右手の回廊をしずしずと進んでいる。主君高野の異母姉、井上内親王であった。妹の不破内親王ともども主君とは確執だらけのこの女人こそは、その白壁王の正室なのである。

ここしばらく姿を見せることもなく、なかば忘れられかけていたのに、なぜこのような晴れの場にやってきたのだろう。

夫が出席しているのだから、妻の出席をとどめる法はないが、真備としては心穏やかでない。珍しいというよりも、現れてほしくなかった。

雄田麻呂も、小さな目を白黒させた。

「いかなる風の吹きまわしでありましょう」

なにも起こらねばよいが――、と、真備はわが姫君のほうへ、不安なまなこを投げた。

*

朝から途切れることのなかった参賀の列もようやく尽き、高野はほっと一息ついた。広虫が待ちかねていたように、薬湯をすすめてくれる。人いきれにあたり、酒肴のにおいにむせ、えんえんと続く楽の音をもてあまし、吐き気がしかけているのを目ざとく察してくれたのだ。

救われた思いで碗を手に取り、柚子と丁子の香りの湯気を吸い込んだ。鼻から胸へ爽気が抜け、気分が少しよくなった。

宴席はもはや無礼講で、官人はそれぞれ歓談の輪を作り、芸人は笑いの渦を巻きあげながら、座から座へと渡り歩いている。

高野は右手に陣取る老大臣たちのほうへ目をやった。

左大臣の藤原永手と歓談している白壁王の銀髪の向こうに、白皙の美男子が見えた。白壁の子の山部王だ。茹で蛸のようにできあがっている大臣らとは裏腹に、まったく乱れが見えない。以前対面したのは遥か昔で、まだ十代だった。こんにちりっぱに成人した姿に驚いた。

父親の白壁王は無欲の極みのような好々爺だが、息子の山部も恬淡たるところは似ているようだ。先ほど言葉を交わしたら、漢籍や詩文、書などの世界によろこびを感じると語っていた。質素なたたずまいにほろりとした。

数年前に叙爵の沙汰のみはしたが、これほど人品がすぐれているなら、学術のほうなどに、なにかふさわしい役目を用意してやってもよい。

つつましやかな親子をまじまじと眺めた。

自分らの父祖天武の仇敵（きゅうてき）の血筋として、なかば葬り去られたような人々である。正直のところ、彼らの存在は阿倍の時代からずっと意識の端にものぼっていなかった。その白壁王に初めて注目したのは、十五年前に異母姉の井上内親王の婿として選ばれたときだった。

県犬養広刀自（あがたいぬかいのひろとじ）の娘の彼女らは、幼少のころから微妙な立場に置かれてきた。曲がりなりにも聖武（しょうむ）の娘なので粗略にはされないが、藤原一族にとっては目障りこのうえない存在である。井上は幼くして伊勢の斎宮（さいぐう）となり、三十路（みそじ）を過ぎてお役御免となり、白壁の妃（ひ）となった。要するに、扱いに窮して神の社（やしろ）へ送られ、適齢を過ぎて出戻り、ますます扱いに窮して、立場の弱い白壁が押しつけられたわけだ。

白壁はすでに四十代半ばで、渡来系のよき妻を得、山部と早良（さわら）という二人の息子にも恵まれ、平和に暮らしていた。とんだ貧乏くじを引いたものだと、高野は同情した。

しかし、白壁にとっては予期せぬ土産もあった。皇女の婿となったため、にわかに昇進の途（みち）が開けはじめたのだ。従三位から中納言へ、そして、大納言にまでのぼった。けれども、白壁は身の程をわきまえ、大臣となっても一歩も二歩も引き、酒と風雅を友とする態度を変えなかった。

一方、井上のほうは、帰京以来、堰（せき）を切ったように派手な暮らしを始めた。芳（かんば）しからぬ噂も、高野の耳にいろいろ聞こえてきた。とりわけ三十八で女子の酒人（さかひと）を、さらに、四十五になって王子の他戸（おさべ）を授かり、得意満面と聞いたときは驚いた。酒人はともかく、他戸の懐妊はありうるだろうか。年齢のことはもとより、夫婦仲もそれほど睦（むつ）まじいとは思えない。白壁の侍女あたりが生んだものを、わが子と吹聴（ふいちょう）しているのだろうと思った。しかも、それをこちらへの面当て（つらあて）で言っているらしきところが、ますます癪（しゃく）に障った。井上と高野は一つしか年が違わぬのだ。

妹の不破とつるんで、しきりになにかたくらんでいる様子も気になった。そして、なによりも許せなかったのは、自分と仲麻呂が不和になったとき、あてつけのように仲麻呂の側についたことだ。不破の夫の塩焼（しおやき）は、仲麻呂に担がれて偽天皇になったが、その裏には彼女ら姉妹の後押しもあったに違いないと高野は思っている。

考えはじめると、いまでも怒りがふつふつと湧く。

「姫天皇？」

はっとした。広虫が心配そうに見つめている。いつの間にか不快な記憶を胸いっぱいによみがえらせ、みずから悪心（おしん）を招きそうになっていた。

「もう一服お誂（あつら）えいたしますか」

「そうじゃな、頼もうか」

高野は空の器を返した。落ち着かねば。

そのとき、折しも新たな参賀の者が低頭した。

おや、まだおったか。高野はゆるりと目を向け、そのまんま固まった。いまさんざん思いをめぐらせていた、まさに井上その人だった。

仲麻呂と諍（いさか）ってこのかた、彼女ら姉妹は参内することもなくなり、宴（うたげ）や式典の場にもぱったりと姿を見せなくなった。むろん、大納言白壁王も、妻の話はいっさいしない。こちらも会いたくないから好都合であり、いつの間にかそれが当たり前になっていた。なのに、急にどうした。

気がつけば、異母姉は御簾も踏み越え、すぐ目の前に迫っている。無礼な――と、たじろいだが、もしかしたら自分のほうが虚勢を張り、「もっと寄れ」などと歓迎してみせたのかもしれなかった。そのくらい、うろたえていた。

「すっかりご無沙汰してしまいましたが、姫天皇の御代も弥栄。心よりお慶び申しあげます」

凄いほどの笑みをおもてに貼りつけている。

改めて見ると、新品の伎楽の面よろしく化粧が濃い。紫色と若竹色の衣裳はまるで孔雀だ。もともと痩せぎすで器量もよくないので、悪目立ちすることはなはだしい。

目を射る色彩から顔をそむけながら、高野は盃を差し出した。

「姉上こそ壮健でなによりじゃ。さ、一献まいられよ」

手づから満たしてやる。

「こは畏れ多し。遠慮なく頂戴いたします」

一気にあける。井上はかなりいける口だ。

酒が入ると、ますます恐れ気がなくなる。こってりとした紅色の唇が、湿った生きもののようになめらかにまわりはじめる。

「わらわの面相なぞ、新年からお目汚しでしかないこと、重々承知しております。でも、こたびはいかにしても姫天皇の御代をことほぎたてまつりたく、こうして押しかけてまいりましたの」

どういう料簡だ。もう一献ついでやる。異母姉はまたすぐ空にする。

「ご案じなさいますな。一言お祝い申しあげたら、すぐ退散いたしますとも」

煽るようなもの言いだ。

まわりの侍女たちもただならぬ気配を察し、はやみな退(さ)がっている。横目で見やると、白壁王と山部王の姿もない。彼らも無用のいざこざは避けたいのだろう。

よりにもよってこのような晴れがましい場で、宿縁の異母姉と差し向かいになろうとは思ってもみなかった。しかも、舞楽の音に遮られ、たれにも話を聞かれない。それを見越してやってきたのだとしたら、この異母姉はかなり頭がよい。

みたび、盃を満たしてやった。

「では、姉上の祝儀、ありがたくうけたまわろう」

こちらも度胸を据えるまでだ。

井上は盃の縁をぺろりと舐め、莞爾(かんじ)とした。

「わらわは長く神の社に籠っておりましたゆえ、ものを知らず、この日の本は天神の統べたもう国じゃと信じて疑っておりませなんだ。ところが姫天皇のまつりごとによって、神以上にすばらしき御仏(みほとけ)というものがあることを知りました。なんとありがたやと憧れておりましたら、このほど禁中に法王様なるものが誕生された由(よし)。なんでも太政大臣よりすぐれ、帝にも並ぶ御位であるとか。これは、わらわもぜひあやからせていただかねばと、出不精(でぶしょう)の身に鞭(むち)打って参上したような次第でございます」

高野はむっ、とした。

それが用件か。そんな嫌みを言うためにわざわざやってきたか。

「なるほど。して――、姉上は朕をいかにことほいでくださるのかな」

異母姉の細い吊(つ)り目がいっそう吊りあがり、鎌(かま)のごとくになった。

痩せた身が斜めにかしいでこちらへ乗り出したかと思うと、人目から口元を隠すかのように、羽根飾りのついた翳（さしば）がまっすぐに立った。

「わかりました。よぉく、わかりました」

幼な児にでも言い聞かせるような、奇態なささやきであった。

は？　ようわかった？　なにが、どう？

相手を凝視した。

気味の悪い唇が、さらに不気味な蛭（ひる）になる。

「おん跡継ぎは、なるたけお決めなさらぬがよろし」

ぞっ――と、高野は総身が粟立（あわだ）った。孔雀の羽根で剝き出しの背中を撫でられた気がした。

井上はもとの位置に直り、彼方の法王の取り巻きを、ちらりと望んだ。

「ともに遅う咲いた身の上ではありませぬか。姫天皇のお気持ち、よぉくわかりますとも」

目の前がすう……、と昏（くら）くなった。

やられた。

異母姉は勝ち誇ったように、酔眼（すいがん）を細めている。

見透かされた。

この女も五十年、だてに揉まれて生きていない。相手の弱みを見つけるすべは、しかと心得ているらしい。

――皇太子。

そのとおり。

おのれはなぜ、それを決めかねているか。

　理由はただ一つだ。それを決めたときどうなるかが、わかっているからだ。そう——、新しい皇統が即座に輝きはじめ、先行きのないおのれは即座に色褪せる。おのれだけではない。おのれと手に手を携えている法王も、また色褪せる。それが恐ろしいのだ。

　世の者たちはみな、新たな希望の星へ向かって雪崩うつだろう。譲位などするまでもなく、跡をたれと決めただけで、たぶんそうなる。新しい主役には、必ず新しい側近がつく。すなわち道鏡の役割もなくなる。

　おのれはこんにちまで、良心と誠意とにおいて後継者に迷うようなふりをしてきた。だが、じつは来てほしくない未来を先延ばしにしていただけなのだ。いま見ている夢をずっと見ていたかったのだ。まったくこの異母姉の言うとおり。

　華やかな孔雀が、ホホホ、と、甲高い笑い声を立てた。

「お大切になさいませ。大切にしすぎるということはございませぬ。法の王の座でも、神の王の座でも、お与えになれるものはなんでもお与えなさいませ。わらわは姫天皇の末永きお幸せを、心よりお祈りしております」

　と言うなり、すべるようにぺたりと叩頭した。

　——ああ……。

　自分はいまのいままで、われこそが恋の勝利者だと思っていた。形だけの妻の井上などとは違う。真実愛する男子をこの手につかみ取ったのだから。

　けれども間違っていた。井上のほうこそ揺るがぬ未来を獲得しているのであり、おのれなどは、一寸先は闇なのだ。

――お大切になさいませ。大切にしすぎるということはございませぬ。

――お与えになれるものはなんでもお与えなさいませ。

衣の下を、冷たい汗が流れる。

言うな！

すでに与えた。愛する男子にはぜんぶ与えた。もうこれ以上、与えるものはないのだ。

「法均」

と、背後の広虫を呼んだ。

「疲れた。退出じゃ」

よろけるように寝所へ戻った。薄暗がりの中で、鏡が鈍く光った。一瞬、そこに疲れ果てた老女のようなものを見た。ひっ、と声にならぬ悲鳴をあげた。

四

平城宮の看病禅師の宿坊から、ふてくされた様子の二つの人影が現れた。

一人は苔色(こけいろ)の袈裟(けさ)をまとった法泉(ほうせん)。いま一人は旅姿の兄弟子、法栄(ほうえい)である。

極月(ごくげつ)の夕暮れの中で、二人が白い息を吐いたとき、背後の建物で割れんばかりの拍手が起こった。

朗々たる歌声と鉦(かね)の拍子が続く。

神護景雲(じんごけいうん)二年（七六八）の師走(しわす)。

「この世の極楽かの」
法栄が皺深い顔をさらに皺めた。
「西大寺(さいだいじ)の衆が集うておりましたような。造寺司(ぞうじし)の長官(かみ)の佐伯今毛人(さえきのいまえみし)殿を見ました」
法泉も苦々しく相槌を打つ。
歌ではない。経である。大般若経(だいはんにゃきょう)に珍妙な節をつけ、みなでうち興じているのだ。不謹慎な戯(ざ)れ節(ぶし)は法王宮(ほうおうぐう)の客殿から聞こえてくる。歌っているのはむろん僧だ。のど自慢の若い法師でもあろう。

昨年、女帝高野は法王の政庁である法王宮職を設け、西宮の南にりっぱな殿舎を設置した。以来、都じゅうの僧が毎日のようにご機嫌伺いに訪れているのだ。

こんにちは普請中の西大寺の世話役たちが予算増額の願いを持って参じている。西大寺は、女帝が自身の仏教政治の象徴にせんと、並々ならぬ情熱をつぎ込んでいる寺である。東大寺と対の護国の殿堂になるよう、平城宮をはさんだ西方に堂々たる姿が出現しつつある。

じつのところ、道鏡自身はこうした取り組みにはほとんどかかわっておらず、側近の円興(えんこう)らが仕切っているのだが、そんなことは外の者には知るよしもない。

法王宮の活況にひきかえ、閑古鳥(かんこどり)が鳴いているのが内道場だ。

なにしろ、いまの禁裏にはそもそも診(み)たてまつるべきやまいのお方がいらっしゃらない。唯一のおん方である女帝には道鏡法王がぴったり添うているので、出る幕がないのだ。在籍する禅師はすでに数名ほどに減り、宿坊も厠(かわや)と紛うほどささやかになった。

こんな日が来ようとは、法栄も法泉も思いもしなかった。女帝が位についたら間もなく皇太子が決まり、おのずから妃や夫人が選ばれ、お子様が次々に誕生するだろうと期待していた。なのに、そんなけぶりもないまま、はや何年になるだろう。

そもそも内道場は太政官の機構ではなく、僧綱ともかかわりがない。天子の私的な愛顧のみによって存在している場所だ。確たる約束もないのだから、あんまり悠長に構えてもいられない。

法栄たちはこれまで自身がこの場で尽くすだけでなく、優秀な看病禅師を見出すことにより、少なからぬ褒賞を得ていた。ところが、さいきん僧侶の山林修行が禁じられた。道鏡の真似をする者が現れること、また逆に、道鏡の出世を妬んだり呪ったりする者が増えることを女帝が心配したのである。

じっさいには山の修行者など制限のしようもなく、道鏡自身も山に入っているくらいなのだが、ともあれ、この建前のおかげで、法栄は新入りを連れてくることができなくなった。

ならばいっそここを離れ、故地に戻るか。

故地とは、鎮西の禅師たちの拠点である宇佐の弥勒寺である。とはいえ、そちらにはそちらの階層がしっかりできあがっているので、脇から割り込むには、それなりの工作が必要となる。

ふいに、

「新と旧の道場監がお揃いでございまするな」

後ろから声をかけられた。

どきりとして二人が振り返ると、小柄な役人がにこにこしていた。小さな目と目が離れていて、笑うと大きな前歯が目立つ。

「これは……、中務大輔様」

近ごろ、右兵衛督、武蔵守、従四位下、中務大輔と、調子よく出世している式家の雄田麻呂という人物だ。吉備右大臣の傍でも頻々と見かける。

「ご内密のご相談かな？　お二方」

遠慮もなくずけりと言う。だが、ねずみめいた風貌が、不思議に警戒の念を起こさせない。

「いや、そういうわけでは……」

法栄が口ごもると、対手はすかさずおっかぶせてきた。

「ご遠慮めさるな。かく言うそれがしも、いま右大臣のところでさんざんひそひそ話をしてきたところじゃ」

片目をぱちりとつむった。

「ほかならぬ貴殿らじゃによって、隠し立てもいたしますまい。高野の姫天皇のおん跡継ぎについてよ。貴殿らもその話をしておったのではあらぬかえ？」

二人はまたしてもぎくっとした。聞かれていたか。

「いやなに、お察し申す。そなたらにとっては、われらとは違う意味で死活の件でありますもんのう。このままでは稼ぎどころがない。人間たれしも霞を食うて生きておるわけではない。わかるわかる」

独り決めして、悦に入っている。

二人は面食らいながらも、謎の男に引き込まれた。そして、その澱みのない口説の中に、なぜだか自分らの活路を見出せそうな気がした。

相手もこちらの思いを見透かしたみたいに向き直った。

「貴殿らのふるさとは、かの法蓮和尚ご開山の禅院でござったな？　弥勒寺と申したか。詳しきことは存ぜぬが、姫天皇の尊崇このうえなき宇佐の八幡神と一つに結ばれた、ありがたき神宮寺と承知しており申す」

　いきなり、あさってのほうから話が始まった。そのとおりだが、それがなにか？

　相手のまなこは冷たく冴えている。先ほどはごく小兵に感じたのに、いつの間にかたじろぐような威圧感である。

　背後で、ふたたびどっと歓声が沸いた。相手は騒ぎのほうへちらりと目をやった。

「あのおん方……、ではいかがかな？」

　――え？

「と、申されますと？」

　二人は小さな離れ目の行方をたどった。

　道鏡法王のことか？

「法王様……、でございまするか」

「おうよ」

　大きな前歯が剝き出した。

「あのおん方を貴殿らの本所への土産にされたら、貴殿らはさぞかし賞されん、なあんて思うた次第さ」

　――え？

「宇佐の八幡様は聖武聖帝の御代より、つねにこの国の帝の切なる望みを叶えてこられた。そこで、じゃ。今上の姫天皇がいまもっとも切に抱いておられるお望みを、八幡様がずばりとご神託くださったら？　八幡様のご神威はいや増し、かの伊勢のアマテラス様にも成りかわる、日の本随一の大神になられまするぞ」

ひととき、しん、と静まり返った。

次の瞬間、冷徹な官人はハハハと弾けるように笑い、もとの剽軽(ひょうきん)な小兵に戻った。そして、

「いやいや、ご歓談のところ、お邪魔つかまつった」

くるりと背を向け、すたすたと去っていった。

二人は毒気に当てられたように、ねずみの人が消えたほうを見送った。ともにあっけにとられて、声が出ない。喉がからからである。

ややあって、法栄がくっついていた綴(と)じ代(しろ)を押し開くようにしてつぶやいた。

「姫天皇の切なる望みとは？」

法泉が乾いた唇で返す。

「わかりませぬ」

「法王を土産にせよ、と、言われたな」

「おっしゃいましたな」

二呼吸、三呼吸ののち、

「あっ……！」

二人同時に、目を剝いた。

なかなか決まらぬ皇太子。そして、女帝が寵愛(ちょうあい)してやまぬ道鏡法王。これを一つの糸でつない

だら？

女帝は愛する法王と死によって分かたれるまで禁中でともに暮らすことができる。そして、これを八幡神が叶えたもうならば、八幡神はまごうかたなき新たな皇祖神となる。その労を取ったおのれらは、此方からも彼方からもお褒めに与るであろう。いや褒美どころか、末代まで安泰だ。

顔を見合わせた。

馬鹿らしい。

荒唐無稽である。あまりに荒唐無稽である。しかし。

法栄がおぼろな闇に溶けていく春日の山の端を仰いだ。

「藤氏とて、蘇我氏とて、もとは一介の臣であった。弓削氏とて」

法泉もうなずく。

「人為ではありませぬ。神意でありまする。なんでも起こりえましょう」

「われらが姫天皇は、王を奴とするとも、奴を王と呼ぶとも、意のままにせよ――と、父帝よりお墨つきをいただいたおん方ぞ」

「そのとおり」

「しかも、伊勢のおん社より、宇佐のおん社のほうがお気に入り」

「ますますそのとおり」

「いま、鎮西の社を監督しているのはたれじゃ」

「大宰府のお役人の中臣習宜阿曽麻呂とかいう御仁でありましたかと」

「小物じゃのう。上役は？」

「法王のご舎弟の弓削浄人様が、大宰帥を兼任されたばかり」

「なんと、はかったような」

二人して、また目を見合わせた。

四章　大枝の里の刺客ども

一

神護景雲三年（七六九）十月。

苔色の袈裟が、山背の国の片隅の大枝の里にひるがえった。西山の稜線の上に、傷跡ほどの繊月が浮かんでいる。

道鏡は笠の縁を少し上げ、林の中の一軒家をうかがった。閉てられた板戸の隙から、朱色の灯火が細く漏れている。門のすぐ内に馬が五頭、静かに草を食んでいる。

道鏡は目を閉じ、耳を澄ました。湿った大地から足裏を伝って、密談者のささやきが這いのぼってくる。

「客は五人……、いや六人」

口の中でつぶやくと、分厚く積もった落ち葉の上をあえて乱暴に進み、引き戸をがらりと開け放った。

内と外の空気が入れ替わり、酒のにおいの混じった温気(うんき)が吹きつける。

こうべを寄せていた面々がいっせいに振り返った。

「これはこれは、ようこそおいで」

いち早く腰を上げたのは、剽軽(ひょうきん)なねずみの顔をした藤原式家(ふじわらしきけ)の雄田麻呂(おだまろ)だ。

さあ、と、いざなわれ、莚(むしろ)を重ねた上に着座する。赤々と燃える囲炉裏(いろり)の脇に、よく似た顔が二つ、老若の差をつけて並んでいる。雄田麻呂の兄の宿奈麻呂(すくなまろ)と弟の蔵下麻呂(くらじまろ)だ。

膝元には盃や皿が散乱している。すでにそうとうできあがっているらしい。

年かさの宿奈麻呂が言葉を重ねた。

「遠路はるばる」

蔵下麻呂が続ける。

「お忙しい法王(ほうおう)様が」

少し離れたところに、半分背を向けた形で佐伯今毛人(さえきのいまえみし)と石上宅嗣(いそのかみのやかつぐ)が座している。ともに宿奈麻呂の盟友で、かつて大師仲麻呂(たいしなかまろ)の暗殺を共謀したこともある。失敗したのちもずっとつるんでいる。

今毛人が飄然(ひょうぜん)とした唇で、ぽそりと言った。

「もっとお忙しい天皇様には」

宅嗣がそのあとを拾う。

「なりそこねたがの」

どっと哄笑(こうしょう)があがった。

道鏡はまなじりを決した。

「やはり汝(なんじ)らか」

とたん、御簾(みす)ともいえぬ粗布(そふ)を垂らした上座から、「これ」と、制する声がした。

福々しい頬を酔いに染めた白壁王(しらかべおう)が脇息(きょうそく)にもたれ、両目をしばたたいている。

「法王、ようおいでなされた。そう四角うならず、ほれ、そなたもきこしめされ」

奥のほうへ向かって袖をはたはたと振った。

「おい、酒が足りぬぞ」

そうして、また頬杖をついてこっくりこっくりしはじめた。

この大枝は白壁王の愛妻である新笠(にいがさ)の母方の里、すなわち土師(はじ)氏の住まう村で、人目に立たぬのをさいわい、王のひそかな取り巻きが恰好(かっこう)の隠れ家としているのだ。一味がみずから称している名は、白壁組である。

「まま、どうぞ」

脇から盃を渡された。雄田麻呂がこすからい笑みを浮かべ、提(ひさげ)を構えている。盃というより、不器用に歪(ゆが)んだ碗(わん)だ。

「お久しゅうありますのう、法王。何年ぶりじゃ」

雄田麻呂とは、しょっちゅう宮中で会っている。たいていは真備(まきび)のところにいる。参議(さんぎ)の宿奈麻呂と宅嗣は、廟堂(びょうどう)の常連である。今毛人は造西大寺司(ぞうさいだいじし)の長官だから、ほとんど毎日顔を見る。お久しゅう、とはそのまんまの意味ではない。この隠れ家で会うのは、の意だ。

胸の中で指折り数えた。最後は仲麻呂が死んで高野(たかの)女帝の重祚(ちょうそ)が決まったときだったから、五年ぶりである。

道鏡がここへやってきたのは、この者たちと親睦を深めるためでは、もちろんない。この者たちに食らわされた仕打ちを糾すためだ。

「やはり、汝らのしわざであったな」

道鏡はもう一度言った。

＊

数カ月前、鎮西一円の社を監督している大宰主神の中臣習宜阿曽麻呂なる男が、宇佐の大神より重大な神託が下ったとして、平城宮の女帝のもとに現れた。

いわく、「道鏡法王を天皇の座につければ、この日の本の国はますます太平ならん」。

女帝は仰天し、禁中は大騒ぎになった。

とうてい従うことのできぬ内容だった。けれども、神託といわれた以上は、無下に拒絶するわけにもいかぬ。危険なにおいがぷんぷんした。女帝はこれまで「王を奴とするとも、奴を王と呼ぶとも――」の平等思想をいちばんの信条としてきたが、その旗幟がまんまと悪用された形であった。

道鏡をよく知らぬ者は、道鏡が女帝の寵愛をよいことに、さらなる欲をかいて天皇になろうとしたのだとささやきあった。しかし、そんなことはありえない。道鏡がそうした男でないことは、女帝がいちばんよく知っている。真備や広虫をはじめとする側近もよく知っている。道鏡の出世を妬む敵がどこかにいて、陥れようとしているに違いなかった。

では、たれが――？

ところが、その犯人をいかにして捜すかというところで、女帝は頭を抱えた。

おそらく、神託を下した宇佐宮のほうも、同じく罠にかけられた口だろうと想像された。神官の首座は、このような神託が平城京に運ばれていることすら知らぬのかもしれない。彼らもまた、道鏡と同じく女帝の愛顧が強すぎるためにはめられたのだ。

とはいえ、まったくの無関係ではありえず、つぶさに調べていけば、中なり小なり犯人に通じた者が社の内部に見つかるだろう。女帝としてはそこをつつきたくない。女帝はかりそめにも宇佐宮との関係を悪くしたくないのだ。

女帝高野は長らく、天神の末裔でありながら、仏の教えにもとづくまつりごとに取り組んできた。この独特のありようを後ろから支えつづけてくれたのが、神と仏の習合を旨とする宇佐の社であった。その大神がいんちきをする神だということになれば、いままで苦心して築きあげてきたものが、すべて崩れてしまいかねない。

かの東大寺も、八幡神の加護あってこそ完成した。いま道鏡とともに造営しつつある西大寺もしかりである。宇佐の大神にけちをつけることは、女帝にとってはもろもろに鑑みて得策ではない。

つまり、敵はきわめて巧みにこちらの痛いところを突いてきたわけである。

ことを重くみた吉備真備は、縦横無尽に知恵をめぐらした末、かく結論した。

――ここは、とにもかくにもかわすべし。

へたに藪をつつけば、どんな蛇が出てこぬとも限らない。犯人もとりあえず追及せぬほうがよい。文字どおり、触らぬ神に祟りなしだ。

では、すでに下されてしまった神託は、どう処置するか。

さいわいなことに、東大寺の大仏造立の折と異なり、八幡神が禰宜に依りついて直接上京したわけではなかった。やってきたのは中継ぎの小役人だ。黒幕はどこからか、こちらをうかがっている。ならば、こちらも同じように中継ぎで対抗すべし。女帝自身ではなく、あくまでも代理を立てることが肝要だ。

その使者を宇佐に遣わし、挨拶程度で引き上げさせ、「神聖なる玉座には皇胤しか立ててはならぬ――という神託をいただきました、と奏上させる。当然、最初に下ったお告げとは、内容が違う。神に二言はないはずなのに、どういうことだ――、となる。

しこうして、この使者は嘘つきの不届き者として、処分してしまうのである。

どちらの内容が正しいとか、どちらの内容が正しくないとかは、この際関係ない。なにはともあれ、聖なる大神の偽の神託を捏造した罪である。

なぜこのような手数をかけるかといえば、神事というものは、ひとたびゴタゴタが起これば、不吉として水に流されるからだ。こちらとしては、最初からなにもなかったことにしたいのである。

かくして、道鏡天皇云々の話はうやむやになり、宇佐宮の権威も傷つくことなく、女帝の仏教政治の後ろ楯としての社の在り方も、これまでどおりとなる。唯一、使者は損な役まわりだが、相応の褒美を与え、ほとぼりがさめたのちに旧の位置に戻す約束を、あらかじめしておけばよい。

これが、軍師真備が練った策であった。

使者の役は、当初、広虫が買って出た。最愛の主君の一大事を身を挺して救おうとしたのである。

だが、遠路ではあるし、女帝のいちばんの腹心の身に万一があってはならぬので、弟の清麻呂が代役をつとめることとなった。清麻呂は姉を通してかねて女帝の恩恵に浴してきたので、否やはなかった。清麻呂と広虫はすべてを呑み込んだうえで芝居を打ち、あえて遠流に処されたのである。

これが、一連の騒動の顚末だ。

渦中の人となった道鏡は、その間ずっと沈黙を守っていた。しかし、黒幕の目星はむろん、ついていた。ゆえに、清麻呂と広虫が都を逐われるなり、その者どもの隠れ家、すなわちこの大枝へやってきたのである。

＊

「やってくれたのう、雄田麻呂」

道鏡はねずみの男を睨んだ。

「これだけではない。おおかた不破様の一件も、そなたの差し金であろう」

数月前、高野女帝の異母妹の不破内親王が、わが子を皇位につけんとして、髑髏をもって女帝を呪詛するという不気味な事件が起こった。おそらく今回のことの呼び水となるよう、女帝の弱点である後嗣の問題を世に注目させたかったのだろう。

むふっと大きな前歯があらわになった。肯定以外のなにものでもない。

道鏡は雄田麻呂から受け取った酒碗を、蜘蛛の歩みのように指を一本ずつ、はらはらと開いて落とした。碗は膳台にすとっ、と着地し、酒は一滴もこぼれなかった。

「妖術使いめ」

雄田麻呂は小さなまなこをひん剝いた。

そして、すぐにまた小狡い笑顔に戻ると、「見い、法王」と、だぶついた袍の腹のところをまくりあげた。

痩せすぎて布の余った腰まわりに、紫の綾絹の帯が巻きついていた。雄田麻呂は垂れ先をつかみ、じゃーんと見せびらかした。「恕」という文字が金泥で染めあげられていた。

神託の事件ののち、女帝が五位以上の者全員にこの帯を下賜したのである。

「なにごとも寛恕の心が大切じゃと、そなたの大事な姫天皇がおっしゃっておる」

むろん、許しの意味ではない。不届き者がいずこかにおるのはわかっているが、これにて打ち止めとする、と女帝は気炎を吐いたのである。むしろ大いなる皮肉だ。

雄田麻呂は一味に向かって、ほれほれと腰を振った。「恕」の文字がきらきらと躍った。

「そなたらも頂戴したであろう。みな身に着けんか」

こんどは小さめの苦笑があがった。

雄田麻呂は衣を直すと、「道鏡法王」と、膳台の碗を拾いあげた。

さあ、となれなれしく口元に押しつけてくる。

「怒るな怒るな。そなたがえらくご出世ゆえ、いっそ頂上までおのぼりなさるがよいと思うたのじゃ」

厚顔もここに至ればりっぱなものだ。

道鏡は一あおりに碗を空にした。

「俺が位を継いでなんとする。どのみち先のない独り身の坊主ぞ」

いや――と、宿奈麻呂と蔵下麻呂が、即座に声を張った。

「先はある」

「乱を起こすに、これ以上の大義はない」

道鏡は、はっと二人を見返した。戯言（ざれごと）の響きではない。

今毛人が追いかぶせてくる。

「うぬがいつまでもやらぬのが悪いのだ、法王」

宅嗣が相槌（あいづち）を打つ。

「そのとおり」

なるほど、そういう腹か。

一介の看病禅師が天子の座に座るなどとなったら、世に不満を持つ者たちが、ここぞとばかりに立ちあがるだろう。この聖なる日の本の国が崩れ去ると、騒ぎ立てるだろう。不平分子は一気に結束するかもしれない。その勢いを駆って、女帝の御代（みよ）をひっくり返してしまおう――と、そういうわけか。むろん、この道鏡もろともに。

「俺は捨て駒だな」

ねずみの雄田麻呂があきれ顔をした。

「裏切り者がおっしゃること」

「裏切ってなどおらぬ」

「なら、なぜやらぬ」

離れ目で睨みつけてきた。

「穏便にことをなす機をうかがっておっただけだ」

雄田麻呂はケッと笑った。

「おとぼけあるな。五年も機をうかがう奴があるか。そなたは本気で惚れたのだ。あの天女のような姫天皇に」

道鏡はどきり、とした。

ねずみの男だけでない。じっとりとした疑りのまなこが、縦から横から張りついてくる。道鏡は粘っこいしずくを振り切るように、大袖を払った。

「汝らと俺とでは、もともとの思いが異なる。それだけだ」

「どう異なる」

しつこく食い下がってくる。

「俺は汝らと違うて、いまの皇統に対する恨みはない」

「では、このままでよいと？　あの女帝に任せておったら、われらのかかかの時代はいつまでたっても来んのぞ」

「よいとは言わぬ。だが、汝らは野蛮にすぎるのだ」

「野蛮？」

ねずみは素っ頓狂な声をあげた。

「いまさら野蛮がよろしゅうない？　かの壬申の大乱は、天下の半分を叩き潰す、野蛮の極みであったぞ。恋する禅師は軟弱だこと」

「ほざくな」

双方に露骨な敵意が燃えあがったところで、「待たれ」と、新しい声が割って入った。

道鏡は弾かれたように振り返った。

「親父――」

左手の衝立の陰に、蓑をまとった樵夫の老人が座していた。ささくれた棕櫚の肩に、むささびが載っている。近江の漣の翁であった。

「わしの諫めだ」

薄黒い、表情の判然としない顔がこちらを向き、むささびと合わせて四つの瞳が黒い瑪瑙のように光った。いつの間に来たのか、それとも、もともとそこにいたのか、わからなかった。

「一筋でも危うきにおいがすれば動くなと、これが幼いころより叩き込んできた。われら一族の極意は隠忍である。そもそもたかが五年のことでなぜ騒ぐ。白壁組のいとなみは百年の計であろうが。急いてはことをし損ずるぞ」

翁はしゃがれた声で、もう一言、加えた。

「淡海の帝は、お逃げにならぬ」

雄田麻呂は、大仰にぱん、ぱん、と手を打った。

「これは失礼つかまつった、親父殿」

翁に向かって深々と一礼した。

「なるほど、隠忍が極意か。よいことを聞いた。ご教示ありがとう存じまする。近江志賀のしのび、大友村主の親子殿よ」

ハハハ、と、さもおかしそうに高笑いした。

この大枝の里の白壁組は、百年前に敗れた天智天皇の血統を復するために寄り集まった、ひそかな一党なのである。

二

神託をめぐる応酬がひととおり尽きると、みな白けたようにそっぽを向いた。

式家の三兄弟はなにやらひそひそ話を始め、今毛人と宅嗣はふてくされたように小女に酌をさせる。漣の翁は囲炉裏端で黙々と灰をつついている。白壁王は脇息にもたれ、相変わらずこっくり、こっくり、舟を漕いでいる。

道鏡は不愉快な連中からなるたけ離れ、壁際にあぐらを組んだ。

どれほど時がたったのか、窓の隙間からは月も見えない。どこか遠くで小牡鹿が鳴いている。

ふと目を落とすと、いつの間にか焼き栗が三つ、膝元に置かれていた。わが親父を見やった。背を丸めた後ろ姿は微動だにしないが、横鬢の白髪一筋で、こちらのまなざしはちゃんと読んでいるのだ。

道鏡は熱い栗を一つ、口に放り込んだ。懐かしい味がする。ほっ、と湯気を吹きながら、遠い昔の山家の暮らしを思った。

親父——、といっても、漣の翁は道鏡の実の父ではない。赤子のときから親代わりに育ててくれた養父である。だが、そうと知るまで、血を分けた親だと思っていた。父一人子一人で、淡海を見下ろす志賀の山中に育った。そのころは道丸という名だった。

大友村主は、奇妙な人々である。近江は古くから渡来人の多い国で、大友曰佐（おさ）とか、大友漢人（あやひと）とか、大友史（ふひと）とか、大友なにがしを名乗る百済（くだら）系の民が数々住している。その中でも志賀の大友村主は遁甲（とんこう）をよくするのだ。

遁甲とは、狭義には天文にもとづく占術を指すが、じっさいにはそれに限らぬ呪術や妖術のことである。貴人や豪族から命（めい）を受け、さまざまな隠密（おんみつ）行為にたずさわる。全国にそのような集団がいくつかあり、大友村主もその一つなのだ。

伝えによると、推古（すいこ）天皇のころ、大友村主高聡（こうそう）なる先祖が百済の名人観勒（かんろく）から秘技を受け継ぎ、以後子孫に相伝されるようになったという。とはいえ、表向きは樵夫であり、一族の中でも術を使う者は限られている。存在は完全に秘密である。

道鏡はまた一つ、栗を手に取った。よく爆（は）ぜた殻（から）を剝くと、ぱりぱり、と乾いた音がした。焦げた硬い鬼皮が、親父の強靭（きょうじん）な皮膚を思わせる。

童子道丸は漣の翁から術（わざ）のすべてを教わった。だが、ある意味ではなにも教わらなかった。漣はわが子にあとをついてこさせただけで、道丸のほうがなにからなにまで父親の真似（まね）をしたのである。山を覚え、谷を覚え、四季の森の相を知り、月と星の移りを悟った。食えるものを知り、薬草を知り、毒草を知り、獣（けもの）の仕留め方を身に刻んだ。なんのためにそれが必要なのか、説明はいっさいなかった。けれども疑問にも思わなかった。

ある程度のことができるようになると、山の中に一人、取り残された。はじめは恐くて泣いたが、さほどの時もかからず気がついた。手ごわい自然を克服するには、いっそ抗（あらが）わぬがよいのだ。抗わず、自然の中に溶けてしまう。わが身を消し、この天地の一部になる。さすれば負けることもない。

言い方を換えれば、自分はそもそもこの世界そのものなのだから、勝とうとか負けようとか考える必要もないのだ。

無事に帰還すると、ますます険しい場所に放り出された。夜の渓谷、雪の断崖、狼や熊の棲みか。しかし、同じことだった。みずから野山の土となり、谷川の水となり、あるいは風となって梢を渡ればよい。

道丸は生まれながらにして、見たものをそのままぶたに焼きつける異能を持っていた。これは漣の翁も持っていないものであり、漣は驚嘆し、また狂喜した。おのれらの家業にとって、これほどの強みはないからである。

目に映る樹々、枝、花、鳥の巣、山肌、岩、そこに張りついた苔。それらの輪郭に切り取られた青空や淡海の形。夜空にばら撒かれた星の描く落書き。日々変わりゆく月の位置。そのいちいちの瞬間が、幾千幾万の絵となって、身のうちに刻まれた。それがしるべとなるから、どこへ行っても困ることはなかった。

山を知りつくしたら、こんどは里へ放たれた。それでも、どうということはなかった。人の顔も、家並みも、道も、田畑も、生りものも、一度見れば忘れない。

人間に克つ方法も、山に克つことと同じく、おのれを消すことだった。すると、どこへでも紛れ込めた。屋敷、蔵、市、物売りの辻。ときには祭りの輪にも入った。里の子らと鬼ごっこしたりもした。ともに飯も食らった。村人はあとで、オヤ、いまここにたれかおったような気がするが、と首をひねるだけだった。女房の下紐だとか、お供えの神酒とか団子とか、とんでもないものを持ち帰り、めったに笑わぬ親父を笑わせることもあった。

そうこうするうちに、しのびとは結句、偸盗の術であると、おのずから悟った。ものを盗むのではない。人の心の内に盗み入るのだ。自分を溶かして対手と一つになる。すると、対手の心の掛金がはずれ、扉があく。扉があけば堂々と入ることができる。もはや疑りの念はなく、恐れもなく、憎しみも雲散している。さらには愛情もつかみ取れる。ほとんどはその応用で、果たせぬことはまずなかった。

おのれを消し去るということは、定まったおのれの姿がないということでもある。だから、親の見目は一つではなかった。ときには屈強な若者であり、ときには盲目の老人であり、ときには肥満の富者であり、ときには野良姿の老婆であった。けれども子のおのれにはちゃんと一つの同じ親父であり、不思議でもなんでもなかった。

そもそも確固たるおのれなどというものは存在せず、相手の心の中になにかの像が結ばれているだけである。つまり、おのれとは相手が思い描くものの具現として、かりそめにここに顕れているにすぎぬ。これを逆から言うならば、相手の心の導きとなる、においとか、声音とか、手触りとか、色彩とか、そんなようすがを与えればよく、いかようにも異なるおのれが現出するわけだ。

と——、いうのは、道丸が親父から学び取った変化の術の核心である。

＊

ぱりぱり、と道鏡は三つ目の焼き栗の皮を剝きながら、あたりをうかがった。

相変わらず、だれた酒宴の景である。ただ夜が更けて、隙間から漏れ入る風が先ほどより冷たくなった。

道鏡はふたたび目を閉じた。

年齢も十を過ぎると、さしもの親父もまともな扱いをしてくれるようになった。自分らの来歴のことなども、ぽつりぽつりと語ってくれた。

それによると、大友村主一族に大きな転機が訪れたのは、さかのぼることおよそ八十年前、中大兄皇子、すなわちのちの天智天皇の愛児、伊賀皇子の養育に当たることになったときだそうだった。

伊賀皇子は身分高からぬ采女の所生だが、頭脳は明晰で、容姿うるわしく、男子にあまり恵まれなかった中大兄はこの皇子をひどくかわいがった。

大友村主にとって、中大兄は大恩ある主君であった。祖国百済との友誼を重んじ、居住地や田畑や生計など、さまざまな側面をよろしく遇してくれた。ゆえに、一族はよろこんで若君に仕えることにした。ときの大友村主の長老を、叡の翁といった。

やがて祖国は新羅と唐に攻められ滅亡するが、そのときも中大兄は周囲の反対をものともせず援軍を出してくれた。癸亥の年（六六三）に白村江で敗北しても、臆することなく、国を失った同胞を受け入れてくれた。翁たちはますます謝意を強めた。

伊賀皇子は近侍している自分らの名にちなんで、いつしか大友皇子と呼ばれるようになった。ゆくゆく帝位につくことを期し、都も飛鳥から近江に遷された。

ところが、それから数年のちの壬申の年（六七二）、悲劇が起こった。

主君天智がやまいに侵され世を去ったあと、大友皇子が天智の弟である大海人皇子——のちの天武天皇――に攻められ敗死したのだ。二十五だった。そして、玉座を奪われた。若君を守る立場にあった叡の翁たちは、あまりの失態に臍を噛んだ。

じつのところ、翁らは大海人皇子を疑ってすらいなかった。なんなら主君天智のお身内として、忠義を尽くしてすらいた。というのも、当時の倭国はいまだ白村江の敗戦の気配が濃厚で、戦勝国の密使や将兵があちこちをしつこくうろついており、叡たちはその危難から主君らを守ることをこそ、随一の使命と考えていたのである。

大海人は位への執着などはみじんも見せず、兄には従順で、甥の大友にも慈愛をもって接していた。なんら怪しい気配はなかった。叡たちはまんまと出し抜かれたのだ。逆に言えば、大海人はそれほど周到だった。一生の不覚であった。

しかし、叡たちにも意地があった。せめて一太刀、報いたかった。

大友皇子の子は、表向きは妃の十市皇女の生んだ葛野王のみであったが、じつはもう一人、自分ら一族の娘が生んだ与多王という赤子があった。十市は大海人の娘なので葛野は許されたが、与多王は見つかれば命はないはずだった。大友皇子は今生の別れのとき、「与多王を生かせ」と叡の翁に遺言した。隠密の一族の意地にかけて、この任だけは果たさねばならなかった。

翁は選りすぐりの女人のしのびを乳母につけ、与多王をひそかに逃した。めざしたのは越の国だった。そこは主君天智の若き采女、越道君郎女の里であり、天智の末子でわが赤様とほぼ同齢の志貴皇子が難を逃れていた。同じ窮鳥として、その懐にかくまってもらうことを期待したのである。

しかし、戦後の混乱により、乳母と与多王の足取りは間もなく絶え、行方は杳として知れなくなった。

　その後、世は勝利者天武の全盛となり、大友村主たちはひたすら息をひそめて暮らすことになった。けれども、壬申の年にたばかられた恨みはけっして忘れなかった。

　その念は、むしろ年を追うごとに強くなった。なぜなら、天武がみまかり、その跡を受けた妻の持統女帝が、われとわが夫の血を引く子のみに玉座が渡るよう、きわめて強引な皇統操作を始めたからである。わが子草壁のために優秀な大津皇子を除き、草壁が早生すると、草壁の忘れ形見の軽、すなわちのちの文武天皇に跡を継がせるため、人望の厚い高市皇子を排除した。

　そもそも壬申のいくさにおいても、夫大海人を鼓舞し、大友皇子から位を奪い取った陰の主役は持統であると言ってよかった。叡たちは青い炎を燃やした。

　そんなとき、まったく同じ復讐の心を持つ同志と、はからずも出会った。あのいくさのとき、母の里越の国へ逃れていた志貴皇子であった。いかなる天の配剤か、志貴は叡たちと同じ近江に、たまさか所領を得たのだ。その封地には、深い谷に沿うた鉄の採取場があった。その作業小屋が、白壁組の前身である志貴組の隠れ家となった。

　そこでひそかに話しあわれたことは、言うまでもなかった。天武持統の血筋を終わらせ、おのれら天智の子孫に皇統を奪還することであった。敵はいま策士の藤原不比等と組んで、ますます強くなっている。しかし、いつか必ず突き崩す。あせらずともよい。確実に取り返す。いわば百年の計であった。

　壬申の乱のときの天武方以上の慎重さで、面々は計画を進めていった。志貴皇子は酒浸りの無害な風流人を装い、大友村主たちは山の中にまったく気配を消した。

自分らと同じように、いまの皇統に不満を持つ者は、少なからずいた。鋼の剣を作るために鉄穴流しをするにも似て、土砂の中からそういう者たちが徐々に選り抜かれ、集まってきた。

持統女帝が強引につなごうとした血脈は、その執念とはうらはらに、なぜかとてもひ弱だった。無理やりの一代飛ばしで玉座につけられた文武天皇。藤原一族の期待を一身に負って生まれた基王子。聖武天皇が最後の期待をかけた安積皇子。みな早く死んだ。

それのみならず、時を経るごとに恐ろしい陰謀が頻発し、その他の力ある天武の子もどんどん減っていった。確たるあかしもないのに皆殺しにされた長屋王一族。残った皇族を根絶やしにするかのごとくであった橘奈良麻呂の乱……。

どれも一見は不平分子を除いただけのようながら、大局的に眺めれば、天武の子孫は確実に滅亡への道を歩んでいた。

華やかな奈良の都に幾度となく起こった不穏な事件の裏側には、いつも解明しがたい謎がまとわりついていた。それは、世の注目からまったくはずれた空気のように透明な刺客が、そこに暗躍していたからである。

＊

道鏡の人生も、天智の後裔たちのこの活動と、無関係ではなかった。

壬申のいくさから半世紀ほどたち、志貴組は子の白壁王の代へ移り、大友村主のほうは叡の翁から孫の漣の代へと移ったころ、赤子を抱いた一人の旅人が、北国から志賀の山中へやってきた。

旅人は瀕死のていで、ひとこと言い置いてこと切れた。

「与多王君のおん孫、道丸様」

これが道鏡であった。

漣は驚いた。嘘かまことか、にわかには判じかねた。しかし、赤子の衣の内側に白と蒼の対の勾玉が縫いつけられていた。二つ合わせると太極の形となる、自分ら一族のお守りだ。かつて赤子の与多王君を逃がすとき、古老が無事を願って乳母に持たせたと聞いていた。

たしかに、その子はあきらかに並でなかった。いまだ襁褓のみどりごなのに、骨柄にすぐれ、顔貌に風格があり、強い目がときおり蒼い泉のように澄む。泰然として泣きもせず、山の獣も恐れない。だんだん本物と信じる気になった。

ならばなおのこと、秘さねばならなかった。主君としてかしずくことはいっさいせず、親獅子が子獅子を谷に落とすように容赦なく育てた。

自分が皇胤かもしれぬ、と道丸が知ったのは、十四になった年だった。

ある夜、白い装束をまとった女が寝床へ現れ、大人の男になるための儀式をしてくれた。一族のしきたりでは、この年から一人前とみなされるのだ。

その翌朝、親父漣にいんぎんにぬかずかれた。

わが君――と、呼ばれた。

つねは鉄のように剛胆な親父の顔が、このとき初めて恭順な下僕の色を帯びた。道丸は驚愕した。

かつて自分ら一族が主君をみすみす失うあやまちを犯したことは聞いていた。いまの皇統を快く思っていないことも知っていた。親父がときおり姿を消すのは、一族の穏やかならぬ家業のためだとも、すでに察していた。けれども、それが主君の仇を討ち、主君の血筋を復活させるための復讐の一環であろうなどとは、思いもよらなかった。ましてや、この自分がその裔だとは。

うれしくもなんともなかった。

親父は誇り高い男である。その一徹さも先刻承知だ。しかし、自分が巻き込まれるのはごめんだった。この世の影のような、風のような、水のような、いまのあり方が、道丸は気に入っていた。

そもそも太極のお守りとやらだけであかしになるのか。

——俺は、そんな話にはかかわりない。

それに、この秘密の同盟には、すでに白壁王という頭目がいる。わざわざ自分が担ぎ出されるまでもないではないか。

そう拒むと、漣はひとこと「承」と言い、二人きりの暮らしは終わりになった。

——汝は、父も母もわからぬ拾われ子だ。

——ただそれだけで生きていけ。

親父の子だったほうがよかった。涙が一粒だけこぼれた。

志賀の山を下り、山背、摂津の国を越え、河内の弓削という村へ連れていかれた。人のよげな夫婦の家に、そのまま収まった。子のやり取りなど珍しくもないのか、なにも聞かれなかった。浄人という名の弟が一人いた。

あとで知ったところによると、かつて大友皇子に仕えていた忠臣に物部の者がいたそうだ。弓削一族は物部の配下だから、そのあたりのつながりがなんらかあったのだろう。

村は過半が農民、残りは弓弦を作る職人で、その家は農民のほうだった。地面に張りつき、春夏秋冬ひたすら穀物を作る暮らしは、道丸にはまるで性に合わなかった。二年ほど退屈きわまりない野良仕事に励んだのち、流浪の乞食に出会ったのをきっかけに村を飛び出した。

本能の声に呼ばれるようにして山に入り、南の葛城のほうへ行くと、仏道の修行者と称する者たちがたくさんいた。由緒ある寺に籍を置く者も、得体の知れぬ行者も、ごっちゃになっていた。かつて、役小角という超人的な優婆塞が棲んでいたと伝わる霊山である。たれもが小角のような呪験力を獲得しようと、さまざまな苦行に取り組んでいた。

食を断つ者、わが身を炎で焼く者、蛇穴に入って耐える者、崖にみずからを逆さ吊りにする者、法華経を昼夜分かたず唱え、そのまま息絶える者。その様子は、ある意味では、自分が漣の親父のもとでやっていたことと、あまり変わらなかった。けれども、体得しているものは、自分らのほうが格段にすぐれていた。

彼らが血まなこになっている仏教とはなんぞや、と、道丸は興味しんしんで眺め入った。人によって言うことが違った。ある者は民に代わって罪業滅障することだと言い、ある者は浄土へ赴くことが目的と言い、ある者はやまいを治すことが利他の菩薩行だと言った。どれも本当のようであり、本当でないようでもあった。

ただ、そのいずれにも共通しているのは、いっさいの自分というものを捨てるのを至高としていることで、その境地を成仏というのだそうだった。

であれば、自然の中に溶け込み、おのれを消し去り、この乾坤と一つになろうとする自分らのあり方と、やっぱりほとんど同じではないかと道丸は思った。そもそも、おのれなどというものはない。ゆえにこそ、自分らの妖幻の術も成立するのだ。

と――、自分流に勝手に結論づけた。

ここだ、と思った。わが生きる場所を見つけた気がした。

僧侶になろうと思ったのではない。そんなたいそうな覚悟ではない。親父がかりそめに樵人の衣を着ていたように、自分はかりそめに坊主の衣を着て生きていこうと思っただけだ。いっぱしを気取り、名前も道丸から道鏡に変えた。

親しい修行者も、いくたりかできた。のちに側近となる円興や基真とは、ここで知りあった。

さらなる術の熟達を求め、吉野、大峰、熊野などを転々と渡り歩いた。そのうちに、学問としての仏教も、いちおう学ぶべきなのではと考えるようになった。読み書きもできねばならぬ。できうる限り、知識はたくさんつけておいたほうがいい。

師と仰ぐ人をあちらこちらに探した末、高僧の呼び声高い良弁上人の金鍾寺の門を敲いた。この人も、若き日は深山に分け入りさまざまな苦行に励んだそうだった。自分と同じ近江の出身ということも大きかった。そのいちばん下の弟子になった。

驚いたことに、いざ取り組んでみると、経文を覚えることも、天竺や唐土の言葉を覚えることも、さほど造作はなかった。山の中で木や石や花を目に焼きつけ、鳥の声虫の声を聞き分けることと同じである。

経蔵には、経典が山のように積まれていた。それらの多くは、唐帰りの玄昉僧正がもたらしたものの写しだそうだった。そっと忍び込んでは、片っ端から読みふけった。

般若経、仁王経、法華経といった由緒正しい護国経典のほかに、ほとんど手をつけられていない経も、星の数ほどあった。釈迦牟尼の言葉を裏の裏から説いたような、妖しいにおいのするものもあった。俗世の人々の望みに応える細々とした祈禱の術も、ちょいちょい見つかった。除厄、増益、請雨、敬愛、息災、降伏……、そういった類のものである。人の運命を天体の動きの中に読む宿曜の占術にも夢中になった。

仏道の顕の教えに対し、それらは密の教えと呼ばれたりした。魂をくすぐる真言や陀羅尼の響きを耳に刻みつけた。自分が幼いころから身につけてきたものと、それらを渾然一体に混ぜあわせ、悦に入った。

人を救うはずの仏教なのに、門内には心を病んでいる者が多かった。その治療をひそかに試みているうちに、いつしか看病禅師としての評が定まった。

金鍾寺には十年と少しいた。師の良弁が聖武天皇の信頼を受けて金光明寺という全国国分寺の筆頭となり、さらに巨大な毘盧遮那仏を擁する東大寺という官寺に発展したころ退いた。

ふたたび諸国の山を転々とする暮らしに戻ったが、やがて法栄という僧に葛城で出会い、思いもよらぬことを頼まれた。近江の保良宮に病臥している太上天皇を治療してくれぬかというのである。東大寺の開眼供養のとき、はるかな雲上に仰いだことのある女人天子だった。

――ほう、禁中に入れるのか。

――あのおん方を俺が診るのか。

三十年近く会っていなかった親父のことを、急に思い出した。運命のめぐりあわせを感じた。自分ら親子のえにしの糸は、どう離れても切れぬらしかった。

親父たち白壁組の百年の計は、自分が去ったのちも着々と進められていた。聖武帝の皇子らが死に絶え、その後の男子の誕生もどうやら見込めなさそうとなったとき、親父たちは主役交代の足音をいよいよ近くに聞いた。ところが、その流れをとびきり辣腕の藤原仲麻呂が奪った。仲麻呂はまさかの独り身の女人天皇の誕生をお膳立てし、行き詰まった血統を終焉させるための露骨な捨て石とした。その裏で、おのれの傀儡となる若い王子を別に見つけ、新たなる皇統を船出させた。どちらも自分がのしあがるための巧妙な踏み台であった。

天武持統の直系が終わっても、仲麻呂に牛耳られた別の新しい天武系が誕生したのでは、なんの意味もない。手ごわい敵だった。放っておけば、恵美家による外戚政治の全盛時代が訪れそうだった。白壁組としては、そうなる前にどうしても仲麻呂を潰したかった。

道鏡は、親父たちに手を貸すことにした。

本当のところ、道鏡は彼らの目的自体にはあまり興味がなかった。天智でも天武でもよい。ただ、仲麻呂という男が、無性に虫が好かなかった。せつない誇りのみで生きているのであろう女人天子をむごくあざむいたやり方も胸糞が悪かった。

道鏡は風来坊だが、すめろぎの道というものは尊いものだと思っている。それは、神代の昔から連綿と織られつづけてきた霊妙な織物のようなものだ。だから、その純白の道を踏み荒らす、蘇我だとか藤原だとかいった輩は嫌いなのである。

しかし、そんな嫌悪を覚えること自体、もしかしたら自分が皇胤かもしれぬことを案外に意識している証左なのかもしれなかった。

かくして道鏡は太上天皇阿倍の看病禅師となった。そして、その心の奥に分け入り、仲麻呂との全面対決に持ち込むことに成功した。

いくさが始まれば、親父ら影の軍団とともに敵の裏側を跳梁し、最後はおのれ自身が湖岸の葦原で仲麻呂を斬った。

白壁組の刺客としては、最高の出来であった。

自分の役割はそこまでのはずだった。

ところが、その後、思いもよらぬ方向に運命が逸れた。

阿倍その人が、ふたたび帝位に返り咲いてしまったのだ。老軍師吉備真備が姫君いとしさゆえに発揮した、究極の忠義だった。

表にはけぶりも見せなかったが、道鏡は内心、呆然とした。

*

「どうした。みな冴えぬ顔だな。仲間割れか」

どさり、と荒い音がして、生臭い風が室内を吹き抜けた。狩猟姿の王子が、土間に獲物の山を投げ出していた。

「山部王様」

雄田麻呂が飼い主を見つけた犬のように、すっ飛んでいく。

「豊猟でございまするな」

山部はしもべに拾わせるべく、籠手や胡簶をわざとあちらこちらに脱ぎ散らかしていく。そして、いまさら気づいたかのように、片隅に座しているこちらに横目をくれた。

「おや、法王様」

たくましい筋骨に比して肌は白くきめ細かく、唇は赤く、化粧でもしたかのようだ。その美しいかおばせが、いかにも愉快そうに莞爾とした。

「宇佐の件は、うまいことおかわしあった。おおかた吉備の大臣のお手並みだろう」

図太い根性である。

腰巾着の雄田麻呂が、若君にへつらうように合の手を入れる。

「われらもいま、さんざんお詫びを申しあげておったところでございます。すべてはそれがしの浅知恵が招きたること。この烏許めを、どうぞお叱りくださいませ」

両のこぶしで、自分のつむりをポカスカ殴った。

山部王はしもべのつまらぬ児戯を無視して獲物のかたわらに座り、手元の鴨の羽をぶすぶすとむしりだした。憑かれたようなまなこで、どんどん裸に剝いていく。

そして、一羽仕上げたところで、ようやく応答した。

「いや、さほどにしくじってもおらぬだろうよ。たしかにぬしの不首尾もあったが、神様は虚言は吐かれぬもの」

みなが怪訝な顔をした。

雄田麻呂が「いえ、あれは……」と、言いかけたのを山部は遮った。

「知らんのか。この道鏡法王はほかでもない、われらが仰ぐ淡海聖帝の末裔であられるぞ。仮に玉座につかれたとしても、ことさら暴挙ではないし、不敬でもない」

――えっ！

一同、総立ちになった。

山部は顔色も変えず、獲物の山から今日いちばんの大物である白鳥を引きずり出した。それから、座したまま動かぬ蓑の老人を一瞥した。

「そこな翁がいまなお敬愛してやまぬ、大友皇子のおん曽孫であるらしいわ」

「言うな！」

道鏡はおぼえず相手の獲物を手刀で颯、と薙いだ。

「そのようなあかしはどこにもない。俺は名もなきみなしごだ」

ボキリ、と、相手の手の中で鳥の首の骨が折れる音がした。

生意気な王子は目をぱちくりとした。

「ほう」

山部は握っている白鳥をおもしろそうにぶらぶらと揺すり、のち、かたわらに投げ捨てた。

「ならば、なにゆえそなたは姫女帝の傍にいつまでも張りついておる。もともとそなたの役目は恵美の大師を消すことであった。消したらさっさと去ればよかった。にもかかわらず禁中に留まりつづけたはなにゆえぞ。それは、姫女帝を始末するためではなく、さかしまに、姫女帝をわれらから守るためなのでは？」

と、言うなり、衣にまとわりついている羽毛を乱暴に払った。白い吹雪があたりに舞った。

道鏡は黙った。図星だった。

目の前にふわり、ふわり、と飛んできた真っ白な羽毛を、ひとひら、手のうちに握った。

太上天皇阿倍の重祚という番狂わせが生じたとき、血気にはやる面々は、すぐにでも阿倍を消そうといきり立った。それを自分が止めた。

せっかくここまで積みあげてきたものを、一時の焦りで破綻させてはならぬ。おのれはすでにかのお人から揺るぎのない信頼を得ている。ゆえに、二、三年のうちになにともなく、たれからも怪しまれぬように始末しよう。荒業で命を奪うばかりが能ではない——。

そんな口説をもって、みなを納得させた。

しかし、やらなかった。

その理由は、言われたとおりだ。ほんとに惚れたのだ。

じつのところ、そのときはそう言いながらも、頭の半分で諦めていた。自分は結局、女帝をあやめざるをえなくなるだろう。もともとそういう定めだったのだ。女帝が難しい星のもとに生まれてきたのと同じように、自分もまたおかしな星のもとに生まれてきて、互いにしばし、もつれた運命の糸に踊らされただけだ。

そんなふうに、自分に言い聞かせた。

でも、どうしてもできなかった。できぬまま、二年、三年はすぐに過ぎた。

そのまま去ろうかとも思った。しかし、それもできなかった。

あのひたむきな、おのれを信じ切ってくれている白珠のような人を、この獰猛な餓狼どもの鼻先にぶら下げたまま、どうして消えることができよう——。

いまにして、道鏡ははっきりと悟っている。あの保良宮の病床で女帝をやまいの闇の底から救いあげた日から、自分はすでに女帝を愛していた。いや、もっと前かもしれない。東大寺の大仏開眼供養の日に垣間見たときから、惹かれていた。心のどこかで宿命のようなものを感じていた。だから、看病禅師の頼みもすぐに承諾した。恩ある親父に手を貸すことだけが理由だったわけでは、おそらくない。

けれども、その気持ちは深い水の底に慎重に沈めてきた。任務に徹して見ぬようにした。見てしまえば、とてつもなく面倒なことになるとわかっていたからだ。

だしぬけに、まぶたの裏にその姿が浮かびあがった。日輪の輝きを放つアマテラスの女神のような、かつまた、蓮(はちす)の花の上で一糸まとわずたゆとう観世音菩薩(かんぜおんぼさつ)のような。この世に二人といない、神と仏の申し子だ。こちらのまなざしに気がつくと、世にもうれしそうに天真らんまんに笑った。

——ぜんじ。

——どうきょう。

「道鏡法王よ」

はっとした。

冷酷な王子がこちらを凝視していた。

「そなたはまことに、おのれを皇胤と思っておらぬか」

「思わぬ」

「天皇になど、なりたくもない？」

「ないな」

「親父殿も同心か」

しつこい。

「それは、汝ら親子の熱望であろうが！」

語気が荒くなった。

すると、垂れ布(たぎぬ)の向こうから、「つれない物言いじゃのう」と、声がした。

ずっと眠っていた白壁王が、いつの間にか目を覚まし、乱れた鬢(びん)を片手で直しつつ、手元の盃を探っていた。

「つまらぬ神託などで不快にさせて悪かった、法王よ。しかし、わしにはもはや時が残されておらぬのだ。だから、おぬしには悪いが、止めなんだ」

はて、と思った。時が残されていないとはなんだ。

白壁王はちろりと酒で唇を湿したのち、胸のあたりを袖先で撫でた。

「ここにやまいが見つかってのう。すでに老いぼれゆえ、死など恐れるではないが、あの姫天皇より先に参るわけにはいかぬのだ。わかるであろう」

——ああ……。

道鏡は得心した。そういうことか。

たしかに、この白壁組の筋書きを進めるためには、白壁より先に女帝に逝(い)ってもらわねば困るのである。

いま、世の人々の多くは、白壁王にはさしたる注目もしていない。だが、重大なことを忘れている。白壁は高野女帝の例の異母姉、井上(いのえ)の夫であり、井上は他戸王(おさべおう)という男子を生んでいる。

高野は井上を忌み嫌っているが、井上が聖武の皇女であることは間違いない。すなわち白壁は聖武の嫡孫(ちゃくそん)の父であり、天武持統の直系は、まだここに残っているのである。その点を強調すれば、白壁が女帝の跡を襲うことに反対する者は、たぶん少ないはずなのだ。

じつのところ、白壁組にとって、井上は最初からその目的で目をつけていた存在であった。橘諸兄大臣のもとに忍び込み、妖術をしかけ、伊勢から出戻った厄介な皇女を白壁の妻とするよう導いたのは漣の翁だ。ついでに、その後、井上の看病禅師となって子宝を授かることを手助けしたのも。

しかし、白壁自身はむろん、他戸に位を譲るつもりなどない。いざ位をつかんだら、たれよりもかわゆい山部に渡す。ここにおいて初めて、天武系から天智系への真の意味での皇統奪還が成るのだ。

一方、白壁が女帝高野より先に逝くと、難しいことになる。女帝は井上の子の他戸などには跡は渡さぬだろう。考えたこともないはずだ。あるいは、なんらかの説得によって思い直すこともあるかもしれないが、万一実現したとしても、他戸から年の離れた卑母腹の兄の山部に位が渡る望みは、やっぱりないに等しい。白壁組の悲願はここで露と消えるのだ。

白壁王は空の盃を手の中でそっとさすった。

「法王よ。このままではすべてが水の泡じゃ。わしだけではない、おぬしの親父の夢も潰えるのぞ」

百年の計の行き詰まりを標すように、しん、とした。急にあたりが冷え冷えとした。

その沈黙を破って、雄田麻呂が「みな様」と、座の中心に進み出た。

「お聞きくだされ、それがし、またよいことを思いつきました」

重い空気を吹き飛ばすように、軽やかに一同を見まわした。のち、「法王様」と、満面の笑みをつくった。

「姫天皇高野様はおかしな神託騒ぎに巻き込まれ、無二の腹心である広虫殿も失われ、たれよりもいとしきそなたも世の中から悪しざまに言われ、いま、いたくご心労であられる。いずこかで、しばしご静養されてはいかが」

性懲(しょうこ)りもなく、また妙なことを言い出した。

「平城京を離れよというか」

「さよう。聖武の帝はもとより、かの恵美の大師も井出(いで)の大臣(おとど)も、すぐれた方々はみな第二の住まいをお持ちであった。姫天皇も離宮をこしらえなすったらよい。さかしらな官人や口さがない京(きょう)雀(すずめ)から離れれば、ぐんと英気を養われますぞ。さいわいまつりごとは平らかで、さしたる障(さわ)りもない。そうじゃ、そなたのふるさとの弓削がよい。先に行幸(みゆき)されたとき、えらくご興に入っておられたではないか。いっそ弓削を西の京となさるがよい」

道鏡はねずみの名調子を睨んだ。

雄田麻呂はおかまいなしに続ける。

「この雄田麻呂めに、河内の国司をやらせなされ。万端(ばんたん)取りこぼしなく手配いたそう。姫天皇は当地の民もお気に召しておられたな。あれどもを集めて祭りもやろう。姫天皇のお気が晴れるような趣向を、ずんずんと案配して進ぜるからに」

夢見るように熱弁をふるう。

「なにをたくらんでおる」

ねずみは、狡猾(こうかつ)な瞳をきょとっと光らせた。

「離宮ならば警固も手薄でしかけも易(やす)い。姫天皇も気をお許しになる。ことをなすには絶好じゃ」

こと、のところに、へんな抑揚をつけた。

囲炉裏端から栗を拾いあげ、大きな二本の前歯で鬼皮を食いちぎった。

三

「法王よ」

と、道鏡は呼ばれた。いつの間にか、かたわらに白壁王が添うていた。

間近で見ると驚くほど小柄で、不思議な仙人めいている。

「ちとつき合うてくれんかの。二人だけで話がしたい」

答えも聞かず立ちあがり、さっさと先を行く。淡々としながらも、否やを言わせぬ荘重さがある。

察しのよい妻の新笠が、はや小さな松明を用意して戸口にひざまずいている。

道鏡は小さな冠を載せた白髪頭に従い、表へ出た。

外は、降るような星空だった。そくそくと落ち葉を踏み、庇の深い東屋に至ると、王は焚火の台に松明の火を移した。とたん、闇の中に赤く四角い洞ができた。

「あっちにつこうか、こっちにつこうか、寄りつく大樹を探しおるだけの藤蔓の輩どもには聞かせぬ」

と、つぶやいたのち、さあ、と座を促した。道鏡は丸太を輪切りにした椅子に腰かけた。

夜気の中に、かすかに、トントン、カタン、トントン、カタンと、なにかを叩くような音がする。

いままでいた母屋のやや裏手のほうから聞こえてくる。

「機の音じゃ。新笠女が織っておる」

　尋ねぬ前に、いらえが返る。

「よい妻だ。大友村主は新笠にもようしてくれる。ともに百済から来た民の裔じゃて、同郷のよしみだな」

　それもあったか、と道鏡は親父の義理がたさを思った。

　白壁は続ける。

「帝の妻というは、機を織るものぞ。天神に着せたてまつる衣を、神の巫女が誂えるというを聞いたことがないか。まあ、儂は帝ではないけれど」

　自嘲するように、ふっと夜空を仰いだ。

　そして、

「そなたの得意の占で、わしらの運命の星を正してくれぬかの。ねじまげられた運命を」

と、言った。

　――ねじまげられた……。

　道鏡は相手を凝っと見た。

「そなたはどうあっても同心しそうにないゆえ、包まぬところを明かすことにするわい。われら日の本の国のすめろぎの道の話だ」

　ようやくパチパチと勢いづいた焚火に、仙人の白い顎ひげが照らされる。皺深い顔がにこりとして、ようやく話が始まった。

　白壁王は身をかがめ、二つの石を拾い、両手の指先でつまんで見せた。そして、火の脇に右、左、と、ちょんちょんと並べた。

「これは、淡海の帝と、浄御原の帝」

天智と天武の兄弟である。

白壁は続いて小枝を拾い、横の線を描き、二つの石をつないだ。

「このご兄弟の不和が、われらの悲劇の根っこじゃ。では、お二人はなぜ不仲となられたのか。多くの者は、兄君が弟君に次の位を渡す約束をしていたのに、反故にしたせいだという。溺愛するおん息、大友様にお跡を継がせるために手のひらを返した、とな」

壬申のいくさのいちばんの理由とされていることだ。

「だが、ほんとは違う。ことの始まりは、もう少しさかのぼったところにある」

白壁は二つの石の上のほうに、もう一つ、石を拾って置いた。

「これは、母堂の宝様」

皇極女帝である。

もう一つ拾って、宝の左に置いた。

「これは夫君の田村の帝」

舒明天皇である。

白壁王は皇極と舒明を横線で結び、さらに、二子とのあいだを縦の線で結んだ。

「淡海の帝の名は中大兄様、弟君の浄御原の帝は大海人様という。もとより中大兄は通称で、ほんとの名は葛城様だ。だが、ちと変だ。中大兄様はなぜ中の大兄様と申しあげるのか」

大兄とは皇太子のような意である。つまり、中の皇太子だ。中の？　中とはなんだ。

白壁王は中大兄の石の右隣にもう一つ石を並べ、三兄弟とした。

「かんたんなことじゃ。中大兄様の上にもうひとたり兄君がおられ、中大兄様は真ん中の皇子であられたのだ」

思わず見返した道鏡に、白壁王はこくりとした。

「と、いうても、同じ父帝の田村様のお子ではない。宝様が田村の帝に嫁ぐ前に恋仲にあった、高向王なる新羅人とのあいだにできたお子だ。名は漢皇子といわれる」

――なるほど。

白壁王は、こんどは槻の木の茶色い枯れ葉を拾い、右上の少し離れたところに置き、「これが高向様」と、小石で重しをした。

宝皇女は時の権力者の政略の具とされ、泣く泣く想う相手と別れさせられ、田村の妃となった。そして、二人目の男子葛城と、一女の間人を生んだ。だが、心身ともに虚弱な夫に満たされることはなく、愛を感じることもなく、かつての恋人と密会を続けた。

そして、三人目の男子が生まれた。

「淡海の帝と浄御原の帝は、お顔もおからだもご気性もまるで似ていなかった」

道鏡はぎょっとした。

「まさか――」

白壁王は粘るようなまなこで応えた。

「おん父君が違うからだ」

白壁王は、大海人の石と漢皇子の石を乱暴に拾いあげ、木の葉と皇極のあいだに置いた。

「田村の帝亡きあと、位は皇后の宝様が継がれたが、過ぎし日の秘密は隠しつづけなさった。大海人様は優秀で、兄君のまつりごとの相棒であられたから、兄君は次代を任せる相手として、あるときまでは大海人様を頼んでおられたと思う。そのお心が変わったのは、わが子の大友様かわいさに目が曇ったからではない。大海人様の出生のことを知ったからだ。白村江のいくさのころじゃ」

「その高向王とは何者であられるか」

「この国に滞在しておった使節の一人だろう。あのころは韓半島との駆け引きが盛んじゃったからのう。三国の官人や武人、留学生（るがくしょう）、人質（ひとじち）なぞが、いまよりずっと多く入り乱れておった。推古（すいこ）女帝のお兄様（あにい）の裔（すえ）じゃとか言う者もあるが、たぶんそうではない。真相を紛らわすために撒かれた目隠しだ」

途方もない話が淡々と語られる。

「宝様は秘密を墓場まで持っていかれようとしたらしいが、最後の最後に中大兄様に明かされた。この日（ひ）の本（もと）の高御座（たかみくら）の業（わざ）は、初代の大王（おおきみ）カムヤマトイワレヒコ様の昔より、男帝の血を幹として、脈々と受け継がれてきた聖なる道だ。その流れを誤らせてはならぬと思われたのだろう。こののち、中大兄様は大海人様ではなく、大友様に位を譲られる決心をした」

これは、穏やかならぬ。

まことなのか、どうなのか。だが、天智、天武両帝の不和の理由は、とにもかくにも腑（ふ）に落ちる。

「では、長男の漢皇子なるお方は、いかがされたのです」

「姿を変え、名を変えして、いずこかへ隠れなさったようだ。宝様は豊浦（とゆら）の蝦夷（えみし）大臣と親しゅうあられたそうだから、蘇我（そが）一族のうちへ紛れ込んだのではないかとわしはみている」

そして、白壁王は、「ここからじゃ」と、口元を引き締めた。酔いの気配は、すでにまったくない。

「それまで次の王者になるかにみえていた大海人様が粗略にされるようになり、落胆したのは大海人様より妻の鸕野(うの)様だった。鸕野様は夫君にそれはそれは惚れておられたゆえ、どうしてもわが夫をこの国の天子にしたかった。そうして、ご自身は皇后になりたかった。大海人様にはたくさんの妻がおられたから、なおのこと夫君と二人、手に手をたずさえ、頭一つ抜けた高みに座したかったのじゃ。

鸕野様は父君に変心の理由を問うた。そして、ただならぬ事実を知った。だが、諦めなかった。大海人様は田村の帝のお子ではない。高向王なる人の子だ。しかし、鸕野様にはそんなことはかかわりなかった。夫君への愛がすべてじゃ。ゆえに、鋼のような決意をもって夫君を鼓舞(こぶ)し、突き進まれた。そして、禁を犯して夫君の血をまんまと皇統に混ぜ込んだ」

「それは、だめだ！」

道鏡は思わず叫んだ。親父たちの復讐にさしたる共感も抱いてこなかったおのれですら思う。それはけっして許されぬ。

白壁王は神妙な顔でうなずく。

「淡海の帝の死も、たぶん病死ではない」

――ああ……。

「してみると、鸕野様が夫君のたくさんの皇子たちを退け、わが腹を痛めた草壁様だけにしゃにむに位を渡そうとされたのも、あながち恋の執念ばかりではなかったやもしれぬよな。自身がおん身のうちに父君から受けついでおる血を、蜘蛛の糸一筋、否、そこに宿るしずく一滴ほどでも、混ぜておこうとした。せめてもの良心……、罪滅ぼしじゃ。草壁様亡きあと、そのお子の軽様の襲位にこだわりぬいたのも、同じ理由じゃろう」

道鏡の耳に、雷鳴のようにある言葉が轟いた。

――呪い。

姫天皇高野が父帝聖武から繰り返し聞かされたと言っていた。あの呪いとは、たぶんこのことなのだ。けっして手放してはならぬもの。手放したくとも手放せぬもの。

聖武天皇はこのことを知っていたのだろうか。いや、おそらく知らなかっただろう。しかし、自分らがあやうい綱渡りをしていることは、鋭敏な五感でちゃんと察知していたのだ。そういうものをこそ、呪いという。

白壁王はまなじりを決した。

「おわかりか、法王。かくもゆゆしきいわくによってねじまげられたすめろぎの道だ。是が非にも正さねばならぬ。だからというて、公にもしてはならぬ。ひたぶるに一筋であるべき道が、すでに百年九代ものあいだ脇へそれておったなど、うかつに明かすものではない。この敷島の大和の国の歴史が揺らいでしまう。たれにも知られぬうちに、そっと元へ戻さねばならぬ。これは私闘ではない。復讐でもない。国家の正義だ」

なにかを断ち落とすように、ぴしゃりと言い切った。

反論の余地もない。

「さるべし」

と、道鏡はつぶやいた。それが正しい。

「心は、決まったか」

白壁王にまっすぐに問われた。道鏡はどきりとした。おのれは？　ではおのれはどうする？

まぶたの裏に、ふたたびいとしい笑顔が浮かんだ。黒瞳がちな大きな目。森の中で兎と鹿に驚いた顔。赤い苺をほおばった無邪気な唇。山の蓮華に鼻を寄せ、うっとりとささやいた。

――ぜんじ。

――どうきょう。

どうする。

「なら、最後まで言わねばならぬの」

まだあるか。もう聞きたくもない。

「そなたが七年前、看病禅師として禁中に入るというて、漣の翁に伴われてわれらの許へ現れたとき、わしは驚いた。遠い昔に見たものを、思い出したからじゃ」

思わず、目と目を見交わした。

「それだ。ときおり泉の底のように蒼みがかる、そなたのそれと同じ目を、わしは知っていた」

同じ目？　たれだ？

「父だ」

すうっと、血が冷えた。まさか……。

「志貴皇子様、か」

「わししか知らぬことだ。山部も知らぬ」

なぜだ、どうして？　どこでねじれた。

「わからんか。これこそ大友村主のつとめであろうが」

道鏡は、あっ――、と彼方の母屋のほうを仰いだ。想念が真一文字に飛び、黒い梢を抜け、先ほどの囲炉裏端のわが親父の後ろ姿をとらえた。肩の上のむささびだけが、こちらを見ている。

あの壬申のいくさのとき、赤子の与多王は越の国に逃れたと、親父は言った。その越の国には、天智の末子である志貴皇子も逃れていたのではなかったか。二人はほぼ同齢の乳呑み子ではなかったか。

すりかえたのか。

では本物は？　消したのか。

しのびの者は、やることは必ずやる。

「わが父志貴は生涯にわたって、母方の故郷である越の国をしばしば訪れておった。かの地に父の落としだねがおったとしても、不思議ではない。そして、時が過ぎ、みなが忘れたころに、その裔が大友たちの志賀の里へ戻ってきたとしても、また不思議ではない。かつての任務が果たされたあかしにな」

おそろしく柔和な仙人が目を細めた。

「で、あろうが。わが甥よ」

闇の中で、トントン、カタン、と機の音がまた始まった。

「道鏡法王、そなたは山の中のはぐれ鳥のつもりかもしれぬが、なかなかどうしてそうはいかぬ。そなたもまた、十重二十重のえにしにみっしりと織り取られた無数の柄のうちの一つなのだ。織柄は一つとして狂うてはならぬ。一つ狂えばみな狂う」

目の前の焚火がだんだん燃えしろを失い、暗くなってきた。石で描かれた系図も薄れていく。白壁王は、ざくざくと灰の下の埋み火をつついた。そのたびに、小さな火花がぱっ、と散る。

道鏡は空を見上げた。天にも燃えさしの火花が散っている。二つ、三つ、四つ、不吉な筋を描いて流れた。

いよいよ、逃れえぬか。

だんだん消えてゆく天と地の中で、地獄の底からのように、声が響いた。

「おそらくそなたの親父は、そなたに去れと言うであろう。去ってもよいぞ。そなたが消えたあと、親父が果たすのみ」

腋の下を、冷たい汗が伝った。

それはいやだ。ならば、俺がやる。

手の中に握っていた白い鳥の羽根を、道鏡ははらりと落とした。

四

うららかな日差しの中で、青摺り染めの衣に紅色の細紐を結んで、高野は踊っていた。いっせいに芽吹いた樗の木と柳の若緑と、清く澄んだ小川の流れが、あざやかすぎて目に沁みるようだ。

男たちがドン、と足を踏み鳴らし、二歩、三歩歩み寄ると、女たちは同じだけ身を退いて、タン、と踏む。朗らかな歌声が青空に響きわたる。

乙女らに　男立ち添ひ　踏み平らす　西の都は　万世の宮
淵も瀬も　清くさやけし　博多川　千歳を待ちて　澄める川かも

くるり、とまわって男と女の列がずれると、男は新しい相手のもとへドン、と二、三歩寄る。女は同じだけ退いて、タン、と鳴らす。腰に手をあて、胸と胸を近づけあい、くるり、くるり、とまわる。

なんと愉快なのだろう。水と草のにおいの中にまるごと吸い込まれそう。

一人ずつ相手が代わり、やがて、愛する男がめぐってくる。きりりとした一文字の眉と、まっすぐな鼻梁と、深い蒼色の瞳をしたわが看病禅師。

手に手を取り、頬が触れあうほど寄り添う。足の裏に伝わる柔らかい土の感触よ。身をなぶる風があたたかい。黒髪が乱れてこそばゆい。髪……？　はて、おのれはいつの間に俗の身に戻ったか。恋人は剃髪のままだけれど、やっぱり若々しい青摺り染めの衣を着て、互いに二十歳の若者のようだ。おかしくて、くすくす笑いあう。

歌垣の列はやがて異様な熱を帯び、みな意中の相手とともに木立ちの奥へ消えていく。では、おのれらも——。

高野はいとしい男と指をからめて、森のほうへ向かう。

ふいに、「姫天皇」と呼ばれた。

振り返ると、たれもいなくなった野辺に、白い衣をまとった男が、白い花の枝を持ち、ちょこなんと佇んでいた。次の瞬間、どこからか龍笛（りゅうてき）と篳篥（ひちりき）が鳴り渡り、男は傀儡（くぐつ）よろしく踊りはじめた。

まあ、と吹き出した瞬間、男はぐらりとよろけた、と見せかけ、むしろ華麗に一回転した。

あっ――、と思ったときにはすでに目の前に片膝をつき、花の枝をこちらへ捧げている。

「当地への行幸（みゆき）は、お楽しみいただけましたでしょうか」

高野はハッと目を覚ました。

脇の座から道鏡が身を支えてくれている。いつに変わらぬ穏やかな笑顔だ。

「法王」

高野はぱちぱちとまばたきした。

御簾の向こうに、四月の野山が広がっている。風がたっぷりと水気を含んでいる。前栽（せんざい）には卯（う）の花（はな）が咲きこぼれ、池の辺には杜若（かきつばた）が群れている。

ああ、ここは河内だ。平城宮ではない。弓削だ。由義宮（ゆげのみや）だ。

反対側に目をやり、下座（げざ）にちんまりと控えている男に気がついた。

「河内大夫（かわちのだいぶ）」

藤原雄田麻呂であった。

昨年の秋、神託の件の心労から身を癒すため、道鏡に勧められてこの地へ行幸した。そしたらあまりに興に入り、忘れられぬようになった。そこで、年明けて花の咲くのを待って、この二月にふたたびやってきたのだ。

雄田麻呂は道鏡の推薦で河内守（かみ）に命じ、さらに河内職（しき）に格上げして大夫となした。噂（うわさ）にたがわずめっぽう気が利き、宮の増改築から旅の手配、当地での催しまで、万端遺漏（ばんたんいろう）なく仕切ってくれた。

居心地がよすぎて、あっという間にひと月半の時が過ぎた。名残(なごり)惜しいが、明日帰京なのである。

「あいすまぬ。うつけておったの」

雄田麻呂は大仰な身振りで、いえいえ、と首を振った。

「この陽気でございます。そのうえにとびっきりの美酒。雄田麻呂めも姫天皇の御前でなければ、舟の漕ぎ放題になっておりますところ」

高野はそういえば——と、思った。さいきん妙に眠気に襲われる。疲労のゆえか、気のゆるみのゆえか。

首をかしげると、道鏡が脇から言葉を添えた。

「よきことと思(おぼ)し召され。そもそもご心労の積もられた姫天皇に、少しでも安らかになっていただくために、当地への行幸をお勧めしたのです。御寝(ぎょしん)をいざなわれるのは、気鬱軽快(きうつけいかい)のあかし。わざわざお運びいただいた甲斐(かい)がありました」

高野は、さようじゃな、と相手の気遣いにうなずいた。

この由義宮はゆるやかな信貴(しぎ)、高安(たかやす)の山を望む裾野の水辺に営まれている。高野が憧れを描いたのは、敬愛してやまぬ持統女帝が夫と手に手をたずさえ、濃密な愛をはぐくんだ吉野宮である。雄田麻呂はそんな望みを容(い)れ、平城宮のような瑠璃(るり)の瓦や極彩色(ごくさいしき)の装飾は避け、あえて屋根は板葺(いたぶ)き、柱も壁も無垢(むく)の白木を多用し、質実なこしらえにしてくれた。

梁(はり)が高く、天が抜けたような空間に、水郷のうるんだ風と、水鳥の鳴き声が吹き抜ける。座しているだけで心が自然に帰っていく。前庭にも草花がたくさん植えられていて、まなこが休まる。

加えて、単なる遊興にとどまらず、視察の意味を含んだ行事をこの大夫が多々考えてくれたことが、心憎かった。

河内には、葛井、船、津、西文など、渡来の民が多い。彼らを呼び出し、独特の風俗や芸能を披露させた。新たに建立した由義寺の境内に市を立て、工芸品や作物を商いさせたりもした。

上流の貴族ではなく、できるだけ低きを愛したいというのが、わがまつりごとの目標である。それをこの河内大夫はよく知っている。田畑で働く農民たちの勤勉、職人たちの寡黙な手仕事、商人たちの口八丁手八丁……、みなありのままに見ることができた。都のまん中の平城宮にこもっているだけでは、このような生のいとなみを肌で感じることはぜったいにできない。

さらに、このたびの行幸での最大の催しは、土地の者たち二百人以上が総出で行う歌垣であった。歌垣とは、若い男女が寄り集い、歌を歌い、踊り、好みの相手と愛を交わしあう祭りである。高野はわが方からも五位以上の官人を参加させ、自分も道鏡とともに青摺り染めの揃いの衣裳をつけて加わった。

土を踏み、汗をにじませ、恋人と手を取りあって踊る。生まれてこのかた、これほど楽しい思いをしたことはなかった。

あまりに感動したので、宮を去る前に祭りを采配した船氏の者たちに褒美を与えることにした。長老三名を外従五位下とする、破格の取り立てだ。こんにちの午後、彼らを呼び出し、ぞんぶんに酒肴をふるまい、歓談した。雄田麻呂も同席させた。歌垣の日、雄田麻呂は大和舞を剽軽に崩した踊りで大いに笑わせてくれたからだ。

なのに、その席の最中に、いつしかうつらうつらと眠りに落ちてしまったのである。

「船の者たちは？」

高野は雄田麻呂に尋ねた。

「すでに退出いたしました」

あたりを見まわし、しんみりとした。明日引き揚げだから、道具類はあらかた片づけられ、がらんとしている。片隅の衣桁(いこう)におのれの青い衣裳だけが残っているのが、なお淋しい。

じつのところ、いつまでもここにいたい。だが、そういうわけにもいかぬ。

「大夫、そなたには、ほんに礼を言う」

雄田麻呂はもったいなし、と平伏(ひれふ)し、急に思いついたようにつむりを上げた。

「姫天皇、それがし、餞別(せんべつ)の舞をいたしましょうか。かの楽しき歌垣をふたたび」

小さな離れ目が、主君と法王の上を二、三度、往復した。

「明日にはまたあの窮屈(きゅうくつ)な都へお戻りになる。ゆるりとお過ごしいただけるのもこんにち限りでございますもの。のう、法王様」

最後のまなこを、意味ありげに道鏡の上で止めた。

道鏡も鷹揚(おうよう)に笑みを返す。

「であるな。こんにち限りじゃ。さらば、姫天皇にはもうちとお過ごしいただくことにいたそう」

さ——と、高野は盃を持たされた。酒をなみなみと満たされる。

雄田麻呂は一礼すると、すすす、と退(さ)がり、小隅の侍女を引っ張り出した。

やおら、甲高く歌いはじめた。調子っぱずれのようで、なかなかうまい。

乙女らに　男立ち添ひ　踏み平らす　西の都は　万世の宮

ドン、と足を踏み鳴らし、二歩、三歩寄る。戸惑う侍女を引きよせ、くるりとまわらせ、ハハハと笑った。

淵も瀬も　清くさやけし　博多川　千歳を待ちて　澄める川かも

と、歌いあげると、侍女を投げ捨てるようにして、中庭に飛び降りた。

高野がなんぞ――、とその行方に気を取られているあいだに、道鏡がふたたび盃を満たした。

さあ、と促されて飲み干したところへ、雄田麻呂が白い花を摘んで戻ってきた。

目の前に片膝をつき、ぴたりと枝を差し出す。美しい卯の花だ。

「当地への行幸は、お楽しみいただけましたでしょうか」

――おや……。

この景はどこかで見たような。

と、思ったとたん、花が二重三重に揺れた。ねずみめいた男の顔も二つ、三つになった。かたわらから道鏡に、「姫天皇」と呼ばれた。その手にすがろうとして、からだがずるずると頽れた。

いとしい男の瞳が深い井戸に変わり、昏く蒼く底が抜け、果てしのないどこかへ沈んでいった。

盃の砕ける音と、キャアアッ、姫天皇――、という侍女たちの悲鳴を、遥か彼方に聞いた。

五章　東の国の空の下

一

神護景雲四年（七七〇）八月四日。

夜半に大極殿の屋根で化鳥が鳴き、激しい雷鳴とともに季節はずれの雹が降った。その不穏を証すように、夜明けとともに平城京に凶報が駆けめぐった。本年四月から不例であった女帝高野が崩御したのである。享年五十三。

弔意の幢がはためくなか、四方八方に使者が飛び、台閣の面々が大至急で集められた。

朝堂院に列したのは、左大臣の藤原永手、右大臣の吉備真備、参議兼兵部卿の藤原宿奈麻呂、参議兼民部卿の藤原縄麻呂、参議兼式部卿の石上宅嗣、近衛大将の藤原蔵下麻呂。および、三位以上の諸臣若干名。

みな血の気を失い、白くそそけだったような皮膚をしている。腹のうちを読まれまいとするのか、冠の下のまみえも頰も揃って硬い。

道鏡法王の姿はない。道鏡は敬愛する主君の亡骸のかたわらに張りつき、石のように動こうとしないのだ。これにならって、円興ら法王宮職の側近も姿を見せていない。

だが、道鏡の不在など、もはやたれも気にしていない。もっと言えば、すでにない女帝のことも、たれも気にしていない。それよりもなによりも、一刻たりともゆるがせにできぬ大事があるからだ。それは、空席となった玉座に、いま、この瞬間からどなたをたてまつるかということである。女帝高野はそこに座るべき皇太子を、結局なんにも定めずに逝ってしまったのだから。

進行をつとめる左大臣の永手が居ずまいを正し、「ではみな様、まいりましょうぞ」と、一声を放った。生来あまり気が強くないため、声が震えて言葉の尻が裏返る。そのせいで、一座の空気がますます緊迫する。

「所思、ぞんぶんにお出しあれ」

待ちかねたように、のっ、と真備が立ちあがった。

いっせいにみなの視線が集まる。老参謀は泰然として胸を張った。この場の主導権をいち早くつかもうとする気概が総身に漲っている。

「どなた様もおそらくお察しのことと思うが、身どもは文室浄三様を推したてまつります。浄三様は浄御原の帝の嫡孫であられることは言うまでもなく、中納言、神祇伯等々の重責を数々こなしてこられたおん方。血筋からしても、ご経歴からしても、お人柄からしても申し分ありませぬ」

真備がかねて浄三を推してきたことは、たれもが知っている。天武帝の皇子たる長親王の子で、臣籍に降る前は智努王といった。母の大江も皇族だから、存命の天武後裔の中では最有力の候補である。すでに七十を超えているが、よわいの長幼は帝位につくうえではさほどの問題ではない。

真備は一気呵成に押していく。

「姫天皇高野様は、浄御原、鸕野両聖帝の血脈に無上の尊貴を認めておられた。だが、その血もおん身で尽きた。かくなるうえは浄御原様のみのおん裔より、ことに人としての才を一義に皇太子を選ばんと、あまたの王子を検討なさった。しかし、ついにお心は決まらなかった。真備めは姫天皇重祚の日より、もっとも近くにお側仕えしてきたゆえ、そのお苦しみはたれよりもよう解しております。


ありていに申すなら、才や能といったものにては継嗣は決め難しというのが姫天皇の結論であり、それをご遺詔と解して差し支えないと思う。だとすれば、存命の三世四世の方々のうちより、もっとも血の濃きお方に新たな玉座へおのぼりいただくのが筋というもの。そうして、血の濃さで言うならば、浄三様に過ぐるお方はない。むろん、浄三様自身、姫天皇よりひとかたならぬ信頼を寄せられておったことは、言うまでもありませぬ」

じゅんじゅんと諭すように言い終えると、議場を右から左へ見渡した。

じわじわと容認の空気が一座を覆っていった。真備は満足げに眉を開いた。

そのとき、「よろしゅうござるか」と、左の端から声が上がった。式家の惣領の藤原宿奈麻呂であった。

永手が、「どうぞ、兵部卿」と、扇の先を向ける。

真備は声の主を横目でうかがった。平生から気難しい顔貌が、こんにちはいちだんと険しい。異を唱えたげな気配がすでにありありと見えている。口数は少ないが、そのぶん気骨のある男である。

真備は衣の下で身構えた。

「右大臣は、いま先帝高野様のご遺詔がなきがごとくのお話をなさった。だが、さにあらず。ご遺詔は、ちゃんとある」

思いもよらぬ言葉が飛び出した。

真備は、目をひん剝いた。

「馬鹿な」

この自分をさし措いて、そんなものがあろうはずがない。

宿奈麻呂は構わず続ける。

「高野様がおん跡継ぎとして嘱望されたおん方は、白壁王様である」

下馬評にものぼっていなかった名前が、唐突にぶちあげられた。

「し、しらかべおう様……？」

真備は舌がもつれた。代わりに縄麻呂が脇から質す。縄麻呂は横佩の大臣と呼ばれた南家豊成の息である。

「いかなる存念か、兵部卿。まずなによりも、白壁王様は浄御原聖帝のおん裔ではないぞ。こう言うてはなんだが、かの帝とはむしろ仇縁の、お兄様のほうのご血脈。そのゆえに、こんにちまで日の当たらぬ場所で忍んでこられたのではないか」

宿奈麻呂は、ここぞとばかりに角ばった顎を反らせた。

「おやおや、大事なことをお忘れのようじゃ。たしかに白壁王様は浄御原の帝のおん兄君のご後裔である。だがそれより前に、浄御原、鸕野両聖帝のおん血を正しく受け継いだ皇女、井上様の夫君であられる。さらに、白壁王様はその井上妃とのあいだに他戸王様という若君をもうけておられるぞ」

――あっ……。

「右大臣は先ほど両聖帝の正統は高野姫天皇をもって尽きたと言われたが、尽きてなどおらぬ。他戸様の中にしっかりと継がれておる。ゆえに、白壁王様がまず玉座につかれ、そのお跡を他戸様がお継ぎになるのが、もっともあるべき日の本の道」

やられた――と、真備は口の中でつぶやいた。

曲芸に近い言説であった。しかし、水も漏らさぬ正論だ。

井上内親王はこれまであまりにも輝かしい異母妹高野の死角となり、皇位継承の議論の片隅にものぼらなかった。とはいえそれは非藤原というだけの理由であって、同じく天武持統両帝の後胤であることはまぎれもない。その男子たる他戸は、いわずもがな。

真備は袖の内側で拳をわななかせた。

藤原式家と、井上内親王と、白壁王家と。いつの間にかくも奇天烈な連合ができあがったのか。式家の者たちと自分は、あの仲麻呂とのいくさ以来、密に協力しあってきた。だが、それはしょせん敵の敵は味方というだけのことだったのか。同じように敵の敵は味方で、別の不遇な者たちと手を組むことも、おおいにありえたわけか。

宿奈麻呂は隣に座している弟の蔵下麻呂と一瞬、まなこを交わしあった。そして、勝ち誇ったように続けた。

「一方、浄三様が位を継がれた場合はいかがであろう。ご自身はまあよろしいとして、そのお跡はどうされる。浄三様は子福者で、十人以上もお子があられるゆえ、揉めごとが起こるは必定。そのうえ、どなたも小粒の団栗（どんぐり）の背くらべで、浄御原の帝のおん血はいたずらに薄まるばかり」

　無礼このうえない申しようである。しかし、そのとおりでありすぎて、ぐうの音も出ない。

　いまや旗色はすっかり変わり、宿奈麻呂のほうにばかり追い風が吹いている。

「待たれ」

　真備は必死に式家の惣領を睨（にら）みつけた。

「いちいちごもっともじゃが、そはまことに姫天皇のお望みなのか」

　座長の永手も口を添える。

「さよう、偽りならば許されぬことぞ」

　そのとき、彼方（かなた）の前庭のほうに異様なざわめきが起こった。こんどはなんじゃ、と真備はそちらを見やり、またぎょっとした。

「宣命使（せんみょうし）のおなりである」

　先触（さきぶ）れの声が朗々と響いた。一座がどよめいた。宣命使とは、天皇の勅命を読みあげる、いわば名代である。

　なぜに宣命使などが——と、せわしなく推し量る真備のまなこに、年来見慣れた顔が映った。使を先導する官吏の中に、ねずみのようにちょんちょんと離れた目をした、痩せぎすの男が交じっていた。

　式家の兄弟の三人目、雄田麻呂（おだまろ）。

　——こやつ！

　宣命使は通路をしずしずと進み、座長の永手のかたわらに至ると、巻子（かんす）を素早くほどいた。独特の抑揚のついた節まわしが、四角い議場の天を満たした。

「現つ御神として大八洲国を統べられた先帝のお言葉を申し上げる。諸臣、百官、つつしんでうけたまわれ……」

ああ――。真備は茫々のひげの下で歯ぎしりした。

「拙く愚かな身ながら高御座の業を行ってきた朕であるが、独り身にて天下を治むることが過重となった。よって、正三位大納言白壁王をわが日嗣となすこととする。みなみな力を合わせて朕並びに皇太子を扶けまいらせよ……」

美辞麗句を連ねた文言は、途中から空虚な呪文となって、真備の右の耳から左の耳へ素通りした。

永手のほうを見やると、後ろめたそうにすうっと目をそらした。はっとした。この男も抱き込まれておったか。

ここまでのしかけをなすには、弁官や中務省の官吏や御璽を守る宮人までを協力させねば無理である。敵ながらあっぱれと言うべきか。

次に真備がわれに返ったときには、宣命使はすでに役目を終え、朝堂の退き口へ向かっていた。

真備はおぼえず座を蹴ってあとを追い、見送りの後方にくっついているねずみの猫背を、むず、と引っつかんだ。

「汝、やったのう」

たれかに無体を制されたが、構わなかった。

ここ数年、公私にかかわらず、なにくれとなく交わってきた男である。ちょっとした相棒だったといってもよい。なのに、どれほど分厚い面の皮か。

「これは右大臣。お褒めにあずかりまして」

動じる気配もない。真備はその鼻先に迫り、渾身の怒りをぶつけた。

「姫様がこのじいの知らぬところで遺命など残されるはずもなし。いかなる手を使うたか」

「アイヤ、軍師殿のおんまなこも、節穴ふたあつであったそうな」

むしろ剽げて挑発してくる。

真備はますますカッとなった。

「いずこが節穴じゃ」

「この雄田麻呂は河内大夫でありますぞ。姫天皇が由義宮に行幸されたとき、ふた月もお傍に侍らせていただいたことをお忘れか」

真備はあっ、と一歩退いた。

雄田麻呂は遠い西の方を、気色の悪い薄目でうっとりと望んだ。

「あの河内での日々ほど、姫天皇が心やすらかに過ごされたことはありませなんだ。右大臣は留守居であられたゆえご存じなかろうが、この雄田麻呂、道鏡法王にも劣らぬほど、おん語らいのご相伴にあずかったのでありますぞ。

ご存じのように、その少し前に宇佐の一件があり申した。あのせいで、姫天皇は道鏡法王に対してご継嗣の話を出すことをためらうようになってしまわれた。その代わりに、この雄田麻呂がお相手うけたまわったのでござる。そうして打ち解けていろいろとお話しするうち、白壁王様を皇太子とすることがもろもろに鑑みて最善――と、賢明にもご判断なされましたのじゃ」

にっことした。

「それがし、その意を受けてさそくに勅書の作成に取りかかったのだが、姫天皇はまもなくやまいに倒れてしまわれた。ことはあまりに重大であるので、ご恢復まで秘さねばならぬと、櫃の底にしかとしまっておりました。それこそが、いまうららかに宣りあげられた遺詔なのでございまする」

立て板に水のごとく語り終えると、雄田麻呂はああ姫天皇のご英断よ、と感極まったように離れ目をうるませた。

真備は不快な相手から顔をそむけた。そして、あたりを見まわし、いよいよ観念した。

もはや、たれもおのれらの喧嘩など見ていなかった。みな威儀を正し、去りゆく宣命使の後ろ姿に向かってぬかずいている。

完敗だった。文句のつけようがない。擁立しようとしている玉に雲泥の差があった。天武持統の正統の裔などという切り札に、勝てるものがあるか。

真備は乱暴に沓の音を立てて議場を退出した。

この宮には二度と戻らぬつもりだった。

*

「いささか真備殿に気の毒でありますのう」

ことが終わり、だだ広くなった朝堂院で、人のよい永手がつぶやいた。

「ほんに」

と、縄麻呂も眉尻を下げる。

北家と南家のこの二人は穏健で、激しい争いを好まない。

じつのところ、彼らも雄田麻呂らが女帝の後釜について策動していることは知っていた。だが、見ぬふりをしてきた。仲麻呂の失脚以降、北家も南家も精彩を欠き、いまは式家がいちばん勢いに乗っている。次々に繰り出す策も冴えている。であるならば、その尻馬に乗っておくに如くはない。

もとより、女帝の病状については固く秘され、公にはなにも明かされていなかった。しかし、芳しくないことは、ありありとうかがえた。

まず、由義宮から帰還してのち、本人がまるきり姿を現さなくなった。治療にあたっているのは道鏡一人らしいのだが、その道鏡も表に出てこない。病状を知られたくないからに違いなかった。逆に、女帝の健在を強調しようとするのか、しばしば勅が下される。ところが、その内容がどれも不審であった。

たとえば、何年もかけて進めてきた百万基の小宝塔の製作――小さな陀羅尼経を内側に納め、「百万塔陀羅尼」と呼ばれていた――を、大至急で完成させたり、仲麻呂の乱と奈良麻呂の乱の罪人をいま一度調べ直させて大赦を行ったり、京じゅうのすべての寺院で五辛と肉食と飲酒を断たせ、大般若経を転読させたり。

ことに、二つの乱の恩赦は人々を驚かせた。これまで女帝高野は仁愛の政治を標榜し、過度ともいえる恩赦を実施しながら、この二つの謀反に関してはずっと例外であったのだ。すなわち、そこまで譲歩せねばならぬほど、やまいが重いということだ。

不穏な噂もあれこれ飛び交った。普請中の西大寺がぜいたくすぎるので、材料を採っている山の神が怒って祟りをなしたとか。そのせいで、女帝は口がきけぬようになったとか。手足が萎えて寝たきりになってしまったとか。じつはすでに幾月も目を覚ましておらぬだとか。

尋常ならぬ気配を読み取り、官人たちは早々と保身に奔りはじめた。女帝には夫もなく、子もいない。皇太子も決まっていない。その命が尽きかけているならば、さっさと見切りをつけて次のことを考えたほうがよい。へたに義理立てなどしていたら、共倒れになってしまう。

「お気になさいますな」

宿奈麻呂が南家北家の二人に言い放った。

「溺れる船にみすみす乗りつづける烏滸はおらぬ」

雄田麻呂が、まさしく、と言葉を揃える。

「たしかに悪い治世ではありませなんだ。姫天皇が位につかれてから、井出の大臣や恵美の大師のころのような恐ろしいことは、とんと起こらぬようになりましたしのう。だからというて寺ばかり栄えるのも困ります。法王だの法臣だの、聞きなれぬ名の者たちが、まつりごとの場にぞろぞろと席を増やして、抹香臭うてしょうがない。坊主は坊主らしゅう経だけ読んでおればよいのじゃ。

それに、思うてもごらんなさい。恵美の大師のようなおのれ中心の独り占めはもってのほかだが、いまとてわれらはほとんど得をしておりませぬぞ。禄も増えぬ、荘園も増えぬ。よろこんだのは坊主と韓人と罪人と奴婢ばかりじゃ。慈悲も平等もけっこうだが、そのために世の秩序がひっくり返ったのではしょうがない。貴族は貴族、百姓は百姓。君臣上下の別は、寸分たりとも崩すべきではござらぬ」

雄田麻呂の言うことも、あながち誹謗中傷とはいえない。さほど長からぬ高野の治世の中で、百三十氏に近い賜姓や改姓が行われた。とくに身分の低い者への沙汰が多かった。阿倍のころのいくつかを含めれば、さらに多数にのぼる。

むろん、長きにわたる展望があって始められたことだが、少なくともいまのところは、上流貴族はなんの恩恵にも与っていない。彼らにとってはぜったいに阻止したい改革である。

蔵下麻呂も、さよう、と続ける。

「もともと吉備の大臣が、わが姫君かわゆさのあまり突っ走ったおかしな御代であった。独り身しか許されぬむつかしきおん方を、よりにもよって二度もたてまつるとは酔狂もはなはだしい。われらはいま、そのあやまちを正そうとしておるだけじゃ。われらだけでない。廟堂に列するたれもが、じつのところ姫天皇にはできるだけ早う去んでいただきたいと心待ちにしておった。違いまするか」

式家の兄弟から次々に繰り出される強気の発言に、腰が引けていた永手と縄麻呂も、徐々に組み伏せられていった。

雄田麻呂の後ろでずっとにやつきながら話を聞いていた石上宅嗣が、脇からひょいと問いを投げた。

「で――、法王様は？　いかがいたす」

道鏡の始末である。

間髪を入れず、宿奈麻呂が斬り捨てた。

「処分じゃ」

永手と縄麻呂はふたたび青ざめた。

「しかし、罪を犯したわけでは……」

宿奈麻呂が即、犯しておるわ、と睨み返す。

「天子がか弱き女性であるのをよいことに、その隙につけ入り、おん身お心をたぶらかし、ご政道を乱した妖僧である。それだけでりっぱな罪であるぞ。この祈禱坊主がいかほど姫天皇のやまいを癒したてまつったのか知らぬが、その姫天皇がもはやおられぬのだから、禁中に居残る道理もない。かの聖徳太子になぞらえたとかいう称号すら片腹痛い。命までは取らぬでよいが、きっちりと遠流にはすべきである。分不相応に高位にのぼったきゃつの一族や坊主仲間も同罪なり」

「いや、それは……」

二人はますます及び腰になる。

じつのところ、いくら思い返しても、二人には道鏡に対する悪い印象がないのである。

まあまあ、兄上――と、雄田麻呂が割って入った。

「平城京から追い払うだけなら、さほどにせいでもよいではありませぬか。遠流などと剣呑なことは言わず、みちのくとか西海とか、どこぞの僻遠になんらか役を与えて、赴任ということにしては？」

宿奈麻呂は弟を斜めに見やり、ふん、と鼻を鳴らした。

まあ、もうちと考えましょうと、雄田麻呂は小さな離れ目を右へ左へ、せわしなくめぐらせた。

*

それから十三日後の八月十七日、女帝高野は平城京の西北、佐貴郷の山稜に葬られた。

その四日後の二十一日、陵墓のかたわらの茅屋に、新皇太子白壁の脇を固める面々が、ざくざくと玉砂利を鳴らして踏み込んだ。

「道鏡禅師」

筆頭の藤原宿奈麻呂が呼ばわった。

手彫りらしき観音像を掻き抱いていた僧が、うっすらとこうべを上げた。

垢じみた衣の襟の狭間から、まだらに伸びた頭髪と黴のような無精ひげがのぞいた。ほんの少し前まで光り輝く袈裟に身を包み、たくさんの側近にかしずかれていた法王と同一人物とも思えない。

愛する主君がやまいに倒れてから、この禅師は一瞬たりともその傍を離れなかった。崩御ののちは殯宮に起き臥しして、たれ一人かたわらに近づけなかった。おのれの病み衰えた姿をけっして人に見せてはならぬ――、という主君の命令を、愚直なまでに守ったのである。

そして、霊柩が陵墓に納められると、すぐ隣にこの掘立小屋をこしらえ、墓守となった。

新たな玉座にたれがつくとか、台閣の人事はどうだとか、ましてやわが身の未来だとか、そんなことは、この禅師にはまったくどうでもよいようだった。

もとより、女帝が道鏡のためにこしらえた豪奢な法王宮はすでに取り壊しが始まっていたから、道鏡の居場所はどのみちここしかなかった、ともいえた。

「皇太子よりの御命を申し渡す」

宿奈麻呂はうらぶれた男を見下ろした。

「道鏡禅師よ。よこしまな心を抱いてすめろぎの道を揺るがした汝の腹黒、ゆゆしき限りである。しかし、先帝より汝が賜った数々のご愛顧はまぎれもない。そのご厚誼に鑑み、刑罰を与えることだけは、わけて免ずることとする。その代わりの沙汰として、下野国薬師寺の別当に任じる。心を新たにしてつとめよ」

下野薬師寺とは、天武天皇のころに造られ、唐から鑑真和上が招かれたとき、都の東大寺、鎮西の大宰府観世音寺と並ぶ、東国の戒壇と定められた寺院である。そのめざすところは、瀰漫する自称僧侶を制御し、正しい法の教えを広めることにあった。しかし、この国の仏教はそもそも玉石混交なものであり、きびしすぎる戒律はなじまなかった。ことに下野は辺地ということもあって急速にすたれ、すでに役割のあいまいな心寂しい寺と化していた。

宿奈麻呂はかたわらの佐伯今毛人を顎で示した。

「立たれい。さっそく任地へ向かっていただく。この左大弁がお送りする」

「諾――」

と、蓬髪の下から、低い声が返った。

すっくと立ちあがった禅師は、宿奈麻呂の後ろに控えているねずみの男と、一瞬鋭く目を見交わした。

二

「ああっ、ちくしょうっ、またやっちゃった」

川面にむなしく躍った釣り針に向かって、キメは地団太を踏んだ。

アラがしょんぼりと、手にした器を脇から差し出す。中には泥土が入っていて、茶色のミミズがうねうねと身をくねらせている。

二人はうえっと顔をしかめ、揃って天を見上げた。

九月の半ばの信濃の伊那谷である。

自分らの情けない身とは裏腹に、空は抜けるように青く、あたりは錦秋のただ中だ。右左に峨々とそびえる峰は凄いような赤と橙に色づいて、中腹に刻まれた棚田はまるで黄金色の階段である。里人は稲穂の波に腰までつかって刈り入れにいそしんでいる。

おのれらがいま猿の子みたいにしゃがんでいるのは、この錦の山々の谷底で、翡翠色した大河の名は天竜川というらしい。

「腹が減って死にそうだ」

気色の悪い虫も、じっと眺めていると、だんだん醤であえた麦縄に見えてくる。東市の飯屋が恋しい。お内儀さんが葱と蒜と鯖も載っけてくれたっけ。

目の前の川に魚はたくさんいるのに、一匹も釣れやしない。

キメは気を取り直し、もう何本目かわからぬ茶色い麺を、不器用な手つきで針の先に結わえつけた。河原で拾った木の枝と、衣をほどいた糸でこしらえた、にわか作りの釣り竿だ。生きた麦縄の器を手の中に護りつつ、アラが不安げに首尾を見守る。

ぽちゃん、と水面に小さな輪っかができる。一瞬にして強い力に食いつかれ、竿が弓なりにしなった――と、思う間もなく、ボロ糸だけが波間に取り残された。

あーあ、と、二人して肩を落としたとたん、

「へたくそじゃのう」

と、背後でけたたけた笑う声がした。

「天竜の山女魚は速っこうござるゆえ、そんな手管にゃひっかからんわい」

痩せた肩に水汲みの天秤を担いだ老婆が、おかしそうに顔じゅうを皺にしている。

キメとアラは恥じ入った。二人とも釣りなどしたことがないのだ。

老女はえっちらおっちら歩みきたると、腰の袋から柿を二つ取り出し、前垂れで磨いて、ほれ、と差し出した。

「旅の衆かい。どっから来なすった」

夢中で赤い実にかぶりついているキメの代わりに、アラが「平城京です」と答えた。

「へえ、奈良の都。また遠いとこから」

媼が目を丸くする。

「で、どこへ」

キメが口元の汁を袖でぬぐって、にこりとする。

「下野さあ」

媼はまた目を丸くする。

「そりゃまた遠いんだね。調布でも運んでるだか。それともお役所へでも行くだか」

「ううん、そうじゃないけど、偉いお方から御用を仰せつかってるんだ。大事なお届けものがあるんだよ。お婆さん、こっから下野までは、まだずいぶんあるかい？」

老女は、そうさなあ、と、小さな髷を傾けた。

「そこそこあろうよ。おまいさんたちの足だと、十日じゃ無理かのう。国府の先のお山と、碓氷の峠があるからね。それを越えたら上野の国。下野はその先だ。まあ、十一、二日ってとこかな」

「そんなに……」

二人ともみるみるしゅんとした。

道中いちばんの難所と聞いていた信濃坂を越えたから、もうじきかと思っていたのである。神様がお通りなすった神坂峠という別名があるくらい、心底へとへとになる山越えだった。あんなのがまだ二つもあるのか。

媼はうつむいたアラへつっと寄り、まじまじと眺めた。顔も髪も砂まみれ、柿を握った手はあかぎれだらけだ。

「おやまあ、かわいそうに。美人さんやにのう。いくつだい」

「十八です」

続いて、背の高いキメの腹のあたりに顔を寄せ、うっ、と鼻をつまんだ。汗と垢と泥をこねて人の形に作った酸っぱい団子だ。

「ずいぶん汚れたもんだね」

キメは、てへっ、と頭を掻いた。媼はまた腹を抱えて笑った。それから曲がった腰をひとしきり伸ばすと、背後の棚田のほうを振り返った。

「どうだい、おまいさんら、手伝わんかい。人手が足りなくてたいへんなんだよ」

キメとアラは、皺深い相手の顔を見返した。

「あすこの田を三枚ほど刈ってくれたら、軒も貸そうし、飯も分けてやろう。畔の脇に納屋があるから、仕事がすむまで泊まるがいい。湯を沸かしてからだもお洗い。道中長いが、ちっとは元気の足しになるだろう」

二人瞬時に、

「やりますっ」

と、バッタの兄妹みたいにうなずいた。

「芋も掘ってくれるんだったら、手伝いの代にいくらか持っておゆき。今年はいろいろ豊作だ。瓜も栗もいいよ」

「やります、やりますっ」

また一も二もなく叫んだ。

キメは、らんらんと目を輝かせて媼に取りついた。

「なあ、お婆さん、弟たちもいっしょにいいかい？　向こうで荷物の見張り番をしてるんだよ」

自分の臭さなどすっかり忘れている。

「働くならいいさ、いくたりでも。しっかりおやり」

老婆は痩せた片腕にありもせぬ力こぶを作り、もう一方の手でぺしぺし叩いてみせた。

仕事の場所を老婆から教わり、ちんまいからだと水桶（みずおけ）とを住まいに送り届けると、キメとアラはうなずきあった。それから、くるりと向きを変え、元来た道を猛烈な勢いで駆け戻った。

街道の脇に日陰を落としている榎（えのき）の下に、大きな荷と背負子（しょいこ）と、待ち人の姿が見えた。地面に石で絵を描いていた童（わらべ）が、足音に気づいて飛びあがった。

「兄ちゃん！　姉ちゃん！」

「タクスン！」

キメとアラは仔犬のように駆けてきた弟を真ん中にぶら下げ、まろぶようにして大樹の下に至った。

せいせいと息を切らしながら、揃って膝をついた。

「およろこびくださいませ。こんにちの飯と寝床が見つかりましてございます」

「おお、ありがたや」

枯れ木の株に腰かけていた尼が、数珠の両手をぴたりと合わせ、いかにもうれしそうに目を細めた。

＊

時は八月ほどさかのぼり――。

今年の一月。

河内由義宮への行幸を前に、唐招提寺（とうしょうだいじ）にほど近い吉備真備の邸（やしき）に、苔色（こけいろ）の大きな袈裟が現れた。

つねはつかみどころのない夜風のようなのに、その日は違った。黒い影の中に、じっとりとした湿りがある。いつものように縁で由利と碁盤をはさんでいた真備は、おや、と思った。

だが、そしらぬふうに驚いてみせた。

「こは幸甚なり。法王みずからわがあばら家へおいでとは。梅を飛び越えて桜が咲きそうな」

じっさい、久しぶりであった。先の来訪は造東大寺司の長官として帰京してまもない夜だったのではないか。ということは六年にもなる。

差し向かいにいざなうと、珍客は座に着くなり、両手を重く床についた。まみえが深沈と極まっている。

「おいとま乞いに参りました」

異様な空気が立ち込めた。

——いとま？

真備は仰天した。

「右大臣ならびに由利殿にこれまでのご厚情の御礼申しあげたく、まかり越したような次第」

由利もおもてに笑みを貼りつけたまま固まった。

「藪から棒になにを……」

真備が言い終わらぬうちに、袈裟の裾が一尺ほどもにじり退がった。

「あわせて、お願いの儀が一つ、ございます。拙僧一生に一度ぎりのこと。勝手至極とは存じまするが、なにとぞお聞き届け賜りたく——」

床を舐めるほど低頭し、そのまま動かなくなった。

願い？　この男が？

真備が初めて見る、謎の禅師の生身の人間のような姿であった。

「直られい、法王」

由利も相手に寄り添った。

「さようですとも、どうか」

双方からうながされ、道鏡はようようこうべを上げた。老軍師と佳人の上へ、射るようにまなこを往復させた。それから、むしろ擲（なげう）つように、剣呑な言葉を一語、とん、と放った。

「拙僧、仔細（しさい）あって姫天皇を弑（しい）したてまつらねばならぬ仕儀となりました」

――えっ。

「しかし、そのようなことが身どもにできるはずもなし。よってお傍から退（ひ）くしか、もはやすべがないのです」

姫様をあやめる？　なにごとぞ？　この男、いったいなにを言うておる。

禅師はなおも真顔で続ける。

「そこで、右大臣と由利殿に、拙僧が去ったのちの姫天皇をなんとかお守りいただきたく、無理を承知でお願いにあがったのでございます」

まるでわけがわからぬ。

「待て待て、法王、つまびらかに頼む」

真備は手にした扇で遮った。

禅師は身を正し、深山の巌（いわお）のように端座（たんざ）した。末広がりの影が、板敷の上に長く濃く尾を引いた。

「いかさま、つまびらかに申しましょう」

*

それから語られた条々は、真備には天地がひっくり返るような話だった。

近江(おうみ)の淡海(あわうみ)のかたわらへ、ゆえあって赤子のとき連れてこられたことから説き起こし、しのびの一族の大友村主(おおとものすぐり)に育てられたこと、自身は天智(てんじ)聖帝の愛児、大友皇子(おおとものみこ)の後胤であるかもしれぬこと、その大友村主一族は百年前の壬申(じんしん)の大乱以降、同じ目標を持つ白壁王らと通じあっていたこと、そして、運命のいたずらに流されるように、女人太上天皇阿倍(あべ)の看病禅師として禁中に入ることになったことまで、淡々と語った。

真備は、言葉もなかった。

ずっと得体の知れなかった男の正体。

同時に、鳥肌が立つほど衝撃を受けたのは、百年前のその大乱が引き起こされた根源に、天智、天武の両帝、まことの兄弟ならず——というただならぬ事実が横たわっていたことだった。この男らの暗躍は、よしなき脇道へ逸(そ)れてしまったこの国のすめろぎの道を、あるべき筋へ取り返すために続けられてきた、切実なるいとなみであったというか。

告白を聞きながら、真備の心はいつの間にか鈍色(にびいろ)の天にのぼり、虚(うつ)ろな箱のような大宮(おおみや)をはるかな眼下に見下ろしていた。

その規則正しい縦横の筋の上に、わが姫君が父帝からしばしば説き聞かされていたという、この国の王たちの長い長い系統樹が、薄紙を重ねたように透けていた。

かの天武天皇の妻、持統女帝は、自分ら夫婦の血を継いだ子と孫に、なんとしてでも跡を渡さんと切望した。その偏執に取り入り、一足飛びに繁栄を築いたのが藤原不比等であった。不比等はその成功を誇るかのように、十万の民が蝟集するこの都を造った。

つまり、青丹よしと謳われ、におうがごとしと讃えられた平城京は、百年前の恋する女帝のあってはならぬ熱情の果てに狂い咲きした、呪いの花であったのだ。またそれゆえに、その呪いの花を絶やさんとして、幾度とない謀反と殺戮とが繰り返されてきたのだ。

なるほど、と真備は思った。

——敗者の末裔たちの百年の計か。

目の前の苔色の男が、いままでとはまるで違う生きものに見えた。

その摩訶不思議な才と、いわく言い難いたたずまいと、ただの呪験者とも思えぬ気品のようなもののわけが、いまようやくわかった。

——しのびとは、しのぶるの謂でもあったか。

「法王よ」

と、呼びかけた。

「はい」

「わしはそなたに初めて会うたときから、ずっと胡散臭い奴じゃと思うておった。だが、まさかここまでとは思わなんだ。ようもお騙しあったの」

真備は茫々の眉の下から、真一文字に相手を睨んだ。

相手もまっすぐにこちらを睨め返す。

「われも本邦随一の軍師殿の眼力をかわしおおせるとは夢にも思うておりませなんだ。もとより、敵意などは毛筋ほどもござらぬが、ようもお騙し申しあげたものよと、おのれながら呆れ返ります」

双方の瞳のあいだに、びん、と高鳴りするほど弦が張られた。

くく、くく、と、真一文字にしばらく激しく引きあった。

のち、ふつっ、と切れた。両方の肩と膝が細かく揺れた。

やがて、二色の呵々大笑に変わった。

息を殺すようにしてやりとりを見つめていた由利も、吹き出した。きれいに揃った白い歯が出た。高低三色の笑声になった。

由利は、先ほど来うっちゃっていた酒器をようやく手に取った。込み入った客人ににじり寄った。

「道鏡殿、初めてここへおいでになったとき、わたくしがあなた様に言うたことを覚えておいでですか」

道鏡は、少し思案した。

「姫天皇の女子の心を一筋でも傷つけたもうたら、この由利が許しませぬぞ――、で、ありましたか」

由利は、はい、と盃を満たした。

「いまもろもろ伺うて、魂抜けるほど驚き入りました。けれども、あなた様が姫天皇をたばかっておったのでないことだけは、ほんとにうれしゅうございます」

「それだ」

真備も言葉を揃えた。

「包まず申せば、わしとて案ずるところは、究極それのみであったかもしれぬ」

「たばかるなど――」

道鏡は目元を静かに引き締めた。

「この世のなにものにも代えがたく、たれよりもいとおしきお方。それゆえに、恥を忍び、無理を承知でこのようなお願いにあがりました」

真備はうなずき、また厳として声色を強めた。

「法王よ、一つだけ聞く」

「なんなりと」

以前にも一度質そうとして、はぐらかされた。いまこそはっきりと質す。

「そなたは俗世の交わりなど、まるで求めぬ男であろう。なのに、なにゆえ姫様を愛する」

「それは――」

道鏡は一刹那、沈思した。

そして、ゆっくりと唇をほどいた。

「たしかに、以前はこのようなおのれ勝手が、自分よりほかをいとおしむことなどないと思うておりました。けれども違いました。仰せのとおり、われはこの世のどこにも根を持たぬはぐれ鳥。しかし、あのお方も同じであられるのです。この世のどこにも寄る辺を持たぬ、凍えるような迷子の鳥。それゆえに、ともにあると欠けたるものがひたひたと満ちるのです。わりなきことを、とお思いになるかもしれぬが、これは偽らざる本心」

道鏡はかたわらの碁盤に目をやった。それから懐を探り、小さな蒼と白の勾玉を取り出した。二片を合わせると、まろやかな太極になった。

「この碁盤の黒と白のように、この世の昼と夜のように、この太極の蒼と白のように、われらを取り巻く天地はおおむね、なんらか二つの反するものでできております。草木も花も、野山も星も、獣も人も、陰陽和合して完全になる。それはことさらなことでもなんでもなく、宇宙の当たり前の、しかし輝くような自然である。執着でもなく、無理やりでもありませぬ。それと同じか知らぬ、あのお方のお傍に添うようになってから、しだいしだいに自分らはともにあるべきだと思うようになりました。

もとより、刺客として忍び入った身。最初はちと戸惑うたけれど、ことごとに結ばれて溶けきったら、むしろ自然になりました。もともとのおのれのあり方と、なんらの矛盾もなかった。

これまで少なからぬ生を生きてきて、女人に対して、いや女人でなくとも、このような境地に至ったことはありませぬ。われにとっては無上にかけがえのなきおん方。と——、ちと恰好をつけて言いすぎました。ひらたく言って、いみじう惚れてござる」

「さようか——」

と、返しながら、真備は無性に胸が震えた。なんだか果てしない。長年案じつづけたさみしい姫君が、ようやくところを見つけて輝くのだ。傷だらけだった羽もやすらぐのだ。安堵に満ち足りるような、わが娘を手放すのがさみしいような、なんとも言いようのない心地である。

真備は由利に盃を差し出し、注がれた酒を一息にあおった。

「ならば、承知した」

のち、腹をぐっと据えた。

「この真備にも責めの一端はある。あの大師とのいくさのあと、姫様を二度目の位につけたのは、ほかならぬこのわしだ。よろこんで敵と相討ちになろう。どのみちわしは長うはない。姫様のため、老い木に最後の花を盛大に咲かしてみしょう」

すぱり、と言い切った。

「ついでに、そなたのためにもな」

やおらからだの向きを変え、碁盤に向かった。

おのれが一生のうちにかかわってきた知略軍略のうちでも、最難の策が必要となりそうだった。

「しかし、いかにして咲かすかの。いや必ず道はあるはずだ。どのような深き藪にも、必ず道はあるのだ」

先ほど由利と指したぎり放っていた黒と白の勝負の跡がそこにあった。

「ここのところ、由利めが恐るべく腕を上げてのう。わしもいまのそなたと同じく、すべもなく追い詰められておった」

真備は身をかがめ、食い入るように眺め入った。征の渦だ。葛折りだ。どこまでも逃げ場がないとき、どうやって突き抜ける？

道鏡も風のように盤の向かいに座した。道鏡の場合は、目の前にあるものの像が、そのままま ぶたに焼きつく。天の川銀河に似た黒白の渦巻きの中に、北斗の七星のような、長く尾を引いた鼬のような、はたまた天竺の国に存する蠍という生きもののような、大きくうねった弧の形があった。

　真備はむやみに顎ひげをいじった。

「そなたは姫様をあやめとうない。姫様はそなたと離れとうない。ゆえにおん継嗣をお決めになれず、よけいと敵の憎しみを買うことになった。敵は姫様をさっさと消してしまいたい。早う殺せとそなたに迫る。そなたはやりとうない。堂々めぐりじゃな」

「いかさま、堂々めぐりでござる」

　――堂々めぐり……？

　なにか引っかかった。

　双方、ほぼ同時に顔を上げた。似たような思いが、ともに喉もとまで込みあげていた。

　道鏡の長い指が、盤上の宙に伸びた。蠍の頭のところを人差し指でさし、ぐるり、ぐるりと、円を描いた。のち、碁盤の対角の隅をつかみ、やおら自分と相手方を逆にした。

「この生き物の形は、返しても、返しても同じでござる」

　――あ……。

　真備も同じように双の角をつかみ、さらに返した。同じ蠍がそこにあった。当たり前のことなのに、目からうろこが落ちた。

「手はあるのう」

「ありましたな」

「とらわれすぎておった。案外に易いことかも」

「われらも敵も、望みは同じ」

「結句、姫様が消えてなくなればよいのだ」

「それこそ互いの求めなり」

「それだ」

真備がにわかに軍師の相貌になった。

「そなたは看病禅師よな？」

「はい」

「やまいを治すこともできるが、やまいにすることもできるな？」

「後漢(ごかん)の神医(しんい)、華陀(かだ)にも勝ると、この際壮語してしまいましょう」

真備は飛び出した眉を吊(つ)りあげ、富士(ふじ)の霊峰(れいほう)よろしき徴(しるし)をひたいに二つ作った。かん、と極めの座に石を打った。

「できた」

狐(きつね)と狸(たぬき)の化かしあいだ。目にもの見せてくれる。

「そなた、もはや姫様のもとを去ろうなどとは思わぬな？」

「思いませぬ」

「由義宮へも同道するな？」

「むろん。きゃつらの求めに乗っかり申す」

「そのとおり。そなたが姫様をあやめたてまつり、またお救いたてまつれ」

「先刻承知」

「生きたまんま輪廻転生(りんねてんしょう)じゃ。かまえてよい道(どう)へ逝(ゆ)けよ」

「あのお方とともにならいずこの道でもすなわち成仏」

「一世一代の芝居じゃ。そなたもわしも、この世の裏側に突き抜けるまで、敢然、しらを切りとおすぞ」

「うけたまわって候」

盤の上で一つ、こぶしとこぶしを打ちあわせた。

*

それから三月後――。

「キメ兄ちゃん、こっちの道はよくないよ」

斥候よろしく先を走っていたタクスンが、後ろを振り返りつつ、両手いっぱいにお宝を抱えたへっぴり腰で戻ってきた。

キメは、ほれよこしな、と弟の獲物を荷台に収めながら、

「なんだい?」

と、訊いた。

「縁起の悪いものが道に散らばってるんだって。お坊さんたちが集めて供養するそうさ」

ああ、と、キメは思い当たった。

「西大寺さんかい?」

「うん」

タクスンは衣の汚れをはたき、さっさと車の後方（しりえ）へまわった。洟垂（はなた）れ小僧だったこの弟もいつの間にかいっぱしになり、もはや荷台の置物ではない。ちびながらちゃんと兄貴の助っ人（すけっと）だ。

キメは、じゃあ、と引き返しかけ、動きを止めた。

「いや、やっぱりちょっと覗いてみようぜ」

ついさっき、いつものように禁中の塵芥（じんかい）を受け取りにいったとき、仲良しの海犬養門（あまのいぬかいもん）の衛士（えじ）に気になることを聞いたのである。

西大寺ではいま、平城京一の高さという八角七重の塔を建てているのだが、基礎となる石を山から切り出してきたところ、不気味な唸（うな）り声がして、謎の怪我人（けがにん）が次々に出た。不吉なので砕いて道端へ捨てたところ、こんどは行幸中だった女帝がやまいになってしまった。ために急遽（きゅうきょ）帰京となり、いま病臥（びょうが）中というのである。

キメは驚いた。先日、河内の弓削（ゆげ）から女帝が帰還されたことは知っていたが、ご病気だったのか。衛士は故郷なまりの小声でささやきながら、ご不例（ふれい）のことは内緒だから、ぜったいに口外するなと恐い顔をした。

キメはこの女帝が好きである。アラや広虫（ひろむし）様から話を聞くうちによい人だと思うようになったが、毒見の仕事で命を落としたアラの仲間への心遣いに触れてから、ぐんと好きになった。

いったいどんなご病気で、どのくらいお悪いのだろう。アラもさぞかし心を痛めているだろう。

ぼんやり考えながら一条北大路をしばらく進んだら、西大寺の裏手のりっぱな築地（ついじ）が見えてきた。タクスンが言ったとおり僧たちが繰り出し、瓦礫（がれき）のようなものを拾い集めている。ちょっと尋ねてみようと思った。

荷車を停めて歩み寄り、あの……と、声をかけた。

「われらは芥拾いでございます。お手伝いいたしましょうか」

とたん、「触れるでない！」と、すごい剣幕で怒鳴りつけられた。

「そなたも害さるるぞ。特別な清めを要する代物じゃ。早う立ち去れっ」

キメは真っ青になって後じさった。

僧の語気からして、よほどの祟りが起こったに違いなかった。

失礼つかまつりました！　と踵を返した。

即座に梶棒をつかみ、一目散に走りはじめた。そのまま駆けて、駆けて、鋳物師池につながる堀割にさしかかったところで、ようやく車を停めた。ほとんど吹き流しみたいに荷台の縁からぶら下がっていたタクスンも、はあ、と地面に降り立った。二人とも汗だくだ。

キメは目を白黒させている子分に、ごめんよ、と謝った。

「おまえの言うとおり、やっぱりやめとけばよかったな。ちょいと休もう」

青くしだれた岸の柳の根元に座った。

降り注ぐ四月の日差しの下に、いかにも心地よい瀬音を立てて川が流れている。腰から竹筒を取り、ごくり、ごくりと水を飲んだ。そして、「お前も飲みな」と、ちびを顧みたら、すでに裾をからげて清流に踏み込んでいくところだった。

キメは無邪気な弟に向かって、「気をつけろ」と声をかけた。

川の中に並んだ飛び石の上に、美しい大型の白鷺が二羽、佇んでいる。タクスンは水底からひょい、とタニシを拾い、くちばしの前に差し出した。白鷺はしばし見つめたのち、身を二つに折り、ぱくりとついばんだ。タクスンは長い首をいとおしげにさすった。タクスンは野生の鳥を手なずけることができるのである。

キメは弟の特技をほほえましく眺めたのち、ふたたび竹筒を口に運ぼうとした。

そのとき、斜め後ろの首筋のあたりになにかが触れたような気がした。

――ん？

振り返り、ワッとのけぞった。

わが身の脇に、黒いぼろ頭巾（ずきん）をかぶった老爺（ろうや）がいつの間にか添うていた。

翁（おきな）は覆面のようなものからわずかに覗いた目元を皺だらけにしてほほえんだ。

「弟の脚は、落ちなんだようじゃの」

キメは、さらに腰を抜かさんばかりに驚いた。

いつぞや生駒（いこま）の山中で山犬に襲われたとき、助けてくれた翁であった。おかげでタクスンの脚は無事につながり、肉も盛り、傷跡もほとんどわからぬまでになったのである。

笑みこぼれた翁の身を、風に揺れる柳が撫でた。だが、しなやかな緑の糸はなぜかその身にはぶつからず、煙の中を遊ぶかのように、ふわり、ふわりと、すり抜けてしまう。

――えっ？　なんで？

キメは目をしばたたき、両手でごしごしこすった。

「兄ちゃん！　見て！」

と、川の中から声がした。

タクスンが一羽の白鷺を右の腕に抱き、一羽を左の肩の上に載せ、手を振っていた。

得意満面である。

キメはみたび凝然（ぎょうぜん）とした。タクスンの目には、この翁は見えていないのだ。

「だが、おぬしには見えるのだな、キメ」

翁が言った。

——あっ。

キメは思った。

そうだ……、初めてじゃない、このへんてこな感じ。前にもあったじゃないか、幻のような人の姿が自分だけに見えていて、みんなには見えていなくて、するり、するり、とすり抜けてしまう。市とか、大路とか、飯屋とかで。

——見えるのだな。

その言葉も。

覆面から覗いている二つの瞳が、抜けるほど蒼く澄んだ。そうだ……、この色も。

翁は手のひらをこちらへ差し向け、五本の指を揃えてちょいちょい、と引いた。うつけたように尻餅をついていたキメは、傀儡（くぐつ）の糸に引っぱられ、しゅう、と手繰り寄せられた。

翁の覆面の下から、低くかすれた、しかし腹に沁（し）みわたるような声がした。

「キメよ、おぬしに頼みがある」

どきりとした。弟の命の恩人だ。聞かぬわけにいかない。

「なんでありましょう」

「おぬしは屑屋（くずや）じゃな？」

「はい」

「わけありの品をよう運んでおるな？」

「はい」

「禁門の通行手形も持っておるな？」

「はい」

「平城宮から、運び出してほしいものがある」

しばし、無言で見つめあった。吸い込まれそうだ。

――なにを？

でも、聞かぬでもだいたい予想はついた。たぶん、遺骸（いがい）だろう。いままでにも何度も運んだ。大人もあれば、赤子もあった。男もあり、女もあった。菰（こも）にぐるぐる巻きにされていたり、甕（かめ）に入っていたり。

「どちらへ？」

「まだわからぬが、うんと遠いところだ」

「遠いところ……」

「そうだ。遠いところへ送り届けて、おぬしも戻ってくるな。もし果たしてくれるなら、そなたの里の者は一生困らぬようにしよう。約束する」

キメはぶるっと震えた。そんなに危ないことなのか。

年中腹をすかしている自分らの貧乏所帯が救われるなら、願ってもないと思う。とはいえ、自分もここを去らねばならぬとなると――。

見透かしたように、次の言葉が出た。

「おぬしのみでやれとは言わぬ。禁裏の内側にもひとたり、手伝いの者を用意する。大膳職のアラという娘だ」

キメは跳びあがった。

「ア、アラでありますか！」

ぶんぶんとうなずいた。それならば、なんで否やがあろう。アラといっしょなら、自分は地の果てまでも行くのだ。

「決まったな」

でも、とキメはふと思った。なんでこの人はアラを知っているのだろう。

また聞かぬ前から見破られた。

「わしに知らぬものはない。広虫殿もそなたを買うておった」

え……、広虫様ともお知りあいか。

あっ、あっ、とキメはさらに思い出した。もしかしてあのときの……？　広虫様のだんな様の戸主様が亡くなられたときの、ねんごろにお別れ、のあの鹿皮のお導師か？

まだまだいろいろ問いたいキメを無視して、襤褸の行者はずん、と立ちあがった。覆面の下から、低い唸りが聞こえた。

——おん、さんざん、ざんさく、そわか。

ばさ、と頭巾が舞いあがり、一瞬天が暗くなった。

キメは、こんにちもう何度目かわからぬ尻餅をついた。

目の前にあったのは、よぼよぼの翁などではない、堂々たる体軀の僧侶だった。艶のある浅黒い肌と、一文字の眉と、彫りの深い目鼻。朽ち果てた衣は、一面に美しい縫い取りをほどこした、墨色の袈裟に転じた。いや墨色ではない。夜の洞窟の中でじっとりと艶めく絖のような、みごとに深い苔の色。

キメはポカン、と見惚れた。そして、雷に打たれたように、いよいよ本式に悟った。

この人こそは、今上の姫天皇がこよなく愛しておられるという道鏡法王だ。間違いない。

凝然と見上げるキメを、端正な目尻が見返した。

「おのれの目に映るものを、みな本物だと思うな、あ、ほ、う」

それから、川面のほうへ向き直った。

白鷺を懐に抱いたまま、やっぱりポカンと口を開けて、タクスンが石の上で腰を抜かしていた。

苔色の妖僧は続いてタクスンのほうへ手を差し出し、五本の指を揃え、ちょい、ちょい、と引いた。

とたん、腕白坊主も傀儡の糸に繰られて立ちあがった。

「弟も手伝え」

形のよい唇の端が、にゅっと弓の形に上がった。

＊

「さあ」と、主君の側近由利に導かれ、アラはおずおずと女帝高野の寝所に入った。

きっちりと戸を閉め切り、一筋の日も入らぬよう封じられた室の中に、通い路を誤らぬようにか、歩を踏む幅くらいに点々と灯火がともしてある。そのほのかな誘い路の向こうに、白い帳を垂らした大きな寝台があった。

由利が先に立って垂れをくぐり、帳のうちにも一つ灯がともると、葉脈のみのほおずきを四角くしたような閨が浮かびあがった。

「来よ」

と、呼ばれ、少しめくられた隙間から、アラはおそるおそる中へにじり入った。

端座している側近殿の向こうに、やんごとなき人の寝顔が透き見えた。

両手をついて一礼したとたん、「こんにちから、姫天皇を頼みます」と、りんりんたる声が頭上に降った。

由義宮に行幸していた女帝の一行が帰還して間もなく、アラは真備の右大臣と、娘であるこの方に呼び出された。そして、天子の病床のお世話を命じられた。なぜみなしごの毒見の自分などがそんな大役に選ばれるのか、畏れ多すぎて卒倒しそうだった。

うけたまわりながらもためらっていると、「理由じゃな？」と質された。それは、わがあるじの広虫が、おのれのあとはアラに頼むと言い置いて、備後に去ったからだそうだった。

なるほど、と思った。

わがあるじは去年、宇佐の大神の騒動が起こったとき、主君の不興を買って遠流となったのだ。けれども、それには深いわけがあり、けっして勘気を被ったのではないと聞いている。現に、平城京の留守宅に残された養い子たちには、お上からちゃんと人数が充てられ、不自由なく過ごしている。

アラは微動だにしない女人天子の姿をうかがい、もしかすると噂以上にやまいが重く、つききりでお下のことなどまでせねばならなくなったため、自分が選ばれたのであろうかと想像した。

アラがもじもじしていると、側近由利は威勢よく立ちあがり、「では、任せた」と、さっさと去ってしまった。

えっ……、えっ……、と、アラはあわてた。任せたと言われても、詳しい病状も聞いておらぬし、どのようにお世話をするのかも、ぜんぜんわからない。

困惑してあたりを探しはじめた。寝台のまわりに置かれている厨子だとか、鏡だとか、螺鈿の匣だとか、そういうものの上にきまりを記したものがありはせぬかと思ったのである。そうでもなければ、こんなに無造作に置き去りにされるはずがない。

まず足元のほうを探し、脇のほうを探し、最後に枕辺のほうを見やった。きらきらと光るものが目に入った。なんだろう、と近寄ってみた。美しい、色とりどりの玻璃の珠を雨だれのように貫いた冠であった。帝が儀式のときかぶる冕冠というものだ。

まあ、きれい……、と、憧れて手を伸ばしかけ、アラはきゃっと、悲鳴をあげて跳びすさった。正体なきように仰臥していた主君が、すうっと身を起こしたからである。おぼろな灯りの中で、まっすぐにこちらを見つめている。

アラは、がば、と平伏した。

ぎゅっと目をつむったまま、なぜ？　なぜ？　と考えた。

女人天子が、「おもてを上げよ」と、のたもうた。

アラがこわごわと従うと、目の前におごそかな姿があった。漆黒に澄んだ大きな瞳であった。いつの日か間近に見たときと同じ、磨きあげた白珠のようなおん方である。

その畏れ多い人の唇から、驚きの言葉が放たれた。

「朕はやまいなどではない。ゆえあって、そういうことにしておるだけだ」

——えっ。

そして、いきなり刀の鞘でも抜き払うように本題に入った。

「朕は帝の位を捨てる。位を捨てて、この平城宮も捨てる。なんとなれば、朕の命が狙われておるからじゃ」

——えええっ。

いろいろ仰天しすぎて、アラは言葉も出ない。

蛹のように萎縮したわが身に向かって、女帝はゆっくりと語りはじめた。

「アラよ、急に言うてもわからぬだろうが、ようお聞き。この日の本のすめろぎの道は、遠い昔にはるかな天より神様のお子が降ってきて以来、一筋に守り継がれてきた尊い道じゃ。それが、ゆえあってあやういことになっておる。朕がこのまま位におっては、その道が保てぬようになるのだ。すなわち、朕を狙う者たちのほうにも理がある。だから、朕はこの座を明け渡すことにした。かというて、死ぬわけにはいかぬから、死んだことにして、この平城京を去るのだ」

いんいんと天から降ってくる、アマテラス女神様の声を聞いているようだ。

「この大八洲国のための、一世一代の試みじゃ。そなた手伝うてくれるか」

わけがわからない。けれども、このお方が間違ったことを言われるはずがない。

「栄誉以外のなにものでもございませぬ。一命を賭してお手伝いいたします」

アラはかしこまって答えた。

女人天子はうなずき、さらに続けた。

「この国のために平城京を去ると、朕はいま言うた。だが、じつは、それはあんまり正しゅうない。それのみ言うは、ちとずるい。ゆえにみな言おう。ここを去るのは、朕自身のためでもある。朕の恋のためじゃ。命狙われておる朕を、ここから連れ出してくれる者があるのだ」

あっ、とアラは思った。それは道鏡法王だな、と、すぐにわかった。

この女帝の恋のことは、よそながらひそかに察していた。いつもあるじ広虫とこのおん方の人柄について語りあってきたからだ。むろん、あるじはくだらぬ噂話をしたりはしない。けれども肝要のところはちゃんと伝わっていた。そして、アラは女帝のその恋心を尊く思っていた。

だから、いま感激して震えるような気持ちである。ついに、ついに、貫かれるのだ。そこまでもの凄く貫かれるのだ。

「それでも手伝うか」

「もちろんでございます」

一も二もなくうけたまわった。

「朕が恋などと言うのはおかしいか」

いいえ、いいえ、と、アラは猛烈に否定した。

「おかしいはずがありませぬ。憧れでございます。時を超え、命を超えて、いとしき方と添われる。憧れ以外のなにものでもございませぬ。それほどの恋を、わたくしもしてみとうございます」

女帝は世にもうれしそうに、そうか、と笑った。鼻の頭のところに、きゅっと皺が寄った。まあ、こんなにも親密なお顔を見せてくださる、と、アラも満面の笑みを返した。

のち、主君はちょっと首をかしげた。

「そなたは、いつぞや朕がやった、あの紅梅色の領巾をいまも持っておるか」

むろん、いまも無上の宝物である。

「はい、このうえものう、大切にしております」

「ここを去る日には、あれを持っておゆき。そなたの恋人への想いがこもった絹であろう」

とたん、アラは胸がちくっとした。キメ……。こんな重大なお役をつとめるなら、キメとはもうお別れだ。

しかし、覚悟を決めて返答した。

「いえ、それはようございます。わが身のことはもはや考えませぬ」

とたん、女帝が、これはしくじった、とまた破顔した。

「先に言うたらよかったな。そなたの恋人にも、すでにおんなじ下命をしておる。朕はそなたの恋人の芥の車でここから出るのぞ。二人して朕を助けておくれ」

「まあ！」

アラは歓喜のあまり、跳びあがった。

そして、すとん、と着地すると、勢いよく言上した。

「広虫様に代わって、これからはわたくしが姫天皇にしかとお尽くし申しあげます」

三

「尼様、まもなくだよ！　あのお山の先が下野の国だって！」

　相変わらず兄貴の斥候をつとめているタクスンが、つつましい弁当を使っている一行のところへ駆け戻ってきた。

　アラがめっ、と、タクスンを睨む。

「『だよ』じゃないでしょう。『ございます』でしょう」

　キメもコラッ、と、ちびのつむりにげんこをくらわす。

　高野は鷹揚にかぶりを振る。

「われはもはや天子ではない。ただの旅の尼じゃ。言葉などよい」

　頭巾の下で逆に数珠を捧げる。

　キメとアラはあわてて地べたに膝をついた。お直りくださいどうか、どうか、と交互に頭を下げあう。高野は、こちらこそ世話になっておる、とまた礼を返す。

　その果てに、こうしたやりとりこそが傍目にはいちばん怪しく見えるのだと気づき、みなして肩をすくめあった。

　かたわらから、

「行こうぜ、日が暮れちまわあ」

　と、タクスンがこぶしをふりあげる。

そのとおりだ。四の五の言っている暇があったら前進あるのみだ。高野は裾を払って立ちあがった。

アラとタクスンは斜めがけに荷を分けあう。キメは腹に大きな包みを縛りつけ、後ろに背負子を担ぎ、「どうぞ、お乗りくださいませ」と、こちらにくるりと尻を落とした。平城京からここまでの旅路の大半、この若者はおのれをおぶってきてくれたのである。

高野は、いいえ、と断った。

「ここからは、歩きます」

そんな、とキメが困った顔になった。目の先の高みを指さし、「でも、あすこへ登りますぞ、どうぞご遠慮なく」と、言う。

下野へ向かう街道は、前方の丘の狭間を抜けている。だが、キメは目的の地へ入る前に高いところから物見をしたいそうだ。新田山（にいたやま）、また金（こがね）の山ともいうらしい。名前も縁起がいい。

高野は、よいとも、とうなずいた。

「この尼も風雨にさらされて、多少はたくましゅうなりました。なに、これまでの険路に比べればものの数にも入るまい」

その言葉はいつわりではない。われながら、よくもまあこんな難儀な旅を始めたものだと呆れ返る。その果てに、ようやくたどりついた約束の地なのだ。ちゃんと自分の足で入りたい。

なおも不安げに眉尻を下げている相手に、高野は、では、と頼んだ。

「手だけ引いておくれ」

若者にぎゅっとつかまった。

蔦紅葉に染まった上りの道を一歩一歩踏みしめながら、高野はこのすばらしく大それた冒険のゆくたてを想った。

あれは、由義宮での最後の日――。

夢のように楽しかった歌垣に名残を惜しみつつ、道鏡と雄田麻呂と餞別の酒を酌み交わし、気がついたら平城宮の西宮のうちだった。

幾日眠っていたのか、いつの間に戻ってきたのか、見当もつかなかった。寝所は厳重に目張りされ、女孺たちの気配もない。昼なのか夜なのかわからぬ薄闇の中に、濃密な花の香りだけが立ち込めていた。枕辺の甕に山の蓮華がたわわに咲いていて、白い帳の裾に、わが看病禅師がいつものように控えていた。

けれども、そのかおばせはいままでに見たこともないほど切実に張りつめており、まなこが合うなり平伏した。

そのあとなされた告白は、自分が五十余年ひたぶるに信じてきたものを粉みじんに打ち砕いた。またひたぶるに守りつづけてきたものを、まるごとひっくり返した。おのれは空っぽの器の中で、裸の赤子になった。

けれども、一人ぽっちではなかった。その空っぽの器の中に、いとしいその男も赤裸で対峙してくれたのだから。

この世界の向こう側へ飛び出し、ともに生きていこうと、その男は言った。否、そんなもの柔らかな申し出ではなかった。この危険な宮殿から引きずり出し、なにがなんでも連れていくと鉄火の勢いで迫った。そなた様を置いていかぬ、みすみす敵の手には渡さぬと、しゃにむに引っさらっていこうとした。

歓喜に魂が震えた。ああ、愛される——とは、こういうことか。

自分はずっとこんなまっすぐな言葉を待っていたのだ。

同じほどの激しさで、われから飛びついた。山の蓮華を踏み散らし、花の臺の上を転げまわった。

自分は若き日から孤独に生きることを運命づけられ、四十路を過ぎて初めて恋というものを知った。夢中の時は飛ぶように過ぎ、あっという間に五十路を超えた。残りの人生はどのくらいあるのだろう。たいして長くもないのだろう。けれども、それが十年であろうと、一年であろうと、たったひと月であろうとかまわない。他人になんと言われようと知るものか。姫でなくなり、姥になろうが恐れない。愛する者とともに、命の限りの花を咲かせるのだ。

その日から、絶後の秘策が始まった。

おのれは偽りの床についた。

道鏡一人が治療に当たり、政務は真備が引き受けた。取り次ぎは由利のみが行った。身のまわりの世話はアラだけがつとめた。あらぬ陰謀の疑いなどがたれかに降りかからぬよう、念入りに不治のやまいを装った。神罰だの祟りだのの噂も適当に撒いた。人事を尽くし、わが身を消し去るときを粛々と待ちもうけた。

ついにその日が来れば、芥運びのキメの車で禁門を出、道鏡の処分が決するまで、渡来人たちの里に隠れた。十八日後、道鏡の行く先が下野の寺とわかると、おのれらもただちに出発した。

ふいに、耳の中でしゃらん、と微かな音がした。

はっとした。懐かしい冕冠の旒の響きだ。あの宮の帳台のうちに置いてきた、父のかたみ。

歩きながら天を仰いだ。乾いた秋風の中に、かさかさ、と音を立てて紅葉がしきりに舞っている。

心の中で呼びかけた。

――父上。

――ようやく、呪いが解けましたぞ。

風におもてをなぶられながら、高野は見えぬ幻と向きあった。

百年前。

恋する一人の女帝のために、この国のすめろぎの道はあらぬ方へ逸れた。その心はわからぬではない。おのれもまた恋する女帝であるから。同じところに置かれたら、おのれも同じことをするかもしれない。しかし、だからこそ、おのれが決着をつけるのだ。この高野こそは、その女帝の血を正しく継いだ、正しき末裔(すえ)であるのだから。

この玉座は奪い取られるのではない。みずから投げ返すのだ。さあ、くれてやる。白壁(しらかべ)、山部(やまべ)。この座を受け取り、汝らは汝らで、これと信じる新しき国を創れ。

そして、おのれはいとしい男とどこまでも行く。その男が言うようにこの世界を突き抜け、向こう側へ飛び出していく。二人して果てしない乾坤(けんこん)の中に溶けて消えてしまえたら至高である。

「姫……、いえ、尼様」

と、呼ばれた。

キメとアラが、立ち止まって首をかしげている。

「お疲れでございますか」

「いや、なんでもない」

と、返し、高野ははっとした。

二人が目をきらきらさせて、東の方角を指さしている。いつの間にか頂（いただき）に至っていた。

「下野の国でござりまする」

目の先に、果てしもない平原と、果てしもなく輝き実った黄金色の田と、おだやかな森と、えいえいと営まれている里があった。方々を馬が駆けている。牧（まき）もあるようだ。それらを縫って大河が流れている。

「なんとまあ、途方もない広さであるな」

みなして息を呑（の）んで眺め入った。自分らの国とはまるで違う。平城京はもちろん、磐余（いわれ）や、飛鳥（あすか）や、斑鳩（いかるが）や、忍海（おしぬみ）なども違う。これほど広大で豊穣（ほうじょう）な穀倉の地はたれも見たことがなかった。川の名は渡良瀬川（わたらせがわ）というらしい。

来し方をふりさけ見ると、これまた広やかな上野の大地が広がっていた。うっすらと霞（かす）んでいるのは、赤城（あかぎ）と榛名（はるな）のぎざぎざの峰。

「上野下野（こうづけしもつけ）は、恐ろしき毛人（えみし）の毛（けぬ）の国、などと申すが、まるで違うたのう」

アラが両手でわが身を抱くようにして、さくらんぼのえくぼをつくる。

「はい、東の国々ははなはだうるわしき天地でございます」

キメもうれしそうにすきっ歯を剝き出す。

「あやうい罠（わな）なども、どうやらなさそうでありますぞ」

「ようやくたどりついたな」

今日が門出（かどで）だ。

深く息を吸い込んだら、故郷に残してきた人々の顔が、急に浮かんだ。

広虫、由利、清麻呂、そして、わが親愛なる軍師のじい、真備……。

みないまごろどうしているだろう。すべがあるなら、無事を知らせたい。胸がきゅっと痛くなる。

脇から待ちくたびれたタクスンに衣をとらえられた。

「尼様やい」

物問いたげな顔をしている。袖をつかんで振りまわす。

「こんにちはもうおしまいかい？　こんにちの道行きはこれまでとするかい？」

高野はぱっちりと目を見開き、いえいえ、と否定した。

「まだ行けますとも。あと一息、裾まで行ってしまいましょう」

そして、そうじゃ、と、思い出したようにアラに向かい、続いてキメに視線を移した。

「アラよ。あの紅梅色の領巾をまとうがよい。われだけでない。そなたら二人も、こんにちが門出だ。ここからことほぎの国に入るのじゃから」

二人は顔を見合わせ、真っ赤になった。

のち、待たせたな、と高野は腕白坊主と手をつなぎ、坂道を軽やかに下りはじめた。

＊

一瞬、主君に呼ばれたような気がして、広虫は立ち止まった。

「どうしました、姉上」

と、弟の清麻呂が振り返る。

河内と大和をつなぐ竹内道の峠の上である。青垣山ごもれる故郷の景色が、目の前いっぱいに広がっている。まっすぐの先には、稲穂の海に浮かぶ小島のような大和三山。その奥の右手からは飛鳥、多武峰、吉野へつながる錦秋の山々。そして、左手の遥か彼方に、黒々とした人々の繁栄のあかしが、四角い形に望まれる。平城京だ。

におうがごとく美しく、しかし、おどろおどろしくもあるこの国の都。しかし、そこにわが君はもういない。

「いいえ、あんまり懐かしゅうて、つい」

と、笑みを返した。

先月の半ば、主君がかむあがったとの報が、逼塞している備後に届いた。それからまもなく、新皇太子白壁王より、罪の赦免と帰府の命が下った。大隅の弟も同時に許されたから、広虫はその旅程を勘定して、ともに上京することにしたのである。

清麻呂はいまひとつ腑に落ちぬ顔をしている。曲がりなりにも自分らは女帝の側近であったのに、これほどかんたんに許されてよいのかと、いぶかしいのだ。

機を見て呼び戻すとの主君の言を信じ、自分らは辺土に流された。安心していたら、その女帝が亡くなってしまった。道鏡法王は遠い下野へ追いやられた。官人となっていた弓削の者たちもみな処分された。側近の僧もほぼ解雇である。神託にかかわった大宰主神の習宜阿曽麻呂も左遷された。真備の右大臣さえ廟堂を退くという。

阿曽麻呂はともかく、それ以外の人たちはこれといった罪を犯したわけでもないのにこのありさまだ。なのに、自分と姉だけはよいのかと、半信半疑なのである。

広虫には、その心の声がありありと聞こえてくる。

――もしかして、おのれらが道鏡法王の即位を阻止したとして、高く買ってくれているのか？

だがあれは軍師殿がひねり出した作戦で、自分らは命じられたことを演じただけであるぞ？

――配流といっても牢(ろう)に入れられたり、見張りをつけられたりしていたわけではない。暇をかこちつつ、ただおとなしくしていただけであるぞ？

――とはいえ、国家の御為(おため)をひたぶるに願う忠臣と思われているのなら、幸せな誤解として乗っかっておけばよいのか？

眉間に皺を寄せた清麻呂の微妙なまなこが、こちらを向いた。

「ともあれ、われらも晴れて別部穢麻呂(わけべのきたなまろ)と狭虫(さむし)ではのうなりました。ま、祝着？」

首をひねりひねりしている弟に、広虫はこくりとうなずいた。

「そうね」

広虫には弟の気持ちがよくわかる。でも、知らんふりをしている。ほんとのことは教えてやらない。

哀れな弟をよそに、自分はまるで別のことを考えている。そして、胸がわくわくもしている。なぜなら、主君は死んでいない。生きているのだ。都をひそかに落ち、愛する人のもとへ向かったのだ。由利たちから極秘の文(ふみ)が来た。詳しいことはわからない。けれど、いま主君に呼ばれた気がしたのは、きっとめざす人のもとへたどりついた合図だと思う。

指折り数えてみる。主君が亡くなったのが、先月の四日。道鏡法王をはじめとする人々に処分が言い渡されたのが二十日過ぎ。とすれば、いまごろ二人が落ちあえたとしても不思議ではない。

わが君はきっと無事だろう。いや、ぜったいに無事のはずだ。

そう自分に言い聞かせたら、晴れ晴れとした。峠を吹き抜ける秋の風が心地よい。

都に戻ったら、まず由利を訪ねよう。そして、心ゆくまで質問しよう。そもそもあの平城宮から、主君はいかにして抜け出せたのか。仰天の神業（かみわざ）である。

けれども、あの法王ならそんなこともなしうるのだろう。なにしろ、一時は死人（しびと）のようになっていたわが君を救ってくれたのだから。そして、生きることの尊さを教えてくれたのだから。

その主君に何度も問われた言葉がよみがえる。

――朕は姫か？

桜色に頰を染めたういういしいおもざし。

そのけなげな問いを発させたのが、あの人だ。

むろん、姫ですとも。いや、姫でのうてもよい。そんなことはかかわりなく、これと信じた相手に真一文字に飛び込んでいけばよい。人は人としてこの世に生まれ落ちた以上、たれでも一度はたれかを愛し、愛されるよろこびを知らねばならぬのだから。

涙のしずくのように端正なわが君のお貌（かお）の容（かたち）は、これからはさいわいの涙の容になるだろう。

広虫はもう一つ、あの法王について気がついていることがある。

かつて、おのれにも一生に一人の、愛する夫がいた。その夫がわずらった。やまいが進むにつれて、肉体だけでなく心まで変わってしまった。妻であるこちらの顔も忘れ、恐ろしい魔物に取りつかれた。

ところが、その夫がいよいよというとき不思議な導師が現れ、つかの間元に戻してくれた。あれはたしかに、身も心も壮健だったころの夫だった。夢かうつつか、五彩(ごさい)の光明の中で、最後の契(ちぎ)りをかわした。

鹿の皮の衣を着て、片目と片足を損じた聖(ひじり)だった。残っていた一つの目が薄蒼かった。どんな薬だったのか、いかなる秘術を授けられたのか、まるで見当もつかない。けれども、あの交わりだけは、それまでに一度も味わったことのない、えもいわれぬ法悦だった。

あの聖は、道鏡法王だ。

だから、きっと、わが君も——。

毎日、病床で待ちこがれていた。その主君のもとに、風のように、影のように訪れて、おのれと入れ替わりに帳のうちにすべり入った。あの翼のような大きな袈裟。

自分がその蒼い瞳に抱かれたような気がして、ぽっとした。

得体が知れぬといえば、あれほど得体の知れぬ人もいないのだけれど——。

「よい男子(おのこ)でありましたなあ」

思わず、口に出してつぶやいた。

「えっ」

と、弟が驚いた顔して振り返った。

＊

せっせと衣をたたんで櫃に詰めていた由利が、急に顔を上げた。

「どうした」

父の真備が振り向いた。その膝には巻子が広げられたままで、脇にも後ろにも蔵書が散っている。

二人して住み慣れた右京五条三坊のこの家を出、故郷の備中に去のうとしているのである。

「いま、呼ばれたような気がいたしました」

「姫様にか」

「はい。もしや、おつきになったのでは？」

「なるほど、幾日じゃ」

由利は、宙に目を泳がせた。

「姫天皇を禁中よりお送りしてから、ひと月半ほど。禅師が配所に発ってから、およそひと月です」

父も指折り数えている。

「姫様らは禅師の行方が決まってから出たはずだから、首尾よう運んでおれば、ちょうどのころか」

首尾よう運んでいれば――、といま父は言ったが、九割方不首尾はなかろうと由利は思っている。

計画にほころびが生じれば、必ずどこかで騒ぎが起こっているはずだ。しかし、なんにも聞こえてこない。みな新生白壁王の治世に夢中で、すでに先の女帝のことなど忘れている。無沙汰(ぶさた)は無事(ぶじ)の証拠である。

「そう思おう」

真備も満足げに白髯(はくぜん)を撫でた。

由利はこくりとし、また衣裳(いしょう)を手に取り、荷造りを再開した。

「由利よ」

こんどは少し違う声音で父に呼ばれた。顔つきも違っている。

「なんでしょう」

「わしは引退するが、そなたは退(さ)がらぬでもよいのだぞ。現に白壁皇太子もそなたの才を惜しんで引き留められておる」

あら、と由利は返した。

「父上は、わたくしがお傍におらぬでよろしいのですか」

ちらりと恨みの目で見てやる。

「いや――」

口ごもった。おかしくなった。この人が、娘抜きで生きられるはずがない。

「ちなみに、父上とて皇太子に十分惜しまれておりますよ」

それも、事実である。

とたん、真備はいやいや、と、心底うんざりの顔をした。

「わしはもう、精(せい)も根(こん)も尽き果てた。わかるであろう」

それも、そのとおり。

「わたくしもでございます」

由利も即座に応じた。

あれだけの大芝居を打った自分らである。ばれなかったからよいということではない。どの面さげて、次の帝に仕える。良心にかけて、きれいに退くべきだ。

「まあ、われら二人とも、ようやりました」

由利は心からそう思う。

由義宮仁幸から戻ってのちの、息詰まるようなあの四カ月。毎日毎日、細い梁の上を伝い、針の莚に座るようだった。髪の毛一筋ほどの油断もできなかった。

それでも、おのれは主君の寝殿に詰めきりで、奏請を乞われたときと、勅を下すときだけ表と連絡を取るのだから、まだましであった。比して、父は日々大臣、諸大夫と接しながら、しらを切りとおした。身も心も疲れ果てて当然よう。

とりわけ、主君崩御ののちの後継者決めの参会はすさまじかった。式家の者たちが白壁王を掲げて対抗してくるのは先刻承知なのに、出し抜かれて怒りに震える老臣の顔を最後まで貫いた。しかも、最愛の姫君を失った悲嘆も演じつつ。狸芝居ここに極まれりと、拍手喝采をたてまつる。

くすり、と笑んで見やると、父は手のうちの巻子を巻きとり、その腹を讃えるようにすべすべと撫でた。

「というても、姫様を弑したてまつり、またお救いたてまつった禅師の手並みには、かなわぬぞ」

ああ――、と由利はうなずいた。

天を仰いで目をつむる。

あの逝去の日の夜の、異様な情景を思い出す。

正直のところ、いまでも夢かうつつかわからない。

殯宮（ひんきゅう）に燈明（みあかし）がひととき大きく瞬いたのち、四囲（しい）にめぐらせた浄布（じょうふ）を超えて、梁をも覆わんばかりに、ぼう、と闇が支配した。ちかちかと星々のまたたく天体のようなものの下を、なめらかに組んで、ほどいて、ひるがえる白い指を見た。

——のうまく、さんまんだ、ぼだなん、あどらだ、のうきしゃたら、そわか。

「いざ、たてまつる」

苔色の蝙蝠（こうもり）が、霊柩（れいきゅう）の中に白蠟（はくろう）のごとく眠る主君をすくいあげ、翼のうちに掻い込んだ。そしたら、重みもなにもなきかのように、玉体（ぎょくたい）はすうっと見えなくなった。

アラ一人を後ろに従え、長い廻廊を歩み、西宮の裏口を抜け、大膳職の門をくぐると、築地の際に芥の荷車が待っていた。荷台の木箱に主君を納め、菰（こも）をかぶせ、アラを添わせ、代わりに積まれていた二羽の白鷺（しらさぎ）の屍骸（しがい）を拾った。粗末な荷車は池の端をめぐり、海犬養門（あまのいぬかいもん）を抜け、消えていった。

なぜにそれほどたいらかにことが運んだか？

それは、その間に出会った者たち——、宿直（とのい）の女官、居残りの官吏、女嬬、番兵、下男下女、馬や犬に至るまですべてが、起きたまま眠っていたからである。座り込んだり倒れ伏したりしている者もあったが、多くは佇立（ちょりつ）したまま気絶していた。矛（ほこ）を構えたまま白目を剥いている衛士もあった。

人一人あやめたわけでなく、人払いをしたわけでもない。暗闇でもない。灯火（あかり）も篝火（かがりび）も明るく照っていた。その中を、物音一つなく、ゆったりと、むしろ堂々と、わが姫天皇は葬送されていった。

いつか父に聞いたことがある。大陸の秦(しん)という国の皇帝陛下の陵墓(りょうぼ)には、家臣や兵馬の姿をそのまま模(かたど)った大きな人形が、ずらりと並んでいるという。もしかすると、それはこのような感じなのではないか、と由利は想像した。異国の手妻(てづま)のような、奇態(きたい)にして厳(おごそ)かこのうえない逃避行であった。

もがりの宮に戻り、二羽の鳥を主君の代わりに棺に封じたのち、不思議の男は初めてこちらを見た。くっきりとしたまなじりが、ぞっとするほど美しかった。それから翼をひた、と閉じ、寸分も動かぬ蝙蝠になった。

人形にされていた人々は、半刻ほどもすると、なにごともなかったように動き出した。たれもかれも、その間のことはまるで覚えていなかった。

「ええ、ええ、たいへんなお手並み」

と、由利は答えた。

あれがしのびの術というものか。

あのようなものは、後にも先に一度だけ。もう二度と見ることはないであろう。

ふいに、庭の槐(えんじゅ)の枝が鳴った。

真備と二人、同時に目をやった。

その禅師が、いつも姿を現したところであった。影のような、風のような男だった。自分らが父娘でないことに気づいたのもあの男だけ。

槐の上に、ふっくらとした二十三夜月(にじゅうさんやづき)が浮かんでいた。あの月のように、いつも唇の端でいざなうように笑った。道鏡禅師はよい男であった。

「姫天皇がうらやましい」

ぎょっとしたように老軍師が振り返った。

由利はまろやかな眉を片方上げてみせた。

「われらも父と娘のふりは、もうやめましょうか」

*

「さみしゅうなったのう」

と、大枝(おおえ)の里の新笠(にいがさ)の邸で、山部は不機嫌にごろりと横になった。

ことが成就し、密談を交わす必要もなくなったら、めっきりと人も来ぬようになった。相も変わらず通ってくるのは、腰ぎんちゃくのねずみだけだ。

そのねずみは目の先の土間に座り込み、狩りの獲物の雉(きじ)の羽をむしっている。

「で、ございまするなあ」

と答えるが、四苦八苦しているから、言葉が少ない。ついでに獲物も少ない。それも山部は気に入らない。

兄弟はみな武官で狩りもうまいのに、雄田麻呂だけはてんでへたくそである。ことに犬を怖れてひゃあひゃあ騒ぐから、獲物がみな逃げてしまう。罰として、下ごしらえくらいせよと、これまた苦手な仕事をわざとやらせている。

わが父白壁は、いまや平城宮のあるじである。来月には本式に即位して天皇になる。ほんのふた月前までは不遇の人だったのに、にわかに雲の上の人になってしまった。影の側近だった者たちは、急に光の中の家臣となった。

後宮には得意満面で井上妃が入った。かたわらに溺愛の息の他戸をぴたりと引き寄せている。父が即位したら、即皇太子になるだろう。

結果、暇な自分と日陰者の母の新笠だけが取り残された。おのれはいまだ従四位の大学頭である。

相変わらずつつましい母は、みずから厨に立ち、行儀の悪い息子の前に好物など並べてくれる。白瓜の漬物と、卵の詰まった落ち鮎と、茄子を醤で煮たの。加えて、土器の酒を添え、静かに退いていく。

山部は母が好きだ。そのぶん井上が嫌いである。父上はようもあんな孔雀のような女の機嫌をとっていると思う。むろん、その女のおかげで自分らは玉座を奪還することができたのだが、ことが成ってしまえば邪魔なだけだ。

いつの間にか同じように腹這いになったねずみが、肘でにじり寄ってきていた。

なれなれしく顔を近寄せ、こそっとささやく。

「いま少しでございます。あと少しだけ辛抱なさいませ。この雄田麻呂めがもう一仕事して、必ず山部様を皇太子にしてさしあげます」

「ふん」

見透かしたように言いおった。

言うまでもない。井上と他戸の始末である。

その小さなつむりごしに、土間を見た。獲物はまあまあ上手にさばいたようである。

及第でございましょう、と、雄田麻呂は起き直った。

「みなちと、気が抜けておりますな。じつのところ、そのもう一仕事こそがわれら白壁組にとってははなはだ重要でありますのに」

「そのとおり」

よくわかっている。それがなされねば、ほんとの意味でわれらが淡海聖帝の血統を奪還したことにはならぬ。早くしてくれ。

「期待しておるぞ。ぬしのお手並み拝見といこう」

山部もようやくからだを起こし、盃に酒を満たした。

じっさい、この雄田麻呂がいちばん冷酷に、歪んだ陰謀をやってのける。兄弟たちも血の気は多いが、考え方はずっとまともである。

ねずみにも一献さしてやる。

「そういえば父上は、ぬしの兄者の宿奈麻呂に良継なる素敵な名を与えたとか」

「さようでございます」

「そなたももらえ。俺が父上に頼んでやる」

「おお」

雄田麻呂はうれしそうに前歯を二本剝いた。

褒美の前貸しだ。おのれのために働く男だ。しっかり恩を着せておこう。

「新しき名になって、こんにちまでの悪行(あっこう)を洗い流せ」

「悪行って」

自分もたいがいだが、この男にぜんぶなすりつけてやる。

山部は顎に手を当て、首をひねった。

「どんなのがよいかのう。ぬしは阿修羅(あしゅら)のごとく油断のならぬ多面(ためん)ゆえ——」

「阿修羅でござるか？　十一面観音(じゅういちめんかんのん)ではのうて？」

ぶうたれたねずみになるのを無視して、山部はポンと出した。

「百のかお、ではのうて、百のかわ。で、百川(ももかわ)。どうじゃ」

「ももかわ」

思いつきにしては上出来である。『淮南子(えなんじ)』にもある。良継なぞよりよっぽどいい。

「ありがたく頂戴いたします」

雄田麻呂はよろこんだ。

「名に恥じず八面六臂(はちめんろっぴ)に励みまして、ますますご奉仕いたします。どこまでも山部様についていきます」

山部はハハハ、と声を立てた。のち、ところで、と、いきなり顔を冷ました。ころころとお気が変わるのが怖い、と、雄田麻呂によく言われる。自分でもそう思うが、どうにもならぬ。それがおのれである。

「そなたはほんとにあれらに勝ったと思うているか」

「へっ？」

ねずみはきょとんとした。

「あれらとは……」

山部はうん、とうなずいた。

「高野女帝のことでございまするか。それとも道鏡禅師？」

両方かな。

「そうだ」

「いかなる意味で？」

「聞いたとおりの意味だ」

「と、仰せられますと、高野様だけでのうて、道鏡めの命もきっちり取ったほうがよろしかった、ということとでありましょうか」

「いや、そうではない」

道鏡はさんざん抗った末に、ようやく女帝を始末することを承知した。その代わり、仕事を終えたらこの組とは一切かかわりを断ち、山に帰りたいと請うたのだ。自分らも、そこは了承した。

「あの禅師はやることはやった。放免してやらねば、いくらなんでも不憫であろう」

あの男は、ほんとに女帝に惚れていたと思う。

形のうえでは流罪でもなんでも構わないというので、名目を探して下野の戒壇寺へ行かせることにした。むろん、別当職などつとめぬでよい。やりたいならやってもいいが、そのまま去って構わない。どうせ後を追う気もない。

「なら、どのへんが？」

雄田麻呂にさらに問われた。山部は答えず、そっぽを向いた。

じつのところ、自分でもよくわからないのである。百年の艱難辛苦の果てに、ようやく分厚い壁を突破したのに、いまひとつ想像していたような勝利のよろこびがない。

もやついたこちらの顔色を読み、ねずみは「山部様はおつむりがよろしすぎて、いろいろ考えすぎるところが悪うございます」と、得意の弁舌を並べはじめた。

「まあ、よろしいではございませぬか。みな、おかしげな女帝の世が終わってほっとしております。とにもかくにも、それだけはよろしゅうございました。もう、こりごりです。もう、女の天皇はやめましょうな。死んでもやめましょう。女子は惚れた腫れたでこんぐらかる。こんぐらかるならかんたんに突き崩せるかというたらそうでものうて、妙ちきりんに強うなる。鸕野の女帝もそうでありましたし、草壁君の妃の阿閇の女帝などもそうでありましたし、淡海の帝の母君の宝様などもそうなのじゃろう。なかなかの困りものでございます。男の帝も傾城にやられることはあるが、たんに腑抜けになるだけです。女の帝のようにたちの悪いことはありませぬ。あのしのびの禅師とて、罠をしかけにいって、おのれが罠にかかってしもうたようなものじゃ。かわいそうに」

そうだな、女帝はやめよう、と山部も相槌を打つ。

雄田麻呂は喉がかわいたのか、手酌で一杯ぐっとあおる。

「そうして、お子の問題です。これはどうにもなりませぬ。お子がなければ、案外、たれでもお子になれるということになりかねぬから、厄介なのです。考えてもごらんなさいませ。高野様のお跡もどきは何転しましたか。最初が道祖様、次が大炊様、そのあと恵美の大師が塩焼様を持ち出して、高野様自身が奪い返して、仰天の伏兵が道鏡法王、ほんとのあがりが白壁王様。なんでしょうな、この奇々怪々は。まあ、最後の二つはわれらがしくんだことじゃし、それを使うて勝ちを取ったわけですが、それもこれも女人の天皇であったせい。まことにあやういものじゃと身に沁みてわかりました」

それも、そのとおりだ。上手にしゃべったから、もう一杯ついでやる。

「今後は凡々に男子が帝になりましょう。そうして、せいぜいお世継ぎをもうけましょう。しこうして、この国創業以来の男系の幹をしっかと守りましょう。山部様も励まれませい。兄者が娘をもろうていただきたいと言うております。それがしの娘ももろうていただきたい。いまから待ちもうけておりますし」

と、言うなり、くねくねと揉み手した。

「ほう、ぬしの娘か。名は」

「旅子と申します」

妻か。それもいいなと山部は思った。自分は世に出ぬ身の上だったので、ちゃんとした妻もいない。

また急にむら気が起こった。すべてを洗い流したくなった。妻もほしい。家来もふるい分けたい。父親のきさきとか、そんなものも一新したい。そして都も。そうだ、あの都そのものが駄目だ。いずれ父上が死んだら――。

「雄田麻呂よ」

と、呼びかけた。

「俺はぜんぶ新しゅうしとうなった。女帝も嫌だ。坊主も嫌だ。俺が天皇になったら、都も移そうな」

「ほう、それはようございます。だったらいっそ、山背になさっては」

握ったこぶしの親指を下に向け、ここの地面をちょんちょんと示した。

おのれの得意そうな話が来た――と、ねずみが俄然いきいきとしたところへ、母新笠が新しい酒を捧げて入ってきた。

雄田麻呂が振り返り、おや弟君が、とつぶやいた。山部がつられて目をやると、母の後ろの妻戸のところに、年の離れた弟の早良がちらりと見えた。家庭が寂しくなってから、母はとくにこの弟をかわいがっている。早良はこちらの様子を少し覗くと、さっと逃げた。はにかみ屋の早良は、雄田麻呂のような策士が苦手である。

新笠は乱れた皿類を手早く片づけると、いつものように去らず、「山部よ」と言った。

山部は、はて――、と思った。いついかなるときも、母はこちらの話に割り込んできたりはしない。珍しいことだ。雄田麻呂も気づいて背筋を直した。

新笠は、膝にきちんと両手を揃え、

「わたくしはかの姫天皇を敬うておりますぞ」

と、言った。

山部ははっとした。

「この日の本の国のことを深くお考えになった、りっぱな女人天皇であられたと思う。あのお方あってこそ、われらは大きなものを取り戻しました。そなたらも心の底ではわかっているのであろう。わかっているから、わざとあしざまに申すのであろう」

柄にもあわず、峻厳（しゅんげん）なことを言った。

そして鋭かった。勝った気がしなかった原因はそこにあったのかもしれぬ、と初めて気がついた。

新笠はすぐにやさしい母の顔に戻り、「わが子や、一つだけよいですか」と、懇願するように首をかしげた。

「どうぞ」

母がお願いなど、また珍しい。

「そなたがまことに父上のお跡を継いで帝の座にのぼり、この低き身のわたくしが国母（こくも）として多少なりとも貴（たっと）ばれるような日が来るならば、いま雄田麻呂殿に新しいお名をさしあげたのと同じように、わたくしにも新しい姓を賜われますか」

母の母方はこの大枝の土師（はじ）氏、父方は百済系の渡来人の和（やまと）氏であり、現在の名乗りは和新笠というのだ。

「もちろんですとも。ご希望がおありなのでしょうか」

頼まれずとも、そうしたほうがいい。天子の母だ。相応の恰好（かっこう）はつけたい。

新笠はこくりとした。

「では、高野（たかの）といただいてよろしいか。わたくしはかの姫天皇にあやかって、高野新笠（たかののにいがさ）と名乗りたいと思います」

思いもよらぬ申し出に、山部とねずみは唖然（あぜん）とした。

四

〽ホーイ、ソレソレ、あずまの毛の子、お馬も走るよずんどこさ
〽実りの秋は、金のべべ着て、ソレ神様が来やるとな

どんどこ、ぴいひゃらと、笛太鼓が鳴っている。盛んな囃子の音ににぎやかな歌声が唱和する。刈田を踏み鳴らして祭りに興じている里人が手招きする。

「ほら、坊様も踊らんね」

「おいで、美男さん」

道鏡はほほえんで首を振る。

この自分が何者で、なぜこの地へやってきたのかなどたれも気にもしていない。見れば、寺の下男らもちゃっかりと踊りの輪に交じり、千鳥足でひょうたん酒などあおっている。

「こんにちは無礼講だよ、遠慮はいらんがね」

なおも招く衆に向かって道鏡は合掌し、ねんごろに辞退した。

なんの澱みもなく、なんの邪気もない、調子が狂うほどののどかさだ。こんな平和はいくとせぶりだろう。

いや、そうでなければ嘘だ。自分はすべてのどす黒いものを、あの碁盤の目の都へ振り捨ててきたのだから。

肺腑の底まで息を吸い、目を閉じた。

一条の光も入らぬ殯宮の景がよみがえる。

外界では、空しくなった玉座をめぐって上を下への騒ぎとなっていた。だが、そんなことは、おのれにはかかわりもなかった。茅の莚一枚に座し、白膠木の木で聖観音の像を彫りながら、偽りの棺をひたすら守った。

——おん、あろりきゃ、そわか。

南無観世音菩薩。

葬儀の前の日の夜、ねずみの顔した小男がやってきた。

「おぬしの行く先が決まった。下野のなんとかいう寺じゃ。葬儀ののちに、兄者が勅をもって正式に沙汰しにくるが、おぬしが早う知りたかろうと思うて先に伝えにきた」

恩着せがましい口吻だった。道鏡はただ、うむ——、とうなずいた。

小さな離れ目が、お宝でも物色するかのように、もがりの宮をしけじけと検しはじめた。さすがはこの男だ。遠慮もなしか。

うつむいたまま、つむじのあたりで厄介な敵の様子をそっとうかがった。

なにをこしらえておる、と、手のうちの観音像を奪い取られた。表返し、裏返し、ためつすがめつして、横ちょへ投げ捨てた。のち、猫背を揺らしながらゆっくりと室内を歩きはじめた。視線を棺のほうへ向けた。立ち止まった。じりっと、一足寄った。

はっとした。

まさか、やるのか？　たれも近づこうとしなかったのに、こやつだけはやるのか？

明日には陵墓の奥へ永遠にひそまるものぞ。あと一息なのだ。ゆめ、開けるな。

袈裟の下で、稲妻の速さで指を操った。

——おん、あろりきや、そわか。

南無観世音菩薩、助けよ。

そっちじゃない。

「雄田麻呂」

こっちだ。

振り向いたところへ、ピン、と中指を弾いた。

とたん、離れ目がきゅう、と、真ん中に寄った。糸引くように、ぎりぎりと心のうちへ引き込んだ。こっちを見ろ。汝はいま悲嘆にくれた男と立ち向こうておる。

腐臭が足りぬか？　床の隅をさらい、ねずみの糞を一粒つまんで、ねずみの男の鼻の下に嗅がせた。

うぬの仲間の汚穢に酔え。

とたん、雄田麻呂は棺から目をそむけ、あわあわと怖じけて室の入り端まで後退した。黄泉の国の寝台で腐り果てたイザナミの女神を見たのである。

つねは狡猾な離れ目が涙でうるみ、安手の慈悲のごときものがにじんでいた。

わざと、「大願成就して、満足か」と睨んでやった。仕上げである。

汝の目の前にいるのは、汝らに敗北して、愛する女を手にかけさせられたみじめなはぐれ行者だ。

ほら憐れんでくれ。

雄田麻呂は、震えながらうなずき、

「下野へ到着ののちは、とくに見張りもつかぬ。留まるなり、山へ還るなり、どうとなりせよ」

言い捨てて去っていった。

――勝った。

道鏡は心の中で、こぶしを突きあげた。

＊

〽毛（けぬ）の稲穂は、ソレソレ、ホイ
〽神の実りじゃ、ソレソレ、ホイ

歌声が高まり、祭りがたけなわになる。

その音色に耳を傾けているうち、あたりはいつしか信貴（しぎ）、高安（たかやす）のふもとの水郷に転じ、祭りの人々は揃いの青摺り染め（あおずりぞめ）の衣に紅色（べにいろ）の帯を締めた踊りの輪と化していった。

ああ……、夢か。ここは河内（かわち）か。弓削（ゆげ）の里か……。

男と女は整然と二列に並び、美しい二重の円を作る。

男がドン、と足を踏み鳴らし、二、三歩、歩み寄ると、女は同じだけ退いてタン、と鳴らす。腰に手を当て、くるり、くるり……。ドン、と踏み鳴らし、タンと返し、くるり、くるり……。

胸の中がおぼろににじんでいく。

ふいに、

「道鏡様！」

と、呼ばれた。

道鏡ははっとして振り返った。

白鷺を捕まえるのが得意なちびっこが、弾け豆のようにとっとこ、とっとこ、転げてくる。

「道鏡様！」

「道鏡様！」

さらにその後ろから、若い男女が駆けてくる。男子はひょろ長いからだの前と後ろにわが身より大きな荷を括しつけ、娘は汚れ果てたぼろ着の上に、なぜかみごとな赤い領巾をまとい、しかもそれをひっかけぬようにかぐるぐるに胴に結んで、二人ともそんなちぐはぐな格好のまんま、ちぎれんばかりに両手を振っている。

ここは夢の国か、と、道鏡はふたたび思った。俺はこんなに愛らしい者たちに慕われるような男であったかしらん。

童子がいちばん乗りで足元に至り、あたり一面に散り敷いている落葉を掻き集めはじめた。そうして、ぱあっと、天に放った。

「尼様のお嫁入り！」

いっとき、抜けるような青空に、真っ赤な吹雪が散った。

追いついたアラが「しっ」と、指を口にあて、キメは「こらっ」と、悪餓鬼の首根っこをつかまえた。けれども、まわりを見渡せば、村人はみな祭りに夢中で、こちらのことなどだれも気にしていない。

ならば、と三人いっしょになって地を這いまわり、紅葉（もみじ）、楓（かえで）、黄櫨（はぜ）、七竈（ななかまど）……、とりどりの葉を、次々に空に放った。

祭りの笛太鼓と踊りの拍子に、紅葉の錦が加わり、東の天地がますますにぎやかになる。歌垣の衣裳と同じ色をした、赤と青の繚乱（りょうらん）。

はらはら、はら、はら、と、宙を舞う赤い吹雪がようよう収まったとき、目の前に、四人目の旅の尼が立っていた。

ああ——、俺はやっぱり、この世の向こう側に突き抜けていた。

「どうきょう」

頭の先から足の先まで、灰でもかぶったようである。ぼろ頭巾から覗く肌も白々と埃（ほこり）にまみれ、しかも汚れた手でこすりでもしたのか、鼻の頭が、ずんと黒い。けれども、貌（かお）の容（かたち）は相変わらずほろりとこぼれた涙のように端正で、黒瞳（くろめ）がちな大きな目もびっくりするほど美しい。

どれほど風雨にさらされようと、泥をなすられようと、けっして穢（けが）れることない、きよらかな森の蓮華だ。

道鏡は手を伸ばし、破れた頭巾にからんだ紅葉を、そっとはずした。

旅の尼は、鼻の根元に思いっきり皺を寄せ、天真らんまんに笑った。

そして、袈裟のうちにひらり、と飛び込んできた。

「来ました」

補注

高野女帝は、大炊王への譲位時に贈られた「宝字称徳孝謙皇帝」という尊号にもとづき、のちに阿倍の時代を「孝謙天皇」、重祚後の高野の時代を「称徳天皇」と呼びならわされるようになった。

白壁王、山部王は、それぞれ「光仁天皇」、「桓武天皇」と、崩御後に諡された。

藤原仲麻呂の乱により廃帝となった大炊王は、ずっと遅れて明治時代に「淳仁天皇」と諡された。

本書は、「婦人公論」に二〇二三年七月号から二〇二四年十月号
まで連載された「恋する女帝」を加筆、修正したものです。

装画　マツオアキコ
装幀　片岡忠彦

周防柳

1964年東京都生まれ。早稲田大学第一文学部卒業。2013年『八月の青い蝶』で小説すばる新人賞を受賞しデビュー。同書は、15年の広島本大賞「小説部門」大賞に選ばれた。17年刊行の『蘇我の娘の古事記』は、同年上半期の「本の雑誌」エンターテインメントベスト10第1位。22年『身もこがれつつ』で第28回中山義秀文学賞を受賞。他の著書に『逢坂の六人』『虹』『余命二億円』『高天原』『とまり木』『うきよの恋花』『小説で読みとく古代史』がある。

恋する女帝

2024年12月25日　初版発行

著　者　周防　柳

発行者　安部順一

発行所　中央公論新社

〒100-8152　東京都千代田区大手町1-7-1
電話　販売 03-5299-1730　編集 03-5299-1740
URL https://www.chuko.co.jp/

DTP　嵐下英治
印　刷　共同印刷
製　本　小泉製本

Published by CHUOKORON-SHINSHA, INC.
Printed in Japan　ISBN978-4-12-005868-4 C0093

中央公論新社の本

身もこがれつつ
小倉山の百人一首

周防 柳

承久の乱前後の史実をきらびやかに描きながら、鎌倉初期の天才歌人・藤原定家の恋と「百人一首」の謎に迫る、傑作和歌ミステリー。第二八回中山義秀文学賞受賞作。

文庫

幸村を討て

今村翔吾

真田家が大坂の陣に仕掛けた謎へ、天下人徳川家康が挑む――。家族をテーマに綴られ、単行本時に各紙誌で絶賛された、切なくも手に汗握る戦国ミステリー巨編。

文庫